Parents malgré eux

*

Éprise du Dr Alex Morsi

W0225176

KARIN BAINE

Parents malgré eux

Traduction française de
CAROLE BENTON

BLANCHE

HARLEQUIN

Collection : Blanche

Ce roman a déjà été publié en 2020

Titre original :
HEALED BY THEIR UNEXPECTED FAMILY

© 2020, Karin Baine.
© 2020, 2025, HarperCollins France pour la traduction française.

Ce livre est publié avec l'autorisation de HARLEQUIN BOOKS S.A.

Tous droits réservés, y compris le droit de reproduction de tout ou partie de l'ouvrage, sous quelque forme que ce soit.
Toute représentation ou reproduction, par quelque procédé que ce soit, constituerait une contrefaçon sanctionnée par les articles 425 et suivants du Code pénal.

Si vous achetez ce livre privé de tout ou partie de sa couverture, nous vous signalons qu'il est en vente irrégulière. Il est considéré comme « invendu » et l'éditeur comme l'auteur n'ont reçu aucun paiement pour ce livre « détérioré ».

Cette œuvre est une œuvre de fiction. Les noms propres, les personnages, les lieux, les intrigues sont soit le fruit de l'imagination de l'auteur, soit utilisés dans le cadre d'une œuvre de fiction. Toute ressemblance avec des personnes réelles, vivantes ou décédées, des entreprises, des événements ou des lieux serait une pure coïncidence.

HARPERCOLLINS FRANCE
83-85, boulevard Vincent-Auriol, 75646 PARIS CEDEX 13
Service Clients — www.harlequin.fr
ISBN 978-2-2805-1623-5 — ISSN 0223-5056

Édité par HarperCollins France.
Composition et mise en pages Nord Compo.
Imprimé en janvier 2025 par CPI Black Print (Barcelone)
en utilisant 100% d'électricité renouvelable.
Dépôt légal : février 2025.

MIXTE
Papier issu de sources responsables
FSC® C159065

Pour limiter l'empreinte environnementale de ses livres, HarperCollins France s'engage à n'utiliser que du papier fabriqué à partir de bois provenant de forêts gérées durablement et de manière responsable.

1

— C'est donc vous, la femme avec qui je dois faire un enfant ? Ravi de vous revoir.

— Bonjour, monsieur Garrett.

Kayla O'Connell serra la main de l'homme que son frère, Liam, et son mari, Tom, avaient choisi pour concevoir leur bébé.

Une simple transaction commerciale selon eux. Pas aussi simple pourtant pour elle, dont les jambes flageolaient à cette simple poignée de main.

Elle aurait vraiment préféré un étranger. Rencontrer Jamie au mariage de leurs frères avait été suffisant pour lui faire perdre tous ses moyens.

— Oh ! je vous en prie, Kayla. Appelez-moi Jamie.

Son sourire nonchalant et sexy la fascinait, mais son charme indéniable la rendait nerveuse. Il lui rappelait trop l'aimable façade sous laquelle ses parents dissimulaient les péchés, nombreux, qu'ils commettaient derrière les portes closes de leur maison.

De toute évidence, Jamie avait conscience du trouble qu'il provoquait en elle et s'amusait de ce qu'elle s'empourpre dès qu'il l'approchait.

Et comme c'était le frère de Tom, aucune chance de lui échapper.

— Merci d'être venu.

— Vous savez bien que je ferais tout ce que vous me demandez. Vous n'avez qu'un mot à dire, fit-il avec un sourire entendu.

Cette proposition à peine voilée fit courir des frissons de désir en elle et elle dut faire appel à toute sa volonté pour ne pas céder sur-le-champ à la tentation.

— Nous ne faisons pas cela pour moi, mais pour nos frères. C'est à eux que nous devons penser.

Jamie desserra le nœud de sa cravate bleu marine rayée argent et défit le premier bouton de sa chemise, révélant un petit triangle de peau. Kayla, incapable de détourner les yeux, laissa son imagination fébrile transposer aussitôt la scène dans une chambre plutôt que dans le café londonien bondé où ils s'étaient donné rendez-vous.

Ce projet d'être mère de substitution la travaillait plus qu'elle n'aurait cru, si elle en était à fantasmer sur le donneur, un homme qu'en d'autres circonstances elle aurait fui comme la peste. Depuis un certain temps, elle faisait preuve de prudence dans ses relations, choisissant des hommes affables qui, s'ils ne l'excitaient guère, ne risquaient pas de lui faire de mal. C'était une réaction naturelle après avoir été maltraitée, par ses parents d'abord, puis par son ex-petit ami, Paul, qui avait cru pouvoir la contrôler. Heureusement, grâce au soutien de son frère, elle en avait pris conscience à temps et avait quitté Paul. Pourtant, cela avait été un choc, d'être retombée avec une telle facilité dans l'attitude soumise qu'elle avait utilisée pour échapper aux abus de ses parents.

Depuis, elle gardait ses distances avec la gent masculine et, n'ayant aucune envie de fonder une famille, elle envisageait même de rester célibataire. D'où son malaise en présence de Jamie. Bien que très attirée par lui, elle avait tout de suite reconnu en lui le genre d'homme qui vous brisait le cœur. Son frère l'en avait d'ailleurs avertie.

— Bien sûr, mais cela n'empêche pas de passer un bon moment ensemble, n'est-ce pas ?

Il prit sa main par-dessus la table et la caressa de son pouce. Elle en resta abasourdie, et trop stupéfaite pour répondre sans se compromettre.

L'arrivée de la jeune serveuse la tira d'embarras. La jeune femme, qui semblait totalement fascinée par Jamie, s'attarda plus que nécessaire à leur table, jusqu'à ce que Jamie la remercie d'un sourire et qu'elle s'éloigne en gloussant.

Il y avait dans ses yeux bruns un éclat insolent devant lequel, Kayla l'aurait juré, la plupart des femmes devaient se pâmer et ce, bien qu'il ne soit pas non plus du genre à s'installer en couple.

C'était d'ailleurs une des raisons pour lesquelles il avait accepté le pacte. Ce qui ramena Kayla au présent.

— Tom m'a dit que vous étiez médecin généraliste, associé dans un cabinet, que vous aviez élevé votre frère après le décès de vos parents et que vous n'aviez aucune intention de vous occuper du bébé après sa naissance.

Malgré le souvenir de sa peau si chaude contre la sienne au mariage, et le fait que, focalisé uniquement sur elle, il ait ignoré toutes les autres femmes, elle tenait à s'assurer qu'il avait un cerveau en plus de sa beauté et qu'il n'envisageait pas de traîner autour d'elle, une fois sa part du contrat remplie.

— Ce n'est pas aussi radical que ça en a l'air. Je suis heureux d'aider les jeunes mariés à fonder une famille, mais n'ai aucun désir de devenir père moi-même. Par contre, je serai ravi de jouer les tontons gâteau. Cela vous pose-t-il un problème ?

La tête penchée sur le côté, il l'observait, sourcils levés. Malgré le fourmillement d'excitation que déclencha son œillade sexy, elle ne comptait pas se laisser déstabiliser aussi facilement. Oui, elle avait un problème avec ça.

Cette rencontre n'était peut-être pas une si bonne idée. Elle avait voulu discuter avec lui de ce qu'ils attendaient de l'arrangement. En ce qui concernait Jamie, rien, apparemment. Il donnerait son sperme et se contenterait d'une brève apparition lors des anniversaires ou fêtes de famille.

Difficile de le lui reprocher puisque c'était exactement le niveau d'engagement qu'elle-même envisageait d'avoir dans la vie du bébé. Elle serait mère porteuse, un simple incubateur pour cet enfant, parce que l'idée même de fonder une famille la terrorisait. La tyrannie exercée sur son frère et elle par leurs parents lui avait fait prendre conscience de ce qui pouvait être infligé à un enfant, et elle ne se sentait pas capable d'assumer une telle responsabilité. Liam et Tom étaient deux hommes merveilleux, ce serait une chance pour un enfant de les avoir pour parents.

— Pas du tout. Simple vérification, dit-elle, impatiente que les autres les rejoignent enfin, en sirotant son thé.

Elle s'efforça d'oublier le trouble que Jamie avait fait naître en elle lors de leur première rencontre – ce qu'il n'avait pas manqué de remarquer avec beaucoup de satisfaction en flirtant outrageusement avec elle jusqu'à ce qu'elle lui demande d'arrêter. La requête l'avait apparemment beaucoup amusé, lui qui était peu habitué sûrement à ce qu'une femme le repousse. En revanche, la réaction de son corps à ses avances l'avait quelque peu déstabilisée, d'autant qu'il n'était vraiment pas son type d'homme, à supposer qu'elle en ait un puisque aucun n'était digne de confiance à ses yeux.

Fort heureusement leurs frères respectifs, tout à leur bonheur, n'avaient absolument pas eu conscience des échanges torrides entre eux.

— Je n'aurais jamais cru que mon petit frère serait le premier à se marier et à fonder une famille, dit Jamie en secouant la tête.

Il eut un sourire attendri, son affection était évidente.

— Ça a été un beau mariage.

Les fiancés n'avaient reculé devant aucune dépense pour partager ce merveilleux moment avec leurs amis. Après avoir prononcé leurs vœux à l'Observatoire royal de Greenwich et porté des toasts au champagne dans la cour, sur la ligne du méridien séparant les hémisphères Est et Ouest, ils avaient, avec leurs invités, rejoint l'Octagon Room pour dîner sous les étoiles. Puis ceux qui tenaient encore debout avaient poursuivi la fête dans un hôtel proche où des chambres avaient été réservées. Une journée magnifique de bout en bout.

— Incroyable. Je redoutais que ce ne soit un peu... ringard, encore que d'autres auraient sûrement qualifié cela de romantique, fit-il en se penchant vers elle.

Elle se revit avec lui, se perdant dans la contemplation des étoiles dans le télescope. Ils avaient été si proches !

Ils avaient passé la journée ensemble, mais, à cet instant précis, elle avait pris conscience de sa virilité. Ses cheveux, parfaitement lisses en début de journée, avaient retrouvé leurs boucles naturelles et une ombre de barbe commençait à naître sur ses joues. Après s'être débarrassé de sa veste de smoking, il avait défait son nœud papillon, qui pendait à son cou. Elle aurait facilement pu l'attirer à elle et l'embrasser – un baiser sans nul doute passionné. Dieu merci, Tom et Liam avaient choisi cet instant pour annoncer que la fête continuerait dans l'hôtel voisin.

— La nourriture était délicieuse.

— Certes, mais la première danse reste quand même mon meilleur souvenir.

De toute évidence, il n'entendait pas la laisser oublier ce moment particulièrement intime.

En effet, sur l'insistance des mariés, il l'avait entraînée sur la piste et ces trois ou quatre minutes dans ses bras, son corps serré contre le sien, avaient été magiques. Quand il lui avait demandé à l'oreille si elle accepterait de monter avec lui dans sa chambre, elle avait bien failli accepter. Mais si ses hormones étaient prêtes à le rejoindre dans son lit, sa tête et son cœur blessé l'avaient retenue et, sitôt la danse terminée, elle s'était éloignée en lui enjoignant de cesser de flirter avec elle.

— Tom et Liam sont vraiment très amoureux. Ils feront de merveilleux parents.

Jamie soupira, se résignant peut-être à son refus d'évoquer le souvenir de leur danse.

— Dites-moi, Kayla, pourquoi avoir accepté d'être mère porteuse pour eux ? Vous êtes sage-femme, n'est-ce pas ? Ce n'est pourtant pas une situation que vous devez encourager ?

Se renversant contre le dossier de sa chaise, il croisa ses longues jambes aux chevilles dans l'attente de sa réponse. Elle apprécia le changement de sujet de conversation.

— En fait, j'ai renoncé à mon poste de sage-femme pour devenir accompagnante périnatale afin d'apporter plus de soutien à mes futures mamans. Mon but n'est pas de connaître les circonstances de leur grossesse, mais de les aider dans leur choix. Le bonheur des parents et des enfants constitue ma seule préoccupation. Tout comme dans le cas qui nous intéresse.

Il était prévu qu'elle habiterait chez les mariés pendant la durée de la grossesse, pour leur permettre d'y participer pleinement, puis elle leur donnerait le bébé après l'accouchement pour qu'ils forment leur belle petite famille – une chose que Liam et elle n'avaient jamais connue.

— Cela vous pose-t-il un problème ?

La sexualité de son frère était un sujet sensible et, bien qu'elle soit plus jeune que lui, elle se montrait extrêmement protectrice à son égard.

C'était d'ailleurs la réaction de leurs parents lorsque Liam avait fait son *coming out* et révélé son homosexualité qui l'avait finalement décidée à quitter cet environnement toxique et leur petit village d'Irlande du Nord pour s'installer à Londres avec lui.

Jamie reposa sa tasse sur la table et leva les deux mains.

— Pas du tout.

— Bien, nous sommes donc sur la même longueur d'onde.

Ce bébé allait avoir les traits de ses deux parents et elle tenait à ce qu'aucun gène douteux ne gâche le paysage.

— Je ne ferais pas cela pour n'importe qui. Je n'ai jamais fait de dons à la banque locale du sperme. Tom m'a demandé mon aide parce que le fait que je sois le donneur lui garantit une réelle connexion biologique avec l'enfant, tout comme Liam puisque vous fournirez l'ovule.

— Je fais cela pour des raisons personnelles.

Liam méritait d'être heureux et, si elle n'avait pas pu l'aider par le passé, elle trouvait là un moyen de se rattraper. Mais Jamie n'avait pas besoin d'en savoir autant.

— Oh ? Vous ne faites donc pas cela par pur altruisme, comme moi ?

Il se moquait d'elle parce qu'elle prenait la chose très au sérieux – contrairement à lui. Elle aurait préféré un homme sensible, fiable et stable, pour cette aventure.

— Si vous vouliez seulement avoir un enfant, il vous suffisait d'accepter mon offre à l'hôtel.

Cet homme qui, d'un simple clin d'œil, embrasait son corps de désir ne correspondait vraiment pas à la description qu'on lui en avait faite.

D'après le portrait élogieux qu'on lui avait dressé avant leur rencontre, elle s'attendait à une figure paternelle sérieuse et très mûre pour son âge, puisqu'il avait élevé Tom comme son propre fils avant de le conduire à l'autel. Les relations stables ne l'intéressaient apparemment pas, ce qu'elle avait mis sur le compte d'un emploi du temps surchargé. Maintenant qu'elle le connaissait mieux, elle ne voyait en lui qu'un play-boy désinvolte qui n'avait pas hésité à lui faire des propositions malhonnêtes. Elle se promettait d'ailleurs d'en toucher un mot à son frère pour s'assurer qu'il ne revenait pas sur son choix.

— J'avoue que cela m'a traversé l'esprit, s'entendit-elle répondre avant de pouvoir se retenir.

Elle piqua du nez dans sa tasse de thé pour ne pas s'empêtrer plus avant devant son sourire grivois.

Après avoir passé son enfance à être la fille parfaite pour ne pas provoquer la colère de ses parents, elle avait entamé sa vie d'adulte sous le joug d'un petit ami qu'elle avait en vain cherché à satisfaire. Elle en avait désormais assez et ne voulait pas d'un autre homme dans sa vie. Ah, si seulement son corps avait accepté d'en tenir compte.

— Dans ce cas, ne serait-il pas plus simple d'éviter toutes ces procédures médicales importunes et de faire les choses à l'ancienne ?

Aussitôt, des images explicites du corps nu de Jamie contre le sien sur fond de draps emmêlés envahirent son esprit et l'attirance qu'elle avait niée lors de leur première rencontre revint la hanter avec plus de force encore. Devant les yeux bruns de Jamie, brillants de malice et de promesses, elle fut tentée de le prendre au mot. Ni lui ni elle ne recherchait le grand amour, et le désir entre eux était indéniable.

— Quelque chose me dit que les sentiments ne joueraient pas un grand rôle dans ce scénario. Il ne s'agirait que d'une relation sexuelle, dit-elle.

Prétendre que cette liaison secrète serait uniquement au bénéfice de leurs frères aurait été un mensonge.

Déglutissant avec difficulté, elle s'efforça de reprendre ses esprits.

— Cela serait-il vraiment si désagréable ? demanda-t-il, son regard la pétrifiant sur sa chaise.

— Rien ne dit que nous pourrions concevoir de cette façon, répondit-elle, peinant à trouver des excuses plausibles alors que sa tête bouillonnait des nombreuses possibilités qui s'offraient à eux.

La méthode de conception proposée par Jamie semblait tellement plus agréable que celle prévue qu'elle redoutait de céder.

— Il ne s'agit pas d'une proposition ponctuelle. Je suis prêt à beaucoup m'investir pour que cela marche, fit-il d'une voix si basse qu'elle résonna au creux de l'estomac de Kayla et même bien plus bas...

— Je, euh...

Impossible de trouver ses mots. Son cerveau refusait de coopérer. Cela faisait longtemps qu'elle n'avait pas fait l'amour, qui plus était avec un homme qui lui faisait autant d'effet.

Malgré sa volonté de garder ses distances avec la gent masculine, elle n'avait plus qu'une envie : lui prendre la main et l'entraîner vers l'hôtel le plus proche. Et pas pour le bébé. Uniquement pour son propre plaisir. Ce qui n'était pas du tout prévu au contrat.

Jamie n'arrivait pas à le croire ! Kayla envisageait sérieusement d'accepter la proposition indécente qu'il avait osé lui faire. Quelque chose chez elle l'intriguait et lui donnait envie de la pousser dans ses retranchements. Dès qu'il avait posé les yeux sur elle, au mariage, il avait deviné qu'elle était la sœur dont Liam parlait si affectueusement. Cette jolie blonde, les épaules nues dans sa robe fleurie, devait être la femme qui aimait tant les animaux qu'elle refusait de les manger et adorait la méditation autant que prendre soin de ses chakras. De loin, elle lui avait paru calme et sereine, collant ainsi parfaitement à la description qu'on lui avait faite d'elle. Jusqu'à ce qu'elle s'adresse à lui. Là, au lieu de la sage-femme décontractée et spirituelle qu'on lui avait décrite, il avait découvert un volcan réprimé et blessé. Mais seulement avec lui. À distance, il l'avait vue charmer tout le monde de sa vivacité insouciante et s'était amusé de sa réaction à son approche. Sa peau pâle virait immédiatement au cramoisi et elle s'éloignait dès que possible. Il aurait pu s'en offusquer s'il n'avait remarqué les coups d'œil furtifs qu'elle lui jetait régulièrement. Son intérêt évident pour lui avait eu un effet pervers sur son propre comportement. Il se montrait rarement aussi... acerbe.

Maintenant qu'elle semblait plus réceptive à l'idée d'une aventure avec lui, il se sentait pousser des ailes. L'air entre eux était tellement chargé d'électricité que, s'ils se retrouvaient dans un lit, les draps s'embraseraient, il en était certain.

— Vous savez, j'habite tout près et ma voiture est garée juste devant..., fit-il lorsqu'il eut terminé son café.

C'était fou, mais la lueur de désir qu'il avait surprise dans ses yeux ne mentait pas, pas plus que sa façon inconsciente de se passer la langue sur les lèvres ou de jouer avec ses cheveux indisciplinés. Autant de signes de son désir pour lui. Sans parler du fait qu'elle ne lui avait pas répondu avec véhémence qu'elle n'était pas le genre de femmes à accepter une partie de jambes en l'air en plein après-midi avec un homme qu'elle connaissait à peine.

— Jamie, je... Euh...

Alors qu'il s'attendait à ce qu'elle l'envoie promener, il la vit reposer sa tasse d'une main tremblante et se baisser pour attraper son sac comme si elle envisageait sérieusement de le suivre. Aussitôt, il récupéra sa veste sur le dossier de la chaise et plongea la main dans la poche pour localiser ses clés de voiture. Jamais encore il n'avait agi de façon aussi directe et spontanée.

— Je suis tellement content que vous soyez encore là tous les deux !

La voix teintée d'accent irlandais de Liam les fit sursauter comme deux adolescents pris en faute.

— En fait, nous partions, dit Jamie en tendant la main à Kayla.

Mais, au regard hésitant qu'elle lui jeta, l'occasion était passée. Pour aujourd'hui.

— Vous ne pouvez pas partir comme ça ! Je viens juste d'arriver et Tom n'est plus très loin. Nous voulons connaître les dernières nouvelles et vous raconter comment ça se passe pour la clinique au Vietnam.

Sans attendre d'y être invité, Liam tira une chaise et s'assit. Le couple s'était énormément investi dans un projet de centre de soins dans une zone défavorisée, au Vietnam donc, et il aurait été malvenu de leur part de ne pas l'écouter.

Kayla n'osait même plus regarder Jamie, et il n'eut donc pas d'autre choix que de se rasseoir et de réprimer l'excitation qui avait grandi en lui jusqu'à ce que son beau-frère s'immisce dans la fête.

Son propre frère les rejoignit quelques minutes plus tard.

— Désolé pour le retard, dit-il. C'était la pagaille, comme d'habitude, et une panne de signalisation nous a bloqués à Victoria Station. Qu'est-ce que j'ai raté ?

Il donna une brève accolade à son frère et embrassa Kayla avant de s'asseoir à côté de son mari.

— Rien, malheureusement, déclara Jamie en grommelant.

Comment ne pas être en rogne alors que ces deux-là avaient gâché l'ambiance ? Kayla lui jeta un regard noir.

— Parfait. Kayla pensait que ce serait une bonne idée de se rencontrer pour discuter des doutes éventuels que nous pourrions avoir sur la procédure. Y a-t-il quelque chose que nous devrions savoir ?

— Non, répondit Jamie après un silence. Nous sommes prêts. Où devons-nous signer ?

Sa réponse réjouit les deux hommes, qui se prirent par la main.

— Kayla, c'est toi qui vas faire le gros du travail. Maintenant que tu as pu en parler avec Jamie, es-tu toujours d'accord pour entamer la procédure ?

Liam, ignorant évidemment la proposition de Jamie, avait l'air inquiet de la décision de sa sœur.

Depuis sa réaction grincheuse, toute trace d'attirance sexuelle s'était évaporée entre eux.

— Jamie a bien précisé qu'il ne comptait pas s'investir plus que nécessaire dans le projet, une fois qu'il aura rempli son verre en plastique. Vous devriez peut-être mettre cela par écrit au cas où il changerait d'avis.

Waouh ! Il espérait que seule la frustration sexuelle expliquait une telle agressivité. Si elle le prenait vraiment pour quelqu'un d'aussi méprisant, capable de jouer un sale tour à son frère, elle le connaissait bien mal. Il avait passé sa vie d'adulte à élever et à prendre soin de son frère, raison pour laquelle il n'avait aucune intention de se marier et d'avoir des enfants à lui dans un futur proche. Maintenant que Tom était marié et sur le point de fonder une famille, Jamie se sentait libéré de toute responsabilité et il ne trouvait pas égoïste d'avoir envie de profiter un peu de sa vie.

Pourquoi Kayla portait-elle un jugement aussi négatif sur lui ? Après tout, le mieux était de ne pas y attacher d'importance.

Sitôt sa partie du contrat remplie, il prendrait ses distances, la conscience tranquille, et ne la reverrait plus.

Autant qu'elle continue à le mépriser. Il ne tenait pas à s'impliquer avec une femme qui attendait plus d'une simple aventure qu'il n'était prêt à offrir. Il avait déjà connu cela et n'était pas pressé de renouveler l'expérience.

2

Trois mois s'étaient écoulés depuis le terrible appel de Jamie, qui résonnait encore aux oreilles de Kayla.

« Kayla, je suis désolé. Il y a eu un terrible accident. Tom et Liam... Ils n'ont pas survécu. »

Son monde s'était brusquement effondré au moment où elle aurait eu tout lieu de se réjouir de sa grossesse. Elle était en effet tombée enceinte au premier essai, grâce à la clinique de fertilité et non à une partie de jambes en l'air avec Jamie. Ce jour-là, sauvée par l'arrivée de son frère qui l'avait empêchée de faire une bêtise, elle avait repris ses esprits et évité tout nouveau contact avec Jamie.

Les garçons s'étaient envolés pour le Vietnam afin de régler les derniers détails de leur projet. Tom étant architecte et Liam entrepreneur, ils avaient mis leurs expériences respectives à profit pour édifier un centre médical dans une zone défavorisée qu'ils avaient visitée quelques années auparavant. Ce devait être leur « lune de bébé », leur dernier voyage avant l'accouchement. Mais le destin en avait décidé autrement. De fortes pluies avaient provoqué de grosses inondations dans le secteur où ils se trouvaient, Tom et Liam avaient été emportés par un glissement de terrain.

L'accouchement était prévu dans quelques semaines et Kayla ne savait pas encore comment elle allait se débrouiller toute seule.

— Kayla, laissez-moi entrer.

Oh ! et comme si cela ne suffisait pas, Jamie s'était brusquement mis à la harceler, débarquant à toute heure et cherchant à la convaincre qu'il visait le titre de Meilleur Père de l'année. Un revirement complet par rapport à ses précédentes visites durant la grossesse où il se contentait de discuter avec son frère sans se soucier du bébé, ce qu'elle préférait de beaucoup. Sa vie était déjà assez compliquée comme ça, à se faire à l'idée qu'elle serait bientôt mère, sans avoir en plus à s'inquiéter de Jamie et des sentiments indésirables qu'il éveillait encore en elle.

— Cela m'est égal, que vous soyez le père de cet enfant. Vous êtes un étranger pour moi et je n'ai aucune intention de vous laisser interférer avec ma vie.

Elle referma brusquement la porte avant d'éclater en sanglots. Quel gâchis !

Elle caressa son énorme ventre.

— Je suis tellement désolée, mon pauvre bébé. Nous voulions tous le meilleur pour toi.

Cet enfant aurait dû avoir des parents heureux en couple et un avenir prometteur. Au lieu de cela, il hériterait d'une mère indigne d'être aimée et d'un play-boy de père peu enclin à assumer son rôle parental. Comment allait-elle élever cet enfant comme il le méritait alors qu'elle-même n'avait pas eu de modèles dignes de ce nom ?

Ses larmes se remirent à couler, tombant sur le foulard en soie qu'elle avait autour du cou – un cadeau de Liam pour son dernier anniversaire. Il l'avait choisi pour le motif – une libellule, le totem personnel de Kayla et un symbole puissant de changement et de lumière dans de nombreuses cultures. Pour Liam, cet insecte incarnait le début de leur nouvelle vie et la renaissance de leur famille.

Aujourd'hui, ce foulard rappelait à Kayla tout ce qu'elle avait perdu. Elle l'ôta et le drapa autour de la photo de Liam et Tom, le jour du mariage. Leurs sourires irradiaient de bonheur, ils étaient pleins d'espoir pour l'avenir, ignorant évidemment qu'ils ne leur restaient que quelques mois à vivre.

— J'ai autant le droit d'être là que vous, fit la voix de Jamie derrière la porte, ce qui réveilla sa colère.

Sa présence constante l'empêchait de réfléchir à des choses plus importantes, la perspective de devenir mère célibataire, par exemple.

— Comment êtes-vous entré ? demanda-t-elle en le voyant brusquement traverser le salon comme s'il était chez lui.

Il agita le porte-clés en feutre qu'elle avait confectionné pour Tom lors de leur emménagement.

— C'est aussi ma maison, vous vous souvenez ? Vous n'êtes pas la seule à avoir perdu un frère, et il serait temps que vous cessiez de m'éviter. Nous avons de nombreuses décisions à prendre.

Comme, d'après leurs testaments, Tom et Liam leur avaient tout laissé, elle ne pouvait l'empêcher d'entrer sauf à vendre l'appartement, ce qui était hors de question pour l'instant.

Il se laissa tomber sur le canapé. Avait-il l'intention d'y passer la nuit ? Quelle pensée horrible ! N'ayant d'autre solution que de faire contre mauvaise fortune bon cœur, elle s'assit dans le fauteuil – avec beaucoup moins de légèreté que lui.

— Je croyais que vous ne vouliez rien avoir à faire avec ce bébé, dit-elle.

Lui avait le choix, contrairement à elle. Quoi qu'il arrive, elle devrait mettre cet enfant au monde et devenir sa mère.

— Quand il ne s'agissait que de donner mon sperme pour permettre à mon frère de devenir père. Seul le bonheur de Tom m'importait. Tom n'est plus là maintenant et ce bébé va avoir besoin qu'on veille sur lui.

— Je m'en chargerai. Je suis sa *mère*.

C'était elle qui avait subi toute la procédure d'insémination artificielle et porté cet enfant pendant tous ces mois. Elle dont le corps avait irrémédiablement changé. Alors que lui s'était contenté de fournir quelques petits nageurs.

— Et moi le père, au cas où vous l'auriez oublié.

— Je n'ai pas oublié et je vous offre l'opportunité de prendre vos distances, comme vous en aviez l'intention.

Elle ne tenait pas à élever cet enfant seule, mais cela valait mieux que de passer le reste de sa vie auprès de cet homme.

Elle avait échappé à l'emprise de ses parents, ce n'était pas pour retomber entre les pattes d'un homme qu'elle connaissait à peine. Le décès récent de son frère l'avait certes fragilisée, mais elle ne permettrait à personne d'en profiter.

Jamie se leva et la domina un instant de toute sa hauteur. En costume tiré à quatre épingles et cravate, sa tenue de travail sans doute, il était impressionnant, surtout comparé à elle et ses leggings de maternité chaque jour un peu plus larges, son immense T-shirt en jersey stretch gris foncé.

Puis il s'avança d'un pas si décidé qu'elle en eut la bouche sèche et se pencha vers elle.

— Aucune chance, lui dit-il à l'oreille.

Elle sentit son souffle chaud lui balayer la joue et ses poils se dresser sur ses bras tandis qu'il s'éloignait déjà en direction de la cuisine.

Après avoir repris ses esprits, elle lui emboîta le pas et resta pétrifiée sur le pas de la porte en le voyant ouvrir tous les placards sans se soucier du fait qu'elle vivait dans cette maison. Qu'il ait hérité d'une partie des lieux ne lui donnait pas le droit de se comporter ainsi et n'arrangeait certainement pas leurs relations pour le moins tendues.

— Il n'y a donc aucune nourriture mangeable ici ? fit-il en fourrageant dans le réfrigérateur, le nez froncé.

— Il n'y a *que* de la nourriture mangeable, et certainement plus saine que les plats transformés que vous affectionnez probablement.

Liam et Tom avaient partagé ses goûts en matière culinaire, mais Jamie ne semblait pas du genre à se nourrir de salade et de carottes.

— Vive un bon hamburger, lança-t-il, corroborant, en digne descendant des hommes des cavernes, son goût pour la viande rouge.

Bien que mince, il était solidement bâti, ses vêtements ajustés le confirmaient. Un corps qui avait besoin de protéines pour le soutenir. Mais elle l'imaginait plus fendre l'eau d'une piscine, frimant en maillot de bain moulant, que soulever de la fonte.

— Nous allons devoir faire quelques courses ou je vais mourir de faim.

Clignant des yeux, elle effaça de son esprit l'image de Jamie à demi nu pour faire face à la version habillée qui la contemplait, sourire ironique aux lèvres, comme s'il lisait dans ses pensées. Une bouffée de chaleur la submergea, qu'elle mit sur le compte de l'énervement devant cet envahisseur qui se permettait de fouiller dans ses placards.

— Vous... Vous n'habitez pas ici. Le contenu de mes placards ne vous regarde pas, dit-elle en passant derrière lui pour claquer chacune des portes qu'il avait ouvertes.

— Écoutez, Kayla. J'avais accepté de n'être qu'un père biologique quand Tom était là pour élever son enfant. En disparaissant, il m'a passé le témoin et je ne compte pas rester les bras croisés à vous regarder élever mon bébé avec vos théories farfelues de hippie.

Satisfait, il s'appuya contre le plan de travail, l'air parfaitement détendu, alors qu'elle frôlait l'implosion. *Son* bébé. Théories de *hippie*. D'une phrase, il venait de ridiculiser ses compétences maternelles, comme si le fait d'être végétarienne et de méditer pour soulager son stress était grotesque, alors que c'était pour elle un moyen de reprendre le contrôle de sa vie.

Elle ouvrit la bouche et la referma avant de prononcer des paroles indignes d'une femme comme elle.

— Premièrement, dit-elle une fois calmée, d'une voix plus forte que prévu qu'elle s'empressa de baisser d'un ton de peur qu'il ne l'accuse en plus d'hystérie, ce bébé n'est pas un témoin. C'est un être humain qui grandit en moi. Donc, je me passe de votre avis. Je suis sa mère.

— Et moi son père.

Cet homme était agaçant au possible.

Compte jusqu'à dix, Kayla, et ne pense même pas à lui jeter cette poêle à frire à la tête.

Soudain, se détachant du plan de travail, il vint vers elle, la faisant reculer. Elle cherchait toujours à éviter les confrontations ; les éclats de voix réveillaient en elle de mauvais souvenirs d'enfance.

Jamie avait le don de la faire sortir de ses gonds. Tom avait pourtant eu une véritable adoration pour son frère, parlant de lui en termes si élogieux qu'elle s'était attendue à rencontrer un saint. En ce qui la concernait, elle le considérait plutôt comme une véritable nuisance.

D'autant qu'ils savaient tous les deux qu'elle avait été sur le point de le suivre pour une partie de jambes en l'air débridée, et que seule l'arrivée de son frère l'en avait empêchée.

— Écoutez, Kayla. Je ne suis pas venu pour me battre. Je veux juste m'assurer que vous et le bébé restez en bonne santé. C'est le dernier lien qui me reste avec mon frère, et ma seule famille.

C'était un touchant cri du cœur, mais il n'était pas pour autant question de le laisser diriger sa vie.

— Et qu'envisagez-vous de faire ? Me faire suivre un régime alimentaire conforme à vos critères ? Je ne suis pas le genre de femme à me soumettre à votre volonté.

— Waouh !

— Quoi ? Aucune femme ne vous a jamais tenu tête ?

Évidemment, avec son métier et son physique, il avait certainement l'habitude d'être obéi au doigt et à l'œil.

Il éclata de rire, déclenchant une série de réactions inattendues en elle, au creux de son ventre notamment.

— Je trouve juste le fonctionnement de votre esprit intéressant.

— Liam et Tom vous ont peut-être laissé la moitié de cette maison, mais vous n'avez aucun droit sur mon corps.

À peine eut-elle fini sa phrase que des images de la bouche et des mains de Jamie courant sur son corps lui traversèrent l'esprit, la perturbant plus que de raison.

Décidément, la grossesse avait des effets pervers sur elle, d'autant qu'elle ne se souvenait pas avoir jamais ressenti de telles émotions avec ses anciens petits amis, ce qui expliquait probablement l'échec de ces relations.

Jusque-là, le sexe n'avait pas été important pour elle, elle était incapable de laisser un inconnu prendre le contrôle de son corps. Et voilà qu'aujourd'hui quelques paroles arrogantes de la part d'un homme qui avait le don de l'énerver semaient la pagaille dans sa tête.

En tout cas, elle allait devoir trouver un moyen de se débarrasser de lui, pour que le bébé et elle puissent vivre leur vie comme ils l'entendaient.

— Techniquement, comme vous êtes enceinte de mon enfant, votre corps m'intéresse au plus haut point.

Et pas seulement pour le bébé, reconnut Jamie par-devers lui.

Petite et toute en courbes, même enceinte Kayla n'était pas vraiment son type de femme. Ses cheveux couleur miel cascadaient en boucles désordonnées sur ses épaules, à l'avenant de son style vestimentaire – plusieurs couches superposées de vêtements vintage mal assortis que la plupart des gens auraient destinés à la poubelle.

Il y avait également une totale incompatibilité entre eux sur le plan personnalité, comme en attestait le présent échange. C'était une vraie emmerdeuse dont il se serait bien passé. Pourtant, depuis le décès de Tom et Liam, il avait été incapable de garder ses distances. Le chagrin n'expliquait pas tout et il espérait bien que ce soudain intérêt s'évanouirait dès la naissance du bébé. Parce que toute autre conclusion était vouée au désastre.

— Vous n'avez aucun droit sur mon corps, répondit-elle en croisant les bras sur sa poitrine épanouie qu'il évita de regarder.

— Pareil pour moi. Alors je vous saurais gré de cesser de me dévisager comme si j'étais un appétissant morceau de viande.

— Je ne vous regardais pas ! dit-elle, cramoisie.

Il brancha la bouilloire et sortit un mug du placard.

— Que les choses soient claires, Kayla. Mon seul intérêt concerne le bébé que vous portez.

— Le mien aussi.

Ayant retrouvé ses esprits, elle s'approcha de lui, suffisamment près pour qu'il perçoive un effluve de son parfum floral – qu'elle avait probablement composé elle-même avec des marguerites et des boutons-d'or, par une nuit de pleine lune.

Elle ouvrit le placard et en sortit un mug bancal en faïence bleue, de toute évidence fait main, qu'elle posa sur le comptoir.

— J'imagine que tout est déjà prévu pour l'accouchement. Nos frères n'étaient pas du genre à s'en remettre au hasard.

Même si elle lui paraissait plutôt du genre à laisser la nature suivre son cours.

— Je compte accoucher naturellement, ici.

Bon sang, il aurait dû s'en douter.

— Aucune chance.

— Quoi ? C'est ce que Tom, Liam et moi voulions. Vous ne pouvez pas juste débarquer ici et...

— Et quoi ? Vouloir ce qu'il y a de mieux pour ce bébé ? C'est-à-dire venir au monde dans un hôpital avec tous les soins médicaux à disposition si nécessaire ?

Elle n'en croyait pas ses oreilles. Ils avaient prévu une arrivée dans ce monde aussi paisible que possible pour le bébé et voilà que Jamie envisageait un accouchement aussi bruyant, perturbant et bouleversant qui soit dans un environnement hospitalier. Pas question d'accepter, ni de laisser quiconque lui dicter sa loi.

— Au cas où vous l'auriez oublié, j'ai été sage-femme et, croyez-moi, je sais la différence que peut faire, pour une mère et son enfant, une naissance paisible à la maison, entourée de visages familiers, enveloppée d'amour, plutôt que de machines et d'une équipe médicale débordée. C'est d'ailleurs la raison pour laquelle j'ai changé de métier.

Accepter les règles établies par la direction de l'hôpital lorsque les naissances contrariaient leurs agendas lui avait été très difficile. Elle avait rapidement compris qu'elle préférait se consacrer à une seule mère à la fois plutôt que de travailler à la chaîne sans réel contact avec les familles.

— Dans ce cas, vous savez que toute grossesse comporte des risques. Les complications survenues lors d'un accouchement à la maison ne peuvent être soignées aussi efficacement que dans un hôpital.

— Je suis qualifiée pour prendre les décisions qui justifieraient un transfert à l'hôpital.

— Alors expliquez-moi, vous avez l'intention d'accoucher nue et seule au milieu d'un champ ? demanda-t-il de ce ton supérieur qu'utilisaient les membres du corps médical en cas de désaccord.

— Vous avez le droit de ne pas apprécier mes méthodes, mais pas celui de vous en moquer.

— Difficile de ne pas faire autrement, murmura-t-il.

Elle prit une profonde inspiration. Cela se confirmait, aucun accouchement paisible ne serait possible en sa présence.

— Qu'y a-t-il de si répréhensible à vouloir rester chez soi à écouter de la musique et de laisser la nature remplir son office ?

— C'est égoïste.

— Non, il ne s'agit que d'une alternative à l'accouchement hospitalier. Les femmes accouchent ainsi depuis des siècles. Je saurai me débrouiller.

— Quoi ? Vous comptez accoucher toute seule ? Désolé, mais c'est complètement dingue. J'ai déjà perdu mon frère, je n'ai pas l'intention de vous laisser mettre la vie de mon bébé en danger pour satisfaire vos caprices de hippie. Les années soixante n'étaient pas aussi idylliques qu'il y paraît, vous savez. Le taux de mortalité était élevé à l'époque, pour ces raisons justement.

Respire. Inutile de lui voler dans les plumes.

De toute évidence, les dinosaures n'avaient pas tous disparu de la surface de la planète.

— Il y a ce qu'on appelle des amis – une notion qui ne doit pas vous être familière si c'est ainsi que vous traitez ceux que vous rencontrez. Une sage-femme m'assistera pendant le travail.

— Formidable, je me sens rassuré, vous serez deux à hurler à la lune en faisant brûler de l'encens.

D'où sortait-il de telles idées ? Il était médecin bon sang. Ses réactions semblaient avoir des motivations personnelles, comme s'il désapprouvait simplement son choix de vie sans vraiment la connaître.

Tout tournait autour de ses souhaits pour son bébé, la reléguant au simple rôle d'incubateur qui n'aurait pas dû avoir d'opinion personnelle.

— Je me moque de ce que vous pensez, Jamie. Il s'agit de mon espace de vie, de mon corps, de mon bébé et de mon accouchement. Vous n'y assisterez pas, inutile donc de vous inquiéter.

Le bébé percerait probablement sa première dent avant qu'elle lui annonce la naissance.

Jamais elle ne lui permettrait d'assister au moment le plus important de sa vie, à lui hurler des instructions et à la traiter de flemmarde comme son ancien prof d'éducation physique.

— Qui a dit que je ne serais pas là ?

— C'est mon premier enfant, et il n'arrivera pas avant plusieurs semaines. Il y a par conséquent peu de chances que vous soyez ici quand le travail commencera.

— Je vais augmenter mes chances.

— Comment cela ? demanda-t-elle avec un soupir.

Il l'épuisait. Sitôt qu'elle se serait débarrassée de lui, elle ferait une séance de méditation pour nettoyer ses chakras de toute la négativité qu'il avait laissée dans son sillage.

Elle écouterait peut-être ce CD de chants des baleines que les garçons lui avaient offert pour plaisanter – sa façon à elle de se moquer de ce père biologique.

— Je vais m'installer ici, dit-il avec un petit sourire narquois qui ne fit qu'accentuer l'impact de la bombe qu'il lâchait sur elle.

Comment n'avait-elle pas vu venir ce scénario contre lequel elle ne pouvait rien ?

3

— Ce n'était pas du tout prévu. Il n'a jamais été question que cela se transforme en dictature, répondit Kayla avant de se mettre à pleurer.

Jamie, qui se réjouissait d'avoir eu le dernier mot, sentit son exaltation retomber instantanément.

Dieu savait qu'il n'était pas venu dans le but de la contrarier. Depuis la mort de son frère, il tenait à jouer un rôle dans la vie de ce bébé. Ils avaient tous les deux subis un deuil, et cela avait modifié leur relation. Confronté à ses nouvelles responsabilités, il avait changé, et Kayla faisait partie de ce nouveau chapitre de sa vie. La contrarier n'améliorerait certainement pas la situation.

— Pourquoi ne pas vous asseoir, dit-il en tirant un des tabourets du bar.

Maintenant qu'elle avait perdu son air buté, il prenait conscience de sa vulnérabilité. Il ne devait pas être facile pour son petit corps de porter une telle charge, alourdie de tous les rêves, de tous les espoirs de leurs frères.

— Arrêtez de me dire ce que je dois faire ! hurla-t-elle brusquement, le visage cramoisi, avant d'éclater en sanglots.

Ses plaintes résonnèrent dans la cuisine, touchant Jamie au cœur. Lui qui ne voulait que le meilleur pour la mère et l'enfant, il ne faisait qu'ajouter à son stress.

Il recula donc, les deux mains levées comme pour pacifier un animal sauvage.

— J'essayais seulement de vous mettre à l'aise.

Il ne trouverait probablement pas de tensiomètre parmi les

cristaux et autres bongos qui se mêlaient à son matériel professionnel. Il ferait donc mieux de courir jusqu'à sa voiture récupérer sa trousse médicale pour vérifier sa tension. À supposer qu'elle le laisse approcher.

— Taisez-vous, taisez-vous, taisez-vous ! cria-t-elle d'une voix qui monta crescendo avant de conclure en tapant du pied sur le sol.

Il aperçut avec horreur un filet de liquide qui coulait le long de ses leggings et formait une flaque sous elle.

— Ne paniquez pas, dit-il, je crois que vous venez de perdre les eaux.

Il s'approcha et passa un bras autour de ses épaules pour l'entraîner vers le salon.

— C'est trop tôt, répliqua-t-elle, de toute évidence sous le choc.

— Pas vraiment. Le bébé est viable. Inutile de paniquer. Où puis-je trouver quelque chose pour protéger le canapé ?

Elle avançait avec un dandinement encore plus prononcé, mais sans protester.

— Il y a des serviettes dans la commode en bois, là.

Il se dirigea vers l'endroit indiqué, séparé du reste du mobilier de la pièce. Un cercle de gros coussins délimitait une espèce de nid géant sur le sol, mais ce n'était pas le moment d'ironiser là-dessus. Retenant les questions et les plaisanteries qui lui brûlaient les lèvres, il attrapa deux serviettes gris délavé dans le meuble.

— Je vais prévenir la maternité de votre arrivée. Ma voiture n'est pas loin, je vais vous y conduire.

Il couvrit le canapé du mieux qu'il put pour qu'elle puisse s'installer le temps qu'il approche sa voiture devant la porte.

— Combien de fois faudra-t-il vous répéter que je veux accoucher chez moi ? Cherry est mon accompagnante périnatale. Appelez-la, ainsi que ma sage-femme. Leurs numéros sont dans mon sac.

Elle indiqua le sac posé au milieu du nid de coussins dans l'attente probable de cet instant.

— Je les appellerai, mais comme vous n'êtes pas à terme, je préférerais vous emmener à l'hôpital.

Il faisait de son mieux pour rester calme, mais redoutait de mener une bataille perdue d'avance.

— C'est votre faute. Vous avez tout gâché. Je ne vous permettrai pas de diriger les opérations.

Elle poussa un cri de douleur et se pencha en avant, les bras autour de son ventre.

— Des contractions ? demanda-t-il en s'accroupissant devant elle, sa montre à la main pour calculer leur fréquence.

Elle hocha la tête, le visage contracté par la souffrance. Il aurait aimé pouvoir prendre sa place, mais devait se contenter de lui tenir la main en attendant que la douleur s'atténue. Tout était de sa faute. Il avait eu tellement à cœur de participer à cet événement qu'il avait piétiné les sentiments de Kayla au point de déclencher le travail.

— Je vais appeler Cherry et prévenir la sage-femme que le travail a commencé.

C'était le moins qu'il pouvait faire. Comme il se levait pour aller récupérer les numéros de téléphone, elle lui attrapa la main – le premier signe qu'elle acceptait son aide même si c'était probablement seulement sous le coup de la peur.

— Vous resterez avec moi jusqu'à leur arrivée, n'est-ce pas ? demanda-t-elle.

— Si vous êtes d'accord, je resterai jusqu'à la naissance.

Ainsi, il pourrait faire ses propres observations et prendre des décisions en fonction de ce qui se passait. À la moindre inquiétude, il appellerait l'hôpital.

— Je ne veux pas que vous interfériez plus, Jamie. Appelez Cherry.

— Faisons un compromis. Je reste à distance, mais au moindre signe que les choses se gâtent, j'interviens.

— Très bien. Appelez Cherry, dit-elle de nouveau avec un sanglot suivi d'une nouvelle contraction.

Le bébé semblait pressé de rencontrer ses parents.

Kayla tentait d'oublier la douleur en se concentrant sur le beau bébé qu'elle aurait, une fois que tout serait fini. En vain. Elle avait pourtant assisté à des tas d'accouchements, mais la panique s'était emparée d'elle dès les premières crampes. Elle n'était pas prête à devenir mère.

— Je suis étonnée qu'aucune de mes patientes ne m'ait giflée quand je leur conseillais de respirer pendant le travail. C'est plus facile à dire qu'à faire.

Lorsqu'une nouvelle contraction arriva, elle serra très fort les doigts de Jamie. Aucune raison de l'épargner puisqu'il semblait si désireux de participer.

— Vous ne tenez pas plus à m'entendre dire que vous êtes courageuse, j'imagine ?

Son sourire se transforma en grimace tandis qu'elle resserrait l'étau sur ses doigts. Le regard de Kayla était suffisamment venimeux pour décourager ce genre de commentaires condescendants, même sur le ton de la plaisanterie.

La sonnerie de la porte sauva sa main, mais priva Kayla d'un exutoire à ses douleurs. Être seule était encore pire. En l'absence de Jamie, elle prit brusquement conscience qu'elle allait faire tout cela sans l'aide de Tom et Liam. Elle avait besoin de quelqu'un près d'elle, même s'il s'agissait de Jamie.

— Bonjour, ma chérie. Le moment est venu, on dirait ?

Une bouffée de gardénia annonça l'arrivée de Cherry et suffit à déclencher une nouvelle crise de larmes chez Kayla.

— Elle a des contractions toutes les quatre minutes. La sage-femme est en route, dit Jamie pour que Cherry puisse s'organiser.

Étonnant. Après avoir déclaré qu'il n'approuvait pas ces méthodes, voilà qu'il se retrouvait à y participer.

Cherry s'assit près de Kayla.

— Seigneur, nous ferions mieux de nous préparer. Jamie...

— Dr Garrett, corrigea-t-il.

Une faible tentative pour obtenir un peu d'autorité dans une situation où il n'en avait aucune.

Cherry, comme Kayla, ne se laissait pas facilement intimider.

— Je suis certaine que Kayla vous a expliqué que nous voulions conserver une atmosphère détendue, ici. Donc si cela ne vous ennuie pas, je vous appellerai Jamie. Maintenant, pourriez-vous aller nous préparer une tasse de thé pendant que j'aide Kayla à ôter ces vêtements mouillés ?

La crispation de ses mâchoires trahissait son désaccord, mais il obtempéra quand même pour leur laisser un peu d'intimité.

— J'imagine qu'il s'agit du père, dit Cherry en aidant Kayla à se déshabiller.

— Pas celui que j'avais envisagé d'avoir avec nous, mais il a insisté.

— Ce n'est pas plus mal puisque Tom et Liam ne sont plus là. Il fait partie de la famille.

Kayla parvint à enfiler la chemise de nuit en coton qu'elle avait choisie pour l'occasion. Elle pourrait toujours l'ôter si l'envie la prenait d'accoucher nue, que Jamie soit là ou pas.

— Toi et Debbie faites plus partie de ma famille que lui. Je le connais à peine.

— Donne-lui une chance, Kay. Vous êtes ensemble dans cette histoire. Sans compter qu'il est plutôt mignon. Je suis surprise que vous n'ayez pas conçu ce bébé de façon plus naturelle. Cela aurait sans doute été bien plus agréable.

— Cherry !

Elle ne jugea pas utile de préciser qu'ils avaient bien failli en passer par là. Mais il était évident qu'ils ne pouvaient pas se retrouver dans la même pièce sans se quereller. S'ils avaient partagé le même lit, nul doute que cela aurait fait des étincelles. Ce qui expliquait peut-être pourquoi elle ne cessait d'y penser.

— Quoi ? Je peux encore apprécier un joli petit lot même s'il n'est pas tout à fait mon genre.

— Ta femme ne serait sûrement pas d'accord, répondit Kayla.

Ses deux meilleures amies étaient mariées, et heureuses en mariage, mais Kayla se sentait bizarrement très possessive vis-à-vis de cet homme qui n'était pas le sien et ne le serait probablement jamais.

— Je suis sûre du contraire.

— Il est très différent de son frère. Jamie est grossier, ennuyeux… Un vrai dinosaure.

— Je doute qu'un dinosaure ait accepté de donner un enfant à son frère homosexuel.

Elle se montrait bien trop logique pour Kayla qui s'estimait en droit de détester le père de son bébé. Elle ne comptait plus le nombre de femmes qu'elle avait vues maudire l'homme responsable de leurs douleurs pendant l'accouchement et elle ne faisait pas exception. De plus, il n'était ni Liam ni Tom.

— De quel côté es-tu ? Je croyais qu'une accompagnante périnatale était censée m'aider à garder mon calme et me donner toujours raison ?

— Pas exactement.

— Aagh !

Une violente contraction plia son corps en deux et lui fit oublier tout le reste.

— Respire profondément. Rappelle-toi qu'il y a une bonne raison à ces douleurs. Ton corps accomplit le travail le plus important du monde pour toi et se prépare à expulser le bébé.

Kayla ferma les yeux pour visualiser la petite chose responsable de tout cela et la joie qu'elle aurait à le tenir dans ses bras. Elle serra la main de Cherry jusqu'à ce que la douleur s'atténue.

— Désolée, Kay. À partir de maintenant, j'enfile mon bonnet d'accompagnante périnatale et j'arrête de te taquiner.

— Pas totalement quand même. C'est pour ta franchise que je te voulais près de moi.

Les larmes lui montèrent aux yeux en se rappelant tous les plans qu'elle avait élaborés avec les deux papas.

Tom et Liam avaient été aussi excités qu'elle à la perspective de cette naissance, et avoir Cherry à leurs côtés représentait la cerise sur le gâteau. Une grande et belle famille. Aujourd'hui, il ne restait plus que Cherry.

— Le thé est prêt, ou du moins ce qui s'apparente au thé dans cette maison, dit Jamie en revenant avec un plateau.

Évidemment. Ses tisanes ne lui plaisaient pas. Il préférait sûrement des thés très forts et pleins de caféine, avec du lait et du sucre. Dommage pour lui !

— Votre négativité n'a pas sa place ici, Jamie. Cette naissance va être une expérience positive et cela inclut mes tisanes.

Elle prit la tasse de tisane à la framboise et attendit sa réaction.

— C'est exact et vous devez vous reposer entre chaque contraction, Kayla. Buvez votre thé et fermez les yeux. Vous allez avoir besoin de toutes vos forces.

Cherry tapota les coussins derrière son dos et Kayla obéit. De par sa propre expérience professionnelle, elle savait que le travail pouvait être long et difficile. Mais la délivrance récompensait tous les efforts même si elle entraînait de lourdes conséquences pour les mères. Compte tenu de la durée très variable du processus, il était conseillé de profiter au maximum des périodes calmes.

Une autre contraction secoua Kayla, chassant toute idée de détente. Elles semblaient s'accélérer. Dire qu'elle s'était inquiétée de devoir attendre des heures avant que le travail ne commence.

Derrière Cherry, Jamie fronçait les sourcils.

— L'espacement entre les contractions n'est plus que de trois minutes. Où est cette sage-femme ?

— Elle a probablement pensé avoir un peu de temps devant elle, vu que c'est le premier bébé de Kayla. Je suis sûre qu'elle ne va plus tarder.

La réponse calme de Cherry empêcha Kayla de paniquer plus encore. Il était normal d'avoir peur avant l'accouchement et elle n'avait certainement pas besoin de ce stress supplémentaire.

— Le bébé non plus, répondit Jamie d'un ton accusateur.

— Je vais l'appeler. Jamie, pouvez-vous rester avec Kayla jusqu'à mon retour ?

Sans commentaire, il s'installa près de Kayla.

— Comment vous sentez-vous ? demanda-t-il.

— À votre avis ?

Elle ne s'était jamais sentie aussi mal de toute sa vie.

Il passa outre son regard noir et son ton agressif.

— Je voulais juste savoir si je pouvais vous aider à adopter une position plus confortable.

D'accord. Il pouvait peut-être se rendre utile.

— Mon dos me tue. Je ne sais pas comment les femmes supportent cela pendant des heures, parfois même des jours. Je voudrais que ce soit déjà fini.

— À cette allure, votre vœu risque bien de se réaliser. Appuyez-vous là-dessus, dit-il en approchant un ottoman marron. Vous vous sentirez peut-être mieux.

En toute honnêteté, elle dut reconnaître qu'elle était soulagée de l'avoir près d'elle. Son amie Cherry était là pour la soutenir, mais si la sage-femme n'arrivait pas, l'expertise médicale de Jamie se révélerait sûrement précieuse. Il ferait tout ce qui était en son pouvoir pour que le bébé ne subisse aucun dommage.

La pression augmentait et elle avait envie de pleurer. Bien que ce soit un heureux événement, elle se sentait fatiguée et souffrait beaucoup. Elle aurait aimé que son grand frère soit là pour lui tenir la main et la rassurer, comme il l'avait toujours fait.

Jamie l'aida à se mettre à genoux. Kayla porta tout le poids de son corps sur ses bras appuyés contre le pouf pour atténuer la douleur. Une pression dans son dos la soulagea et elle comprit que c'était Jamie qui lui massait le bas de la colonne vertébrale sans qu'elle ne lui ait rien demandé.

La contraction dura plus longtemps, cette fois. Kayla gémit – un râle qui montait du fond de ses entrailles et qui lui donna l'impression d'être un animal en train de mettre bas.

— C'est ça, Kayla. Celle-ci est presque terminée.

La voix calme et réconfortante de Jamie n'avait rien de condescendant. Il l'encourageait et lui remontait le moral, il lui donnait le sentiment que, malgré ses doutes, elle allait y arriver.

Quand la contraction s'apaisa, il aida Kayla à se rasseoir et elle ferma les yeux, appelant le sommeil de ses vœux. Jamie repoussa les mèches humides sur son front. La fraîcheur de sa main la soulagea et elle appuya dessus pour la maintenir là.

— C'est bon, n'est-ce pas ?

Elle n'eut pas besoin d'ouvrir les yeux pour deviner qu'il souriait d'un air satisfait de voir sa présence finalement appréciée, malgré tout.

— Hum, hum.

— Au retour de Cherry, j'irai vous chercher une compresse fraîche.

À cet instant, elle entendit celle-ci prendre congé au téléphone.

— Kayla...

Au ton de voix hésitant de son amie, Kayla ouvrit brusquement les yeux d'un air alarmé.

— Je ne veux pas t'inquiéter, dit Cherry en tapotant son épaule, mais la sage-femme a eu un petit accident de voiture en chemin. Elle va bien, mais risque d'être retardée.

Concentre-toi sur ta respiration. Un, deux, trois...

Jamie se leva et elle le regarda arpenter la pièce d'un air inquiet en se frottant les tempes, faisant de son mieux pour ne pas exploser.

Quatre, cinq, six...

— Que fait-on maintenant ?

— Elle a appelé une ambulance pour toi. Tout dépend du temps qu'ils vont mettre à arriver.

La couleur blême n'allait pas du tout au visage de Cherry. Pourtant, ce n'était pas sa faute, ni celle de Kayla. Personne n'aurait pu prédire cela. Sauf Jamie.

— Je peux te conduire à l'hôpital, si c'est ce que tu veux, dit-il, les yeux suppliants.

Il ne songeait qu'au bébé, elle le comprenait, mais elle allait faire passer sa propre tranquillité d'esprit avant la sienne.

— Non. Je veux accoucher chez moi.

Elle parla d'une voix aussi calme que possible pour qu'il comprenne qu'elle prenait cette décision les idées claires. Même sans calmants et sage-femme, elle allait accoucher comme elle le voulait.

Au lieu de se disputer avec elle, il se tourna vers Cherry.

— Avez-vous déjà pratiqué un accouchement ? lui demanda-t-il.

— Non. J'en ai vu beaucoup, mais mon travail n'est pas d'interférer avec les sages-femmes ou les médecins.

— Je veux juste savoir à quoi m'attendre si l'ambulance n'arrive pas à temps.

Kayla, contrairement à lui, préférait ne pas y penser, même si elle comprenait qu'il fallait en passer par là.

— Tout indique que le bébé se porte bien jusque-là. Il n'y a donc aucune raison pour que l'accouchement se passe mal.

Si elle avait rencontré le moindre problème pendant sa grossesse, elle aurait été la première à s'en remettre aux médecins.

— Espérons-le, répondit-il d'un ton sarcastique. Ce n'est qu'une question de vie ou de mort, après tout.

Son commentaire plana un moment au-dessus d'eux.

— Et vous, Jamie ? Avez-vous déjà pratiqué un accouchement ? s'enquit Cherry dont la présence servait de tampon entre les deux autres.

— Il y a longtemps et il s'agissait d'une urgence. Je n'ai pas eu le choix.

— Vous êtes médecin et je suis sage-femme. Je suis certaine… que nous pourrons nous en sortir.

Elle termina à peine sa phrase, le souffle coupé par la violence d'une nouvelle contraction.

— Bien. La poussée est forte, signe que nous sommes proches, dit Cherry.

Elle-même utilisait ces phrases positives pour apaiser les parturientes, mais, en l'occurrence, rien n'aurait pu arrêter les sanglots qui accompagnaient maintenant les dernières étapes de l'accouchement.

Elle serra très fort la main qui tenait la sienne, mais fut déçue de constater que c'était celle de Cherry et non de Jamie, qu'elle vit se diriger vers la porte. Son cœur se serra. S'il la quittait maintenant, il n'y avait aucune chance qu'ils puissent un jour travailler de concert pour élever cet enfant. Cela demandait de s'investir, pas de taper du pied jusqu'à obtenir ce qu'on voulait. Elle n'avait peut-être pas sauté de joie à l'idée qu'il s'implique dans la vie de l'enfant, mais il avait gagné sa place auprès d'elle. S'il la voulait toujours.

La douleur à la base de son dos atteignit un degré insoutenable et elle ne put retenir un gémissement. Cherry l'aida à se mettre à genoux.

— Où est parti Jamie ? lança-t-elle. J'ai besoin de lui.

Soudain, tout ce qui l'entourait disparut. Elle se retrouva dans une espèce de transe et s'abandonna à mère nature jusqu'à ce qu'un linge humide soit appliqué sur la peau brûlante de son front et lui procure un apaisement bienvenu.

— Je croyais que vous étiez parti, confia-t-elle d'une voix hachée entre deux profondes inspirations.

Il parut énervé qu'elle puisse penser cela, mais elle avait été surprise qu'il capitule aussi facilement devant sa décision. Elle serait plus rassurée s'il restait là, au cas où la sage-femme n'arriverait pas à temps.

— Je ne peux plus le supporter, dit-elle en sanglotant, souhaitant s'endormir très vite et se réveiller une fois tout terminé.

Mieux encore, se réveiller et réaliser que cette histoire de mère porteuse n'avait été qu'un rêve.

— Il est trop tard pour reculer, maintenant. Ne vous inquiétez pas, ce ne sera pas long.

Il disait et faisait exactement ce qu'il fallait – ce qui changeait agréablement de leur constante bataille pour être l'*alpha dog*. Jamie était parfait quand il n'essayait pas de tout régenter.

— Appuyons-la contre les coussins, ordonna Cherry, à quoi Jamie obéit sans rechigner.

— Je reprends ça, déclara-t-il en ôtant le linge sur son front. Je ne crois pas que ce soit d'une grande utilité.

À la place, il lui posa sa propre main sur le front.

— Ça fait du bien. Vous me faites du bien.

Il repoussa de nouveau les mèches de cheveux de son visage et, à son contact, elle faillit croire qu'elle parviendrait à dormir. Mais son corps ne tarda pas à la rappeler à la réalité.

Elle ressentait un fort tiraillement entre les jambes, ainsi qu'une puissante envie de se mettre en position accroupie.

— S'il vous plaît, aidez-moi à me redresser, dit-elle.

— Voulez-vous pousser ? demanda Jamie en se plaçant face à elle, prêt à délivrer le bébé.

— Kayla ne veut pas traumatiser l'enfant en le forçant à sortir. Cette naissance doit se passer naturellement.

Cherry ne faisait que répéter ce que Kayla aurait pu dire à ses patientes mais, en l'occurrence, Jamie avait raison. Le corps de Kayla réclamait qu'elle pousse.

— Je crois que je n'ai pas le choix, lâcha-t-elle.

— À la prochaine contraction, je veux que vous poussiez. Je vais devoir remonter votre chemise de nuit qui me gêne, d'accord ?

Elle ne risquait pas d'accoucher sans qu'il la voie, aussi hocha-t-elle la tête. Il était médecin et elle se sentait ridicule de ressentir de la gêne. Puis la douleur se chargea de lui rappeler qu'elle se moquait de tout, sauf d'en finir au plus vite.

— Nous allons y arriver, affirma Cherry en continuant à frotter son dos, prête à accepter toutes les décisions de Kayla.

Jamie et Cherry crièrent des encouragements quand elle entra dans la dernière étape, plus vite qu'aucun d'eux ne l'avait envisagé.

— Accrochez-vous à mes épaules et serrez autant que vous voulez, dit Jamie, lui arrachant un sourire.

— Je vais vous prendre au mot.

— C'est une proposition limitée au temps de l'accouchement, ajouta-t-il avec un sourire qui disparut quand elle poussa un nouveau cri.

— Où est cette ambulance ?

Il roula ses manches tandis qu'elle pesait de toutes ses forces sur ses larges épaules, l'utilisant comme levier pour encourager le bébé à sortir. En d'autres circonstances, un père accouchant lui-même son enfant aurait été une merveilleuse expérience, mais cela n'avait rien d'une situation normale. Pourtant la présence de Jamie l'aidait à se sentir moins seule.

— Ferme les yeux et visualise ton bébé en train de sortir, dit la voix calme de Cherry, un répit dans la tempête.

— Le bébé arrive. Je vois le haut de son crâne. Vous vous débrouillez très bien, Kayla. Notre bébé sera bientôt là.

Notre bébé...

Évidemment. Malgré sa conception inhabituelle, ce bébé était autant à lui qu'à elle.

La pièce vibrait d'animation dans l'attente du moment crucial. Elle y puisa l'énergie nécessaire pour pousser malgré la douleur.

— Kayla, arrête de pousser, demanda soudain Jamie. Cherry, je vais avoir besoin de votre aide.

— Jamie, que se passe-t-il ?

Kayla tenta de se redresser. L'atmosphère avait brusquement changé. Cherry et Jamie échangeaient des regards inquiets. Une violente nausée envahit Kayla à l'idée qu'elle avait peut-être mis la vie du bébé en danger en s'obstinant à accoucher chez elle.

— Le cordon ombilical est enroulé autour du cou du bébé, dit Jamie. Je dois le dégager et, pour cela, tu dois arrêter de pousser.

Elle avait rencontré ce genre de situation à de nombreuses reprises au cours de sa vie professionnelle et ne pouvait s'empêcher d'imaginer son bébé étouffant sous la pression.

— Kayla, halète maintenant. Inutile de paniquer. Jamie maîtrise la situation.

La respiration haletante enseignée par Cherry permit à Kayla de se retenir de pousser, permettant ainsi à Jamie de dégager le cou de l'enfant avant qu'il soit privé d'oxygène. Il ne permettrait jamais que quelque chose arrive à son enfant après avoir tant bataillé pour être à ses côtés.

— C'est fini, Kayla. Le cordon est déroulé. À la prochaine contraction, le bébé sortira.

La voix de Jamie exprimait tant de fierté en annonçant cette nouvelle ! Kayla sut que tout allait bien se passer.

Jamie avait du mal à réaliser qu'il était en train d'assister à l'accouchement de son propre enfant. Jamais il n'aurait imaginé une telle situation quand il avait promis à son frère de l'aider. Pourtant, pour rien au monde il n'aurait voulu manquer cela.

— C'est un garçon.

Son cri se mêla à ceux de Kayla tandis qu'il accueillait le petit corps glissant dans ses mains, et toute l'émotion du moment l'envahit. Il avait perdu son frère, mais Tom lui avait laissé un précieux cadeau.

— Comment va-t-il ? demanda Kayla d'une voix paniquée.

Jamie tendit l'enfant à Cherry qui le donna à sa mère pour le si primordial contact peau à peau.

— Il est magnifique. Félicitations à vous deux, maman et papa.

Jamie se sentait épuisé, alors que Kayla avait fait tout le travail. Ses yeux brillaient d'ailleurs de mille feux tandis qu'elle murmurait des paroles de bienvenue à son enfant. Jamie n'avait jamais rien vu d'aussi beau.

— Tu as fait un travail formidable, Kayla, dit-il en déposant un baiser sur sa joue avant de se pencher sur le bébé pour babiller à son tour.

— Toi aussi, reconnut-elle en lui adressant un sourire timide avant de détourner le regard.

Avec un peu de chance, ils avaient maintenant enterré la hache de guerre, une condition indispensable s'ils voulaient assumer ensemble le rôle de parents.

Les coups répétés contre la porte d'entrée mirent fin à ce joli portrait de famille.

— Ce sont sûrement les ambulanciers. Je m'en occupe, dit

Cherry en se dirigeant vers la porte, les laissant seuls pour la première fois.

— On dirait qu'il a hérité de tes poumons, dit doucement Jamie alors que le bébé manifestait son mécontentement en hurlant.

— Hum. Je dirais plutôt qu'il a hérité le sale caractère de son papa, répondit-elle du tac au tac en contemplant le petit visage tout plissé entre ses bras.

Jamie sursauta en prenant conscience qu'il était effectivement devenu père. La mort de son frère avait changé la donne et annihilé son désir de vivre sa vie sans assumer la responsabilité d'une autre vie. La question restait de savoir quel rôle il allait pouvoir jouer dans l'éducation de son fils.

4

— Est-ce que le papa aimerait couper le cordon ombilical ?

C'était une chose, d'élever son petit frère ou de donner son sperme sans intention de s'engager plus avant. Mais s'entendre appeler papa ramena brutalement Jamie à la réalité et à ses responsabilités vis-à-vis de cet enfant.

Hésitant, il se tourna vers Kayla.

— Je crois que tu as bien gagné ce droit, dit-elle, le visage rayonnant de bonheur en enveloppant son enfant dans une couverture en crochet multicolore.

Il n'en était pas aussi sûr. Alors qu'elle se révélait dans son rôle de mère, lui ne ressentait que doutes et incertitudes quant à sa position. Kayla l'avait d'ailleurs traité de play-boy au vu de son incapacité à s'impliquer, ce qui ne plaidait guère en sa faveur.

Pour autant, ce jugement ne lui semblait pas mérité. S'il donnait l'impression d'être le genre de type qui séduisait les femmes avant de les abandonner, son attitude n'était pas aussi insensible qu'elle paraissait. Tom et lui avaient cruellement souffert de l'indifférence de leurs parents. Leur père – un homme égoïste et dur – n'était vraiment pas taillé pour devenir père. Ce qu'il avait d'ailleurs largement prouvé en ne changeant absolument rien à sa vie. La présence de deux jeunes enfants à la maison n'allait certainement pas l'empêcher de continuer à se shooter à l'adrénaline et à jouir de la vie au grand air en toute solitude. Jamie avait toujours redouté d'avoir hérité de son égocentrisme.

Bien sûr, il avait élevé son frère de son mieux, mais il s'agissait de son frère et il n’avait pas eu le choix. Cela ne préjugeait en rien de ses capacités de père. D’autant que son attitude après le départ de Tom n’avait guère été propice à la vie de famille. Il n’était pas assez naïf pour croire que l’arrivée de ce bébé allait brusquement le transformer et le faire passer du statut de célibataire endurci à celui de père attentionné.

Seules de tragiques circonstances l’avaient placé dans cette situation, qui échappait à son contrôle. Évidemment, il se réjouissait d’avoir pu assister à l’accouchement, non seulement parce que cela lui avait permis d’apporter son aide dans une situation délicate, mais aussi parce qu’il espérait que cela modifierait un peu le jugement de Kayla à son égard. Il tenait à ce qu’elle le considère comme un compagnon de voyage, pas comme un obstacle sur sa route.

— Je suis vraiment content de vous voir, les gars, dit-il d’un ton léger à l’ambulancier qui lui tendait les ciseaux.

— Vous vous êtes pourtant très bien débrouillé sans nous, répondit l’homme en lui assénant une tape amicale dans le dos.

C’était Kayla, pas lui, le véritable héros de l’histoire. Forte de ses convictions, elle avait tenu bon et, grâce à sa ténacité, ni elle ni l’enfant ne souffrait des séquelles engendrées par les calmants généralement administrés dans les hôpitaux. Lui n’était pas certain qu’il aurait été capable de supporter la douleur sans supplier qu’on lui donne un analgésique.

L’accouchement l’avait fait transpirer et il rêvait d’une bonne douche.

— Nous allons maintenant examiner la mère et l’enfant pour nous assurer que tout va bien avant de partir, dit l’ambulancier, lui signifiant ainsi, avec diplomatie, de débarrasser le plancher, ce qui convenait parfaitement à Jamie.

— Bien sûr. Je sors un moment.

Kayla avait Cherry pour lui tenir compagnie et il espéra qu’elle ne remarquerait pas son absence.

Une fois dehors, l’air frais le ramena brusquement à la réalité. Sous le coup de l’émotion, il chancela et dut s’appuyer au mur pour retrouver son équilibre. Tout se mit soudain à tourner autour de lui et il se laissa glisser, dos au mur, jusqu'à s'asseoir, les jambes étendues devant lui. Il comprenait finalement pourquoi les hommes avaient en général besoin d'un bon remontant après la naissance de leur bébé. Surtout s'ils l'avaient eux-mêmes mis au monde.

Après quelques profondes inspirations, la crainte de s'évanouir se dissipa. Ce n'était pas tant l'accouchement en lui-même qui pesait sur lui que l'impact émotionnel de la situation. Il était devenu père. Il avait un fils. Kayla allait être parfaite. Il y avait tant de belles choses à fêter – une joie néanmoins atténuée par l'absence de Tom et Liam.

Jamie ne prit conscience qu'il pleurait qu'en voyant les larmes tomber au sol.

— Il est parfait.

Kayla ne parvenait pas à détacher le regard de son fils. Pour la première fois de sa vie, elle avait le sentiment d'avoir accompli quelque chose de bien. Elle avait conçu un petit être humain parfait. Pas toute seule naturellement, Jamie avait joué un rôle vital, tant avant que pendant la naissance, et elle lui devait beaucoup. Il avait fourni l'aide médicale nécessaire et le support moral indispensable. De toute évidence, il y avait plus chez lui qu'un beau visage à la langue bien pendue.

Pour le moment, son monde tournait autour du bébé, sa seule famille et son dernier lien avec Liam. Elle aurait seulement préféré qu'il soit là auprès d'elle.

— Tu as déjà réfléchi à un prénom ? demanda Cherry en aidant le bébé à se positionner pour sa première tétée.

— Je dois d'abord en discuter avec Jamie.

C'était la moindre des choses, de l'inclure dans la réflexion, même si elle entendait bien avoir le dernier mot en la matière. Donner un nom à l'enfant serait sa première décision importante, une responsabilité qu'elle ne prenait pas à la légère. Tout ce qu'elle ferait en tant que mère aurait des répercussions sur l'avenir de l'enfant. Chaque action de ses propres parents avait eu des conséquences négatives sur elle et elle ne comptait pas les imiter.

Tom et Liam avaient décidé d'attendre la naissance avant de chercher un prénom.

— Nous devons d'abord voir son visage avant de décider, insistait Liam.

Ils n'avaient même pas voulu connaître son sexe, préférant la surprise.

L'autre problème, et pas des moindres, était le choix du nom de famille.

Bien qu'ils aient joint leurs noms au moment de leur mariage, O'Connell-Garrett semblait un peu lourd à porter pour un enfant. Sans compter le risque que Jamie y voit la preuve qu'il était plus qu'un simple donneur de sperme.

Elle marchait sur des œufs.

— Nous allons vous laisser, maintenant, dit l'ambulancier. Vous vous portez tous les deux à merveille, mais n'oubliez pas : au moindre souci, direction l'hôpital.

Après avoir rassemblé leurs affaires, les ambulanciers prirent congé et, bien qu'elle ait décliné leur suggestion d'une visite à l'hôpital, elle se réjouissait qu'ils aient été là pour expulser le placenta et s'assurer que le bébé allait bien.

— Merci d'être venus, dit-elle. Et excusez-moi de ne pas vous raccompagner.

Elle avait les jambes flageolantes, et l'idée de se déplacer lui paraissait au-dessus de ses forces. Elle entendait bien passer la nuit sur son tas de coussins.

— Nous nous reverrons probablement dans quelques années.

Elle mit quelques secondes à comprendre la plaisanterie.

— Aucune chance, répondit-elle d'un ton catégorique.

L'idée de recommencer l'expérience ne l'attirait vraiment pas.

— C'est ce qu'elles disent toutes, dit l'ambulancier, goguenard.

Sa coéquipière le poussa presque dehors en levant les yeux au ciel en signe d'excuse vis-à-vis de Kayla.

Après leur départ, la maison retrouva son calme. Mais un nouveau petit être exigeant allait maintenant monopoliser tout son temps et ses pensées, pour le reste de sa vie.

— Où est Jamie ? demanda-t-elle.

Il n'était quand même pas déjà parti ? Elle avait besoin de

lui, de quelqu'un qui comprenne la perte qu'elle avait subie et le mélange d'émotions qui l'agitait maintenant que le bébé était né. Jamie était le seul à pouvoir comprendre et elle tenait à savoir s'il partageait son désarroi et sa peur.

— Je suis sûre qu'il ne va pas tarder. Mais j'ai l'impression que le bébé ne tète pas beaucoup. Il faudrait que tu changes de position.

Tandis que Cherry s'affairait autour d'elle, le bébé, clairement contrarié de ne pas obtenir plus de lait, poussa un cri. Son visage se plissa en une boule de colère cramoisie. Ses hurlements allèrent droit au cœur de Kayla, réveillant son instinct maternel et son désir de l'apaiser. Mais le bébé était tellement furieux que sa petite bouche ne parvenait pas à trouver le sein.

— Qui fait tout ce bruit ?

La vue de Jamie qui venait d'entrer dans la pièce remonta le moral de Kayla.

— Je n'arrive pas à le faire téter correctement.

Qu'elle soit incapable d'accomplir un acte aussi naturel ranima son sentiment de ne pas être à la hauteur. Et si elle ne parvenait pas à faire mieux que ses parents, et si elle gâchait la vie de son enfant ? Jamais elle ne pourrait supporter une telle responsabilité.

— Tu es bien placée pour savoir que cela prend du temps, dit Cherry, rassurante. Ne t'inquiète pas. Il ne va pas mourir de faim.

Kayla disait la même chose à ses propres patientes, ce qui ne l'empêcha pas de ressentir une profonde déception de ne pas réussir du premier coup. Nourrir au sein n'aurait pas dû lui poser de problème, puisqu'elle enseignait aux autres femmes comment le faire bien.

— Explique-lui ça, répondit-elle, chaque cri du bébé lui faisant l'effet d'un coup de poignard.

— Puis-je ? demanda Jamie en prenant le bébé.

— Je t'en prie.

Il ne pouvait pas faire pire qu'elle.

Il prit délicatement l'enfant et le tint dans le creux de son bras. Kayla remarqua alors ses yeux bordés de rouge. Il avait pleuré. Peut-être après avoir réalisé ce qui l'attendait. Elle fut choquée de découvrir que ses sarcasmes et ses taquineries perpétuels cachaient des sentiments, alors qu'il n'avait même pas versé une larme lors de l'enterrement de leurs frères, accueillant les proches et s'occupant de tout comme un robot.

En prenant conscience de sa fragilité, elle se demanda s'il ne s'était pas simplement montré fort pour la soutenir. Ce soir, il était sorti pour pleurer. Elle ne saurait jamais s'il s'agissait de larmes de fierté, de soulagement ou de chagrin vis-à-vis des circonstances dans lesquelles son fils avait vu le jour. En tout cas, l'image que Jamie donnait de lui ne reflétait pas complètement l'homme qu'il était.

— Tu dois ménager un peu ta mère. La journée a été longue et tout cela est très nouveau pour nous.

S'il y avait une chose plus adorable qu'un grand bonhomme berçant un petit bébé dans ses bras, elle était curieuse de la connaître.

Comme s'il était lui-même surpris par la situation, le bébé se calma progressivement. Typiquement. Il allait devenir le fils à papa d'un homme dont les obligations auraient dû se terminer après qu'il avait déposé sa semence dans un gobelet.

Finalement, tout ce que racontait Tom sur la façon dont son frère l'avait élevé était peut-être vrai. Si Jamie avait des qualités de père, il pourrait peut-être lui apprendre des choses.

— Tu as besoin de moi, Kayla ? demanda Cherry qui l'observait d'un air inquiet.

Si Jamie n'avait pas été là, elle aurait probablement craqué et reconnu ses peurs. Mais, devant l'attitude de Jamie et la facilité avec laquelle il avait calmé le bébé, elle se redressa. Elle redoutait maintenant, malgré son expérience professionnelle, d'être démunie par manque de modèle parental. L'instinct maternel ne figurait peut-être pas dans ses gènes.

— J'aurais besoin d'aide pour m'installer pour la nuit.

— Comment vous êtes-vous arrangés pour dormir ?

— Je… Euh… Nous n'avons pas parlé de cela. Jamie venait juste d'arriver quand les contractions ont commencé.

Jamie retint un éclat de rire.

— Je soupçonne que Cherry voulait parler de toi et du bébé, dit-il.

— Oh…

— J'estime qu'il est encore beaucoup trop tôt pour penser déjà à cela, fit-il avec un clin d'œil.

Désapprouvant qu'il se moque ainsi d'une mère exténuée, elle ne lui répondit pas directement.

— Cherry, pourrais-tu m'aider à monter à l'étage ? Je crois que j'aimerais dormir dans mon lit. Je vais garder le bébé près de moi, cette nuit.

— Je pourrais d'abord te faire couler un bon bain, si Jamie ne voit pas d'inconvénient à faire un peu de baby-sitting.

— Pas du tout. Elle a bien mérité un bon bain.

Le fier papa continua à tourner dans la pièce, berçant l'enfant dans ses bras comme s'il avait fait cela toute sa vie.

— Tu es sûr ? Il aura peut-être besoin qu'on change sa couche.

La première était toujours sale et collante, et Kayla eut envie de le laisser gérer seul cette tâche. Ils étaient parents depuis cinq minutes et elle en faisait déjà une compétition. Une qu'il gagnait, haut la main.

— Je m'en occupe. Ne t'inquiète pas.

Il lui fit signe de sortir et commença à déplier la table à langer. Puis il attrapa les couches en éponge qu'elle avait prévues.

Elle se moquait de rater ce premier pas dans la vie de l'enfant – cela lui éviterait de briller une nouvelle fois par son incompétence.

Avec précaution, Kayla entra dans la baignoire et se laissa glisser avec volupté sous la mousse. Le bonheur !

— Tu crois que je pourrais rester là jusqu'à ce qu'il entre à l'université ?

— Tu risques d'être passablement plissée d'ici là, répondit Cherry en lui tendant un gant de toilette.

— Ça m'étonnerait que quelqu'un le remarque.

Kayla posa le gant sur son visage pour se couper du monde autour d'elle.

— Que se passe-t-il, Kay ? Tu étais si heureuse quand j'ai déposé l'enfant dans tes bras. Maintenant, tu te comportes comme si tu ne voulais plus le revoir. C'est l'amie qui te parle, là, pas la professionnelle.

La jalousie qu'elle ressentait vis-à-vis de Jamie était ridicule, mais il accueillait cet événement avec un tel détachement alors qu'elle se sentait dépassée et complètement désarmée devant ce nouveau rôle de mère.

— Jamie est tellement mieux que moi, dit-elle d'un ton boudeur derrière son gant.

— Sur quoi te bases-tu, pour dire cela ? Parce que le bébé a cessé de pleurer quand il a posé les yeux sur lui ? Bon sang, cet homme fascinerait n'importe qui.

Kayla arracha le gant de toilette de son visage pour fusiller Cherry du regard.

— Tu ne m'aides pas vraiment, là.

— C'est normal d'être fatiguée et émotive, Kayla. Accoucher est une rude tâche. Quant à donner le sein, tu ne dois pas te décourager. Mais tu n'as pas besoin que je te le rappelle.

Cherry fit couler du shampoing sur sa tête et lui lava les cheveux tout en remémorant à Kayla l'aide de Jamie pendant l'accouchement.

— Je vais t'aider à te mettre au lit, puis j'irai chercher le bébé pour que tu puisses lui donner le sein.

Le bain avait bien détendu Kayla qui, une fois dans son lit, n'eut plus qu'une envie : dormir. Mais les cris qui résonnaient en bas lui rappelèrent que dormir appartenait désormais au passé.

Finalement, Cherry n'eut pas à descendre. Jamie frappa à la porte ; le bébé dans ses bras manifestait bruyamment sa frustration.

— Entre, dit Kayla en espérant avoir meilleure apparence.

— Désolé de te déranger, mais je crois qu'il a vraiment faim.

Il lui tendit le bébé, qui continua à pleurnicher dans les bras de sa mère, augmentant encore son angoisse.

— Je vous laisse tranquilles, dit Jamie en se dirigeant vers la porte.

Kayla faillit lui demander de rester, même s'il ne pouvait lui être d'aucune utilité. Sa présence lui permettait de garder pied. Il était tout ce qui lui restait en matière de famille.

— Bien, voyons si nous pouvons aider ce petit bout de chou.

Cherry aida Kayla à positionner l'enfant, dont la bouche avide s'accrocha aussitôt à elle, lui arrachant un petit cri de douleur.

Mais tout inconfort disparut instantanément quand il commença à téter goulûment.

— Ça y est ! Il y arrive, s'écria-t-elle en regardant le visage rouge de colère de son fils se détendre progressivement tandis qu'il se rassasiait.

— Bravo ! s'exclama joyeusement Cherry.

Les félicitations de son amie n'étaient pas nécessaires à Kayla pour ressentir la satisfaction d'avoir réussi quelque chose, mais c'était agréable d'avoir quelqu'un pour constater ses progrès. Si elle parvenait à nourrir son enfant, elle pouvait espérer devenir une meilleure mère que la sienne.

— Toc, toc.

Jamie, un plateau dans les mains, poussa la porte.

— Il mange, annonça aussitôt Kayla, toute fière de prouver qu'elle aussi pouvait être un bon parent.

Elle avait en effet remarqué que le bébé avait été lavé et changé, et qu'il sentait bon les produits qu'elle avait achetés pour son premier bain. Pourtant Jamie n'en avait pas parlé, de toute évidence il n'attendait pas de félicitations pour cela, contrairement à la plupart des hommes quand ils accomplissaient le moindre travail.

— Bravo à tous les deux. J'ai pensé que toi aussi tu aurais besoin de te sustenter, dit-il en posant le plateau de l'autre côté du lit.

Il tendit une tasse de thé à Cherry. Il y en avait une deuxième pour Kayla, ainsi qu'une assiette avec des toasts et du jambon. Jamais elle n'avait eu aussi faim de toute sa vie.

— Je te remercie, Jamie. C'est très gentil de ta part.

Mais elle dut attendre que l'enfant ait fini avant de savourer son en-cas.

— Je vais le prendre pendant que tu manges, déclara Jamie, qui la déchargea après avoir posé un linge sur son épaule.

— On dirait que tout est sous contrôle, dit Cherry. Y a-t-il autre chose que je puisse faire, Kayla ? Veux-tu que je dorme ici ?

Il aurait été si facile de dire oui, de garder son amie près d'elle aussi longtemps que possible pour la rassurer en cas de doute, mais Jamie ne devait pas s'imaginer qu'elle n'était pas à la hauteur.

— Non, ce ne sera pas nécessaire, répondit Jamie à sa place.

— Kayla ?

Les accompagnantes périnatales s'inquiétaient d'abord des désirs de la mère, même si leur rôle n'était pas de semer la discorde dans les couples. De sorte qu'il n'était pas surprenant que Cherry lui demande confirmation.

— Je crois que tout devrait bien se passer, cette nuit. Je suis sûre que la sage-femme passera nous voir demain. Si j'ai besoin de quoi que ce soit, je t'appelle.

Elle garderait son téléphone à portée de main, juste au cas où. Cherry et Debbie habitaient à moins de dix minutes.

— Nous nous en sortirons, dit Jamie. Merci, Cherry.

Nous ?

S'il s'imaginait que préparer du thé et quelques toasts allait lui permettre de s'immiscer de force dans sa vie, il se trompait lourdement. Elle comptait bien prendre seule toutes les décisions concernant le bébé ou la maison jusqu'à ce qu'elle ait suffisamment confiance en lui pour lui accorder un droit à la parole.

— Il n'est pas question que je parte et que je te laisse seule ici. Tu viens d'accoucher et tu es épuisée. De plus, je suis quand même le père et j'ai envie de passer un peu de temps avec mon fils, si tu es d'accord.

Jamie avait pourtant cru que Kayla et lui progressaient. Il avait fait de son mieux pour la convaincre qu'il pouvait lui être utile.

Ce qui ne signifiait pas que c'était facile pour lui. Il avait peut-être élevé son frère, mais ce dernier était déjà sevré et propre quand il l'avait récupéré. La couche qu'il avait changée lui avait presque donné la nausée, mais quel genre de père serait-il s'il n'était même pas capable de changer une couche tout seul ?

Cela étant, Kayla avait paru bien plus impressionnée par le petit en-cas qu'il lui avait préparé. Il ne doutait pas un instant que Tom et Liam auraient veillé sur elle, mais ils n'étaient plus là et ils ne lui auraient sûrement jamais pardonné de l'abandonner maintenant. Il allait devoir faire plus d'efforts pour se rapprocher d'elle et de son fils.

— Je… Euh…

— Cela me paraît une bonne idée, papa, dit Cherry. Vous pourrez l'aider cette nuit si Kayla a besoin d'aide. Appelle-moi, maman K.

Apparemment, Cherry était son alliée. Il regrettait un peu d'avoir dénigré son rôle.

Maman K ne semblait pas aussi dynamique que son nouveau surnom quand elle grogna un vague assentiment.

— Je vous raccompagne, Cherry. Toi et bébé, restez bien au chaud.

Jamie, devinant que Cherry lui aurait donné raison, ignora la grimace de Kayla. Il n'aurait jamais cru qu'il aurait envie de voir cela, mais brusquement l'image de la mère serrant son enfant dans ses bras s'imposa à lui comme une évidence et, bien que Kayla ne veuille pas de lui dans sa vie, son instinct naturel le poussait à les protéger.

C'était probablement mieux qu'ils ne soient pas allés dans une chambre d'hôtel, ce fameux après-midi au café. À présent qu'il l'avait vue donner naissance à son fils, un lien spécial s'était créé entre eux. Un lien qui dépassait tout le désir sexuel qu'elle pouvait lui avoir inspiré. Impossible pour lui désormais de coucher avec elle et de la rayer de sa vie si, par hasard, leur relation prenait un tour sérieux. Leur situation était déjà sérieuse. Son monde tournait dorénavant autour de Kayla et de l'enfant. Inutile donc de compliquer la situation en laissant son désir pour elle s'immiscer dans la dynamique de sa nouvelle famille. Il était père et cela signifiait mettre de côté ses propres désirs et besoins pour se concentrer sur ceux de son fils.

— Si vous avez besoin de quoi que ce soit, n'hésitez pas à m'appeler. Je sais qu'elle peut se montrer têtue, mais accrochez-vous. Elle a plus besoin de vous qu'elle ne l'admettra jamais.

Cela dit, Cherry le serra dans ses bras et l'embrassa sur la joue avant de disparaître dans la nuit.

Il remonta, l'adrénaline pulsant dans son sang malgré sa fatigue. Si ses pensées et sentiments étaient aussi enchevêtrés vis-à-vis de cette naissance, il ne pouvait imaginer ce que Kayla pouvait ressentir. Ce qu'elle ne risquait pas de partager avec lui. Un point sur lequel ils allaient devoir réfléchir si elle voulait qu'il lui apporte son soutien pour élever cet enfant.

Quand il pénétra doucement dans la chambre, il trouva la

mère et l'enfant profondément endormis. Après avoir enlevé ses chaussures, il s'allongea sur le matelas, le bébé couché entre eux.

— Que fais-tu ? s'exclama Kayla en ouvrant brusquement les yeux.

— Je m'allonge. Je peux veiller sur le bébé pendant que tu te reposes un peu.

Il comprit soudain qu'il s'était couché sur son lit sans lui demander son avis. Être le père du bébé ne lui donnait pas le droit d'agir ainsi et, d'après le regard noir qu'elle lui adressait, c'était exactement ce qu'elle pensait.

— Je peux m'en aller si tu préfères ?

Il se redressa, sa tête n'avait même pas eu le temps de toucher l'oreiller.

Elle hésita un instant.

— Non, reste.

— Merci.

Il se rallongea sur le côté, la tête posée dans le creux de son bras pour pouvoir regarder son fils. Kayla adopta la même position.

— Je crois qu'il a hérité de ton teint, dit-il, s'émerveillant devant les cils blonds sur la peau pâle et la touffe de cheveux dorés.

— Tu trouves ?

— Absolument, répondit-il d'un ton sans appel qui lui arracha un sourire.

Kayla comme son frère Liam étaient blonds avec la peau claire tandis que lui et Tom étaient beaucoup plus sombres. Il avait l'habitude de plaisanter avec les deux garçons qui, côte à côte, rappelaient une caricature d'ange et de démon.

Même s'il se réjouissait que le garçon ait hérité les traits de sa mère, il espérait quand même lui trouver quelque ressemblance avec sa propre famille.

— J'espère que nous retrouverons en lui un peu de Tom et de Liam. Tu trouves cela stupide ? demanda Kayla.

— Pas du tout. C'est ce que je me disais aussi. Il aura peut-être cette touche de rouge dans les cheveux dont je me moquais chez Tom.

— Ou le charme de Liam.

— Nous entretiendrons leur souvenir quoi qu'il arrive,

promit-il. Cet enfant grandira en sachant combien ses oncles étaient formidables.

— Nous ne pouvons pas l'appeler « bébé » éternellement. Nous devons lui trouver un prénom, une identité.

— On pourrait l'appeler James Junior ? JJ en abrégé ?

Elle lui décocha un de ses regards noirs.

— Non.

— Plus sérieusement, crois-tu que nous devrions l'appeler comme nos frères ? William Thomas ?

Kayla plissa le nez.

— Ce ne serait pas bien pour lui. Et je me sentirais mal de l'appeler du nom de mon frère qui n'est plus là.

— Pourquoi pas un prénom en relation avec les choses qu'ils aimaient ?

— Pas question de nommer mon fils Rioja.

Leurs deux frères avaient adoré faire la fête, même s'ils s'étaient bien calmés en vue de leur futur rôle de parents.

— Je pensais plutôt à une musique ou un film.

— Ils étaient tous les deux passionnés de science-fiction. C'est d'ailleurs dans une convention qu'ils s'étaient rencontrés.

— C'est vrai, et ils aimaient les jeux de rôle. Je peux déjà imaginer les costumes qu'ils auraient conçus pour leur enfant.

Une ombre passa au-dessus d'eux, jetant un voile sur le soleil qui venait d'arriver dans leur vie. Il y avait fort à parier qu'il en serait toujours ainsi, chaque joie de leur fils teintée de regrets.

— Que penses-tu de Luke ? Je me souviens d'une soirée où ils discutaient des prénoms possibles et celui-ci leur avait plu.

— Luke, répéta-t-elle, prononçant le nom en regardant le bébé endormi. Je trouve que ça lui va bien.

Il savoura cette petite victoire et décida de garder la question du nom de famille pour plus tard.

— Ce sera donc bébé Luke, dit-il. Quand il sera assez grand, nous prendrons une photo de nous trois costumés, en souvenir de Tom et Liam.

— Si tu t'imagines que je vais porter un de ces collants moulants en prétendant qu'il s'agit d'une armure, tu te mets le doigt dans l'œil.

Il n'avait pas pensé à cela, mais l'image se grava aussitôt dans son esprit. Il se retint néanmoins de tout commentaire, de crainte de gâcher cet instant d'intimité.

— C'est moi qui porterai le collant, alors, ça nous donnera une bonne occasion de rire.

— Je suis impatiente de voir ça, fit-elle avec un petit gloussement.

Mais le rire céda bien vite la place au sérieux tandis qu'elle le regardait droit dans les yeux.

— Merci, Jamie, dit-elle.

— Pour quoi ?

— D'être là. Malgré toutes mes tentatives pour me débarrasser de toi. Je suis heureuse que tu ne m'aies pas écoutée.

— Cherry a dit que tu pouvais te montrer têtue.

— Seulement quand il s'agit d'une chose qui me tient à cœur. Je ne crois pas que cela soit répréhensible, dit-elle, un peu vexée.

— Pas du tout, mais personne ne cherche à te faire du mal non plus. Certains d'entre nous ne veulent que ce qu'il y a de mieux pour toi.

— Peut-être… pour cette fois. Ce qui ne signifie pas que tu t'en tireras aussi bien à l'avenir, répliqua-t-elle en guise d'avertissement pour qu'il respecte ses décisions.

Il ne risquait pas de l'oublier, mais ne s'excuserait pas pour autant s'il interférait parce qu'il l'estimait nécessaire. Comme ce soir.

— C'est noté.

Ils restèrent ainsi un moment, silencieux, écoutant la respiration de leur fils endormi. Jamie éprouva une bouffée de gratitude et d'admiration pour la femme qui lui faisait face. Il l'observa tandis qu'elle luttait contre le sommeil, ses yeux se fermant finalement. Elle devait être exténuée. Il se promit de la décharger autant que possible. C'était le moins qu'il puisse faire pour la remercier de la famille qu'elle lui offrait, et pour honorer son frère. Mais surtout pour lui permettre de faire partie de sa vie.

Il tendit la main et, du bout du doigt, caressa sa joue, frôlant à peine sa peau chaude.

— Merci, Kayla, dit-il.

Se penchant sur elle, en prenant soin de ne pas déranger Luke, il déposa un baiser là où son doigt s'était posé. Avec un petit soupir, elle se blottit plus fort contre l'oreiller, un sourire aux lèvres.

Pour un homme qui s'était juré de ne plus assumer de nouvelle responsabilité dans sa vie personnelle, il ne pouvait pas imaginer se trouver ailleurs que dans ce lit, auprès de Kayla et de son fils.

5

Kayla flottait dans un demi-sommeil. Bien qu'ayant conscience de devoir ouvrir les yeux pour affronter la journée à venir et ses nouvelles responsabilités, un profond épuisement l'incitait à rester blottie au fond du lit. Sa fatigue était telle qu'elle avait même cru sentir la bouche de Jamie effleurant sa joue, légère comme une plume, pendant la nuit.

Même imaginaire, cette démonstration d'affection lui avait pourtant mis du baume au cœur, calmant un peu ses angoisses de ne pas être à la hauteur de la tâche et ce, malgré le fait qu'elle avait passé la majeure partie de la nuit à nourrir son fils. Ses seins gonflés et douloureux lui rappelaient d'ailleurs pourquoi elle devait se lever.

L'instinct maternel la poussa finalement à ouvrir les yeux pour découvrir le lit vide à côté d'elle. Paniquée, elle s'assit, cherchant le bébé autour d'elle.

— Luke ? Jamie ?

Ce dernier ne l'avait pas quittée de toute la nuit, s'éloignant seulement pour lui laisser un peu d'intimité pendant qu'elle nourrissait l'enfant, avant de se charger du changement de couches et de préparer du thé – une présence inestimable, mais qui ne lui donnait pas le droit d'emmener son enfant sans son autorisation.

Pieds nus, elle trottina sur le palier, puis descendit en l'appelant, l'angoisse étreignant son cœur.

— Jamie ? C'est toi qui as mon bébé ?

Il apparut au coin du salon.

— Il est ici. Il dort.

Kayla fut envahie d'une rage froide que rien ne put contenir, pas même le doigt de Jamie sur ses lèvres pour lui intimer silence.

— Comment oses-tu me faire une telle frayeur ? Tu n'avais aucun droit de l'emmener sans mon autorisation.

Son corps tremblait sous le coup de l'émotion. Elle n'aurait jamais dû s'endormir en le laissant avec le bébé. Luke était sa responsabilité et Jamie n'avait aucun droit de le prendre quand l'envie lui chantait.

Jamie la regardait, bouche bée, apparemment trop sidéré pour répondre. Mais Kayla était bien trop énervée pour se laisser attendrir par ses cheveux ébouriffés, sa chemise froissée et sa barbe naissante. Elle était la mère et, en tant que telle, c'était à elle de prendre soin de l'enfant.

— Je t'ai déjà demandé une fois de quitter ma maison. Ne me force pas à le répéter.

Sa menace sortit Jamie de sa paralysie.

— Kayla, calme-toi. Je l'ai descendu ici pour que tu puisses dormir tranquillement. Tu as passé la moitié de la nuit à le nourrir, dit-il sans faire référence à son propre manque de sommeil dont attestaient les larges cernes sombres sous ses yeux.

Mais cela n'eut aucun effet sur elle.

— C'est mon travail, de le nourrir.

Le bébé se réveilla soudain et poussa un cri aigu, au moment où elle prenait conscience de la poussée de lait qui trempait sa chemise – Dame nature se chargeait de lui rappeler ses obligations.

— Je ne le conteste pas, dit Jamie avec un soupir tandis qu'elle passait à côté de lui pour aller récupérer son fils. Mais tu n'es pas obligée de faire cela toute seule, Kayla.

— Si.

Liam avait disparu pour toujours et elle devait l'accepter. Il avait été sa planche de salut pendant toute son enfance, supportant les punitions à sa place et détournant l'attention négative de leurs parents. Sans lui, elle aurait peut-être cru qu'elle méritait tout ce qu'ils lui infligeaient.

Luke était désormais sa seule famille et elle devait se montrer forte pour lui.

Elle le sortit de son panier et déboutonna sa chemise de nuit pour le nourrir. Jamie se détourna. Elle aurait pu faire preuve d'un peu de discrétion, mais ici, elle était chez elle. Elle n'avait pas à se couvrir. Si cela ne lui plaisait pas, qu'il prenne la porte.

Au lieu de cela, il traversa le salon à grandes enjambées et se laissa tomber dans un fauteuil.

— Pourquoi faut-il toujours que tu cherches la bagarre ? Tu es la personne la plus exaspérante que je connaisse.

— Probablement parce que je ne me laisse pas faire, répondit-elle en caressant la tête de Luke.

Quel plaisir, de le voir téter avec avidité.

— Il ne s'agit pas d'une compétition, Kayla. Nous sommes tous les deux ses parents et nous devrions nous soutenir mutuellement. Je croyais que nous étions d'accord pour un partenariat.

Il se pencha en avant, tête baissée, les coudes posés sur ses genoux. Il avait l'air aussi éprouvé qu'elle, il n'y avait pas si longtemps. En fait, s'il n'avait pas été là pour lui donner un coup de main aux premières heures du jour, elle n'aurait probablement pas dormi du tout. Tout ce qu'elle pouvait lui reprocher était de faire de son mieux pour la soulager.

Et, malgré ses résistances, il était toujours là. Soit il attendait son heure pour prendre les commandes, soit il était sincère et ne souhaitait qu'être un père pour Luke, ce dont elle n'avait aucun droit de le priver.

— Liam et Tom auraient dû être là pour s'occuper de lui. À leur mort, j'ai accepté l'idée de l'élever seule. Tu n'as jamais fait partie de l'équation, Jamie, de ton propre choix.

— Ce qui n'est plus une option pour moi, comme je te l'ai déjà expliqué. Nous allons devoir trouver une solution parce que je n'abandonnerai jamais mon fils.

Elle sentit les poils se dresser sur sa nuque. La traînerait-il devant les tribunaux pour demander la garde de l'enfant ?

— Que veux-tu exactement, Jamie ?

— Je veux m'installer ici avec vous, au moins pendant les premiers temps.

C'était tout ? Même si elle n'aimait pas l'idée de le voir s'incruster dans sa vie, cela valait mieux que de se retrouver devant un tribunal.

— Et ton travail ?

— J'ai droit à un congé de paternité et il me reste des vacances à prendre. Je m'arrangerai avec mes associés au cabinet.

— Si je donne mon accord, cela ne signifie pas que c'est toi qui commanderas ici.

— Loin de moi cette idée. Si le mari d'une de tes patientes proposait de l'aider plus, que répondrais-tu ?

Il avait trouvé son talon d'Achille, retourner ses propres arguments contre elle.

— Ce serait pour m'assurer que la mère peut se reposer.

— Que pourrions-nous faire pour que tu puisses dormir un peu plus ?

Pour l'instant, elle n'était rien d'autre qu'une usine à lait pour son rejeton. Elle avait l'impression qu'à peine finissait-il de téter qu'il fallait recommencer. Impossible de deviner s'il était repu ou non. Elle ne pourrait pas éternellement continuer ainsi. Le manque de sommeil finirait par avoir raison d'elle. Finalement, elle n'avait rien à perdre à suivre ses propres conseils vis-à-vis de ses patientes.

— Je pourrais tirer du lait, ce qui te permettrait de le nourrir de temps à autre, dit-elle, capitulant.

Jamie allait s'installer ici et assumer son rôle de père. Seul le temps lui permettrait de savoir si elle avait pris la bonne décision. Mais peut-être venait-elle d'inviter dans sa vie un homme qui en profiterait pour prendre le dessus et lui imposer sa volonté.

Quatre semaines s'étaient écoulées depuis la naissance de Luke et l'installation de Jamie, dont la vie était aussi chamboulée qu'il l'avait anticipé en enfilant le costume de père. Bien qu'il ait agi en toute connaissance de cause, il n'avait pas prévu de rester aussi longtemps avec Kayla. Bon sang, la plupart de ses relations n'avaient même pas duré aussi longtemps, la seule exception était celle avec Natalie qui lui avait prouvé qu'il était aussi égoïste que son père et ne se préoccupait que de ses propres sentiments.

Mais Kayla avait besoin de quelqu'un pour la soutenir. Les nuits sans sommeil et un bébé apparemment toujours affamé commençaient sérieusement à peser sur eux et, bien qu'ils vivent sous le même toit, ils ressemblaient à deux zombies se croisant sans même se reconnaître.

Cela aurait peut-être été plus facile s'ils avaient été mariés et avaient planifié ensemble de fonder une famille. Là, la situation leur était tombée dessus du jour au lendemain. Les bébés n'étaient pas des objets susceptibles d'être retournés au magasin.

Maintenant que son fils était là, Jamie l'aimait et aurait fait n'importe quoi pour lui. Mais ce n'était pas facile. D'autant plus qu'il devait constamment prouver à Kayla qu'il était un type bien, ce qui ne faisait qu'ajouter encore à son stress. Mais c'était probablement la même chose pour elle.

Elle ne lui avait pas demandé de s'installer dans sa vie, mais ils devaient à présent jouer le jeu. Ensemble. Une situation qu'elle avait un peu de mal à accepter. Seul l'épuisement l'avait poussée à faire des concessions, mais il comptait bien lui prouver qu'il n'était pas l'homme qu'elle avait cru lors de leur première rencontre.

— Et voilà, mon bonhomme. Tout propre de nouveau.

Il souleva le petit paquet frétillant qui sentait maintenant bien meilleur que quelques minutes plus tôt.

Au moment où il sortait de la nursery, Cherry quittait la chambre de Kayla.

— Eh ! Tout va bien ?

Il était aussi concerné par la mère que par l'enfant.

— Je crois qu'elle reprend du poil de la bête. J'espère que ce baby blues ne sera bientôt plus qu'un mauvais souvenir, mais, en attendant, nous devons garder un œil sur elle.

Il avait lui aussi remarqué combien Kayla était devenue sensible, ce qui pourtant n'avait rien d'anormal pour les nouvelles mamans bouleversées par leurs hormones en folie. Ajouté à cela un bébé exigeant et il n'était pas étonnant que la maternité n'ait jusque-là pas été une partie de plaisir. Il aurait été facile dans ces circonstances de déclarer forfait, sans un regard en arrière, comme son propre père l'avait fait. En fait, rester quand le rôle de parent était aussi exigeant donnait une idée de la force de la personne. Elle n'en avait pas conscience maintenant, mais Kayla était bien plus forte que son militaire de père. Ce qui faisait d'elle la meilleure mère possible pour Luke.

— Je la décharge d'un certain nombre de tétées, la nuit, dit-il, mais, paradoxalement, j'ai l'impression qu'elle m'en veut.

En obtenant qu'elle tire du lait pour qu'il puisse donner la tétée à Luke, il avait espéré la soulager, mais cela ne marchait pas ainsi. Il avait donc demandé à Cherry de venir la voir, puisqu'elle ne voulait pas lui parler à lui.

— Certaines mères se sentent coupables en laissant leur partenaire donner la tétée. La meilleure chose à faire est de tenir bon et peut-être de la sortir un peu de la maison si tu y arrives. De ramener un peu de normalité dans sa vie. Je viendrai la voir régulièrement.

Il la raccompagna jusqu'à la porte, se répétant ses paroles. Le problème était que la situation n'était pas non plus normale pour lui. Kayla et lui apprenaient tous les deux à fonder une famille.

Pour cela, ils devaient faire des choses ensemble, quelque chose qui les rapprocherait. Il allait devoir penser comme Kayla pour découvrir quoi.

— Un cours de massage pour bébé ?

Kayla n'aurait pas été plus sidérée si Jamie avait suggéré qu'ils se rendent à la mairie pour se marier.

— Je me suis dit que cela nous ferait peut-être beaucoup de bien, tant à Luke qu'à nous. C'est censé nous aider à nous rapprocher, en plus d'une foule d'autres bienfaits, dit-il en lui tendant une feuille imprimée, preuve de ses recherches.

— Je sais tout cela. Je suis juste surprise que tu le proposes. Je ne m'attendais pas à ce que tu sois fan de ce genre de bêtises hippies.

Il ne cessait de la surprendre, non seulement parce qu'il était toujours là, à changer les couches, à préparer les repas et à donner le biberon quand nécessaire, mais aussi parce qu'il semblait s'acquitter de ces tâches naturellement, en homme impliqué.

Pourtant, malgré cela, elle ne pouvait se résoudre à lui accorder sa confiance et à se réjouir de sa présence. Pour elle, il représentait son échec en tant que mère. D'ailleurs, Luke n'appréciait pas non plus d'être nourri au biberon.

— Cela ne peut pas nous faire de mal, et ça nous sortira un peu de la maison.

Vu qu'il était déjà en train d'attacher Luke sur le siège bébé, il ne lui laissait guère de choix.

— Ma compagnie est-elle donc si déplaisante ? demanda-t-elle.

Elle n'avait pas vraiment été elle-même depuis la naissance de Luke et cela ne risquait pas de changer. À partir de maintenant, chacune de ses décisions, sa vie tout entière tournerait autour du bébé.

— Non, mais nous devons faire découvrir le monde à ce petit bonhomme. Ceci est une bonne occasion pour nous de resserrer les liens familiaux.

Famille. Un mot, un concept qu'elle appelait de tout son cœur alors même qu'il la terrorisait. Elle aurait adoré avoir une famille à elle, mais son enfance l'avait rendue méfiante à cet égard. C'était plus qu'une question de biologie, c'était un sentiment d'appartenance, d'amour et de soutien, comme ce qu'elle avait partagé avec Liam et Tom.

Jamie donnait-il à ce mot la même définition qu'elle, ou n'était-ce pour lui qu'un simple mot comme un autre ?

Au lieu de se torturer l'esprit sur ce point, elle décida de se concentrer sur l'aspect « rapprochement » de ce cours, censé aider les parents à deviner les besoins de leur enfant.

— Je suis prête à essayer tout ce qui pourra m'aider à devenir une meilleure mère.

Cet aveu de vulnérabilité lui avait échappé, mais Jamie l'avait sûrement déjà constaté par lui-même.

Il arrêta de fourrer les affaires du bébé dans le sac pour la regarder.

— Pourquoi dis-tu une chose pareille ?

Elle s'activa autour de Luke, s'assurant qu'il était assez couvert.

— Il faut bien reconnaître que ma façon de lui donner la tétée n'a pas rencontré un franc succès, dit-elle.

Dans le cas contraire, elle n'aurait sûrement pas accepté aussi facilement que Jamie s'installe chez elle.

Il vint vers elle et posa les mains sur ses épaules. La douce pression rappela à Kayla qu'elle n'était pas seule. Quelqu'un était là pour elle, même s'il ne s'agissait pas de son frère chéri, la seule personne au monde à l'avoir vraiment aimée.

— Tu es une mère incroyable. Ne t'avise jamais de penser le contraire. Tu t'es battue pour tout ce que tu estimais le meilleur pour Luke.

— Mais cela n'a pas toujours marché, n'est-ce pas ?

Elle pensait à sa décision d'accoucher chez elle, qui aurait pu très mal tourner, et aux tétées. La honte qu'elle ressentait l'empêchait de regarder Jamie. Elle n'était qu'un imposteur qui s'était fait passer pour un expert, alors qu'elle ignorait comment s'occuper de son propre bébé.

— Eh !

Il prit son visage entre ses mains et la força à le regarder. L'inquiétude et la sincérité qu'elle lut dans ses yeux la déconcertèrent. Inconsciemment, elle s'était attendue à ce qu'il jubile. À cet instant, elle n'avait qu'une envie, qu'il la serre contre lui et l'embrasse tendrement comme elle l'avait rêvé au cours des dernières semaines.

— Assez parlé de cela. Où est ma courageuse mère nourricière qui n'hésiterait pas à marcher sur des charbons ardents plutôt que de se laisser abattre ?

Elle aima l'image qu'il avait d'elle.

— Elle est là quelque part, sous des couches de vomi et de graisse.

Dire qu'elle n'était pas au mieux de sa forme était un euphémisme. Elle demandait toujours à ses patientes de ne pas se montrer trop dures envers elles-mêmes et de ne pas s'inquiéter de leurs vergetures ou prise de poids. Mais c'était un peu différent quand ces changements s'opéraient sur votre propre corps.

Bien que son apparence soit pour l'instant le cadet de ses soucis, elle ne se reconnaissait plus quand elle s'apercevait dans la glace, et le fait que Jamie soit témoin de son délabrement progressif n'aidait certainement pas à lui remonter le moral.

— Kayla, Kayla, Kayla. Qu'est-ce que je vais bien pouvoir faire de toi ?

Ce n'était qu'une question rhétorique, mais, ses mains reposant toujours sur ses épaules, son esprit lui suggéra une ou deux choses qui lui auraient fait bien plaisir.

Un frisson de désir la parcourut et, une seconde, elle crut voir une lueur d'intérêt s'éveiller dans le regard de Jamie. Puis Luke poussa un cri pour se rappeler à leur bon souvenir et la réalité reprit ses droits. Comment un homme aurait-il pu s'intéresser à une femme aux cheveux sales, traînant dans les mêmes vêtements que la veille ?

Elle recula, soudain gênée et un peu honteuse de ses pensées. Tout cela à cause de ses hormones. Il avait raison. Sortir de la maison allait lui faire du bien.

— Ignore-moi. Voilà ce que tu devrais faire, fit-elle en soulevant le bébé dans son siège, ce qui lui arracha un gémissement.

Son fils pesait plus lourd qu'il ne paraissait.

— Plus facile à dire qu'à faire, fit Jamie dans sa barbe en lui prenant le siège des mains. Tu ne devrais pas forcer ainsi. Et inutile de protester.

En voyant avec quelle facilité il souleva le siège d'un seul bras musclé, elle garda le silence. Se retrouver dans une salle pleine de gens l'empêcherait de fantasmer sur le reste de son anatomie. Son état d'épuisement permanent l'empêchait de trop rêver sur lui, du moins quand elle était éveillée. Dans son sommeil par contre, ses rêves avaient pris une tournure nettement érotique qui les rendait difficiles à distinguer de la réalité. Surtout quand Jamie paradait à moitié nu dans la chambre, le matin.

— Le moment est venu pour nous d'introduire Luke dans le grand monde. Cours de massage, nous voilà.

Elle ne devait pas perdre de vue qu'ils faisaient cela d'abord pour leur fils. Que ce soit l'idée de Jamie ne changeait rien à leur relation. Ni le fait que son corps se mêle de lui rappeler qu'elle était plus qu'une simple maman. Derrière cette apparence se cachait aussi une femme au sang chaud.

6

— Bonjour à tous, dit Jocelyn, la formatrice. Vous ne le savez peut-être pas, mais le massage des bébés est une tradition ancestrale. Il ne s'agit donc pas de la dernière mode branchée pour bobos.

Kayla jeta un coup d'œil à Jamie. Elle avait parfaitement conscience qu'il avait organisé cela pour elle, pas parce qu'il croyait à un quelconque bienfait pour eux.

Il regardait droit devant lui, mais un sourire amusé jouait au coin de ses lèvres.

— Nous sommes ici pour améliorer la santé et le bien-être de nos enfants. Le massage est connu pour favoriser le sommeil et améliorer la digestion. Mais, surtout, il procure une expérience relaxante tant pour l'enfant que pour les parents et réduit le stress. Alors, pour commencer, vous allez allonger votre bébé sur les serviettes de bain que vous avez apportées.

— Allons-y, dit Jamie en sortant les serviettes du sac et en les étalant sur le parquet devant lui, laissant à Kayla le soin d'ôter le pyjama décoré d'abeilles de Luke.

La pièce étant suffisamment chauffée, elle ne s'inquiéta pas qu'il prenne froid.

— Ne vous tracassez pas si le bébé a besoin de téter pendant le cours ou si vous devez changer sa couche. Ils restent notre priorité, alors faites ce que vous avez à faire pour qu'ils se sentent bien sans vous préoccuper du reste.

La femme faisait tout pour apaiser les craintes des parents et Kayla fut heureuse de constater qu'elle n'était pas la seule à se sentir dépassée.

— Luke a été nourri et changé, mais comment savoir s'il va apprécier l'expérience ? demanda-t-elle à Jamie.

— Nous n'avons rien à perdre, répondit Jamie avec un haussement d'épaules fataliste.

Ainsi, elle était plus sceptique que lui quant aux effets de ce massage. Cette nouvelle expérience allait sûrement augmenter encore son niveau de stress.

— Très bien, mamans et papas. Nous allons commencer par les jambes. Mettez un peu d'huile dans la paume de vos mains, puis, une main après l'autre, enveloppez la jambe de votre enfant et descendez lentement en serrant légèrement.

Kayla s'exécuta sur les deux jambes.

— Bien. Maintenant, prenez un pied et faites-le doucement tourner dans un sens et dans l'autre. En même temps, avec votre pouce, caressez le cou-de-pied jusqu'aux orteils. Puis dessinez des cercles sous la plante des pieds. Enfin, prenez chaque orteil entre vos doigts et massez-le.

La peau de Luke était glissante, mais il semblait apprécier l'expérience. Quelques bébés protestaient pourtant autour d'eux, tandis que Jocelyn encourageait les mamans à les câliner pour les rassurer. Kayla ressentit un peu de fierté à réussir sans problème.

Jamie, agenouillé près d'eux, les observait, murmurant des encouragements autant à Luke qu'à Kayla, qui ne trouva pas juste de le laisser sur la touche alors que c'était son idée.

— À ton tour, dit-elle quand la formatrice leur demanda de répéter l'exercice avec les bras.

— Tu es sûre ?

Elle hocha la tête. Prenant sa place, il versa un peu d'huile dans ses mains. Pendant qu'il caressait les petits bras de son fils, elle ne quittait pas ses mains des yeux, elles étaient si grandes en comparaison, si fortes, et pourtant si tendres. Rien qu'à le regarder masser son enfant, elle sentait son niveau de stress baisser.

— Posez maintenant vos mains sur le torse du bébé, dit la formatrice, et, la paume bien à plat, caressez-le doucement en descendant.

Kayla était fascinée pas les mouvements lents de Jamie, par sa concentration. Il ne cherchait pas à l'impressionner. Il n'était qu'un père prenant soin de son enfant. Au cours des dernières semaines, elle avait pu apprécier son attitude autant que sa gentillesse à son égard. La question du nom de famille de leur enfant restait en suspens, mais plus elle côtoyait Jamie et plus elle se surprenait à envisager une place permanente pour lui auprès du bébé.

— Jamie, je crois…

Elle fut interrompue par Luke qui trouva l'instant bien choisi pour diriger un puissant jet d'urine vers le torse de Jamie.

— Luke ! Vraiment ?

Jamie ne pouvait rien faire, sinon endiguer le flot à l'aide d'une serviette et faire le deuil de son T-shirt blanc.

— Aucun doute. Il est vraiment détendu, dit Kayla en retenant un fou rire.

— Ravi que cela t'amuse, repartit Jamie d'un ton léger, son grand sourire prouvant que l'incident ne l'avait pas contrarié.

Kayla n'aurait pas désapprouvé qu'il ôte son T-shirt. Depuis qu'ils vivaient ensemble, elle ne comptait plus les occasions où elle l'avait vu torse nu, un spectacle agréable chaque matin, en contraste saisissant avec l'image qu'elle-même offrait en retour.

Elle lui tendit un paquet de lingettes pour bébé et une serviette propre.

— Essuie-toi pendant que je m'occupe de notre petit arroseur.

— Je parie que vous avez comploté cela ensemble derrière mon dos, dit Jamie en les regardant d'un air faussement accusateur.

— Nous ne ferions jamais cela à papa, n'est-ce pas Luke ?

C'était la première fois qu'elle lui donnait son titre à haute voix et le monde ne s'était pas écroulé. En fait, sa présence la rassurait, elle devait le reconnaître. Elle n'était plus seule, en fin de compte.

Tandis qu'elle retournait doucement Luke pour lui faire un massage du dos, elle sentit la main de Jamie se poser sur son épaule.

— Tu ne sais pas ce que ça représente pour moi de t'entendre dire cela.

À son contact, un délicieux frisson la parcourut.

— Je me suis dit que nous devrions officialiser les choses, dit-elle. Il est grand temps de déclarer la naissance de Luke, tu ne crois pas ?

— Je suis tout à fait d'accord, répondit-il, les yeux humides.

Un acte aussi lourd de sens pour lui que pour elle.

Ils avaient atteint le point de non-retour. Une fois le nom de Jamie sur le certificat de naissance, il deviendrait partie intégrante de la vie de Luke. Et donc de la sienne.

Jamie marchait sur des nuages. Son fils avait baptisé son T-shirt, mais la sortie avait été beaucoup plus bénéfique qu'il n'aurait espéré. Lorsque Kayla l'avait appelé « papa » avant d'évoquer le certificat de naissance, son cœur, sous le choc, avait cessé de battre. Finalement, il avait atteint son but et s'était assuré une place dans la vie de Luke. Et, avec celle-ci, la responsabilité de son bien-être.

Mais, focalisé comme il l'avait été sur la nécessité de se faire accepter en tant que père de l'enfant auprès de Kayla, en avait-il bien soupesé toutes les implications ? Une fois son nom sur le certificat de naissance, il deviendrait officiellement père, un rôle qu'il avait passé sa vie à redouter, sans compter qu'il pouvait tirer un trait sur l'existence insouciante qu'il avait envisagée lorsque son frère avait pris son envol. Il n'avait pas vraiment réfléchi à son propre avenir sinon à son désir de rattraper le temps perdu. Dorénavant, sa vie tournerait autour de Kayla et de Luke. Restait à espérer que ce serait suffisant pour lui autant que pour eux.

— C'est quoi, ce bruit ? lança Kayla, le tirant de ses réflexions.

La cacophonie qui régnait dans le couloir risquait de réveiller Luke.

— Probablement les participants du cours suivant qui arrivent – un cours de yoga pour bébé. J'y ai jeté un coup d'œil, mais il faut d'abord que Luke grandisse un peu et que tu aies passé ton check-up des six semaines.

Trouver un cours qui convienne autant à Kayla et Luke qu'à lui n'avait pas été facile.

— Tu ferais du yoga avec nous ? demanda-t-elle d'un air incrédule qui le blessa.

Il venait d'accepter de s'engager pour le reste de sa vie à s'occuper de son fils et, en dépit de cela, elle demeurait sceptique à son égard. Pourtant, après un mois de cohabitation pendant lequel il s'était investi à fond dans cette famille, l'opinion qu'elle avait de lui aurait dû évoluer.

— Absolument. Je vais d'ailleurs me commander des collants de yoga spécialement pour l'occasion, déclara-t-il.

— Je suis impatiente de voir ça.

— Vraiment ?

La voir rougir le réconforta un peu. Peut-être lui avait-elle finalement accordé un peu plus d'attention qu'elle ne voulait l'admettre ?

— Je plaisante, dit-elle. Il fait très chaud ici, je trouve. Nous devrions peut-être sortir.

Plus elle s'activait autour de Luke, plus lui s'amusait.

— Et si nous restions au contraire ? suggéra-t-il. Je pourrais me mettre en caleçon et tu pourrais m'admirer en train de faire le chien tête en bas. Qu'en penses-tu ?

Il ne l'avait plus taquinée depuis le mariage et il se rappelait maintenant pourquoi il aimait tant cela. Il adorait la voir perdre ses moyens, preuve peut-être qu'elle n'était pas totalement indifférente à son charme. Ce qui, en retour, expliquait sans doute pourquoi, inconsciemment, il avait tant voulu s'investir dans cette naissance.

Elle secoua la tête, mais ne rejeta pas l'idée.

Le temps qu'ils soient prêts à partir, le reste de leur classe avait déserté les lieux et les nouveaux commençaient à s'installer – un groupe beaucoup plus animé que le leur, du fait de l'âge plus élevé des enfants qui couraient dans tous les sens.

— À mon avis, ce cours est principalement destiné à épuiser ces gamins, en plus de leur apporter un calme intérieur.

Le chaos généré par les cris et les galopades leur donnait un aperçu un peu effrayant de ce que l'avenir leur réservait. Jamie lut la même prise de conscience dans les yeux écarquillés de Kayla.

— Croisons les doigts pour que ça fonctionne, dit-elle, les yeux fixés sur les parents épuisés qui tentaient de calmer leur progéniture.

Certains utilisaient même une rêne qui reliait l'enfant à leur poignet, s'assurant ainsi de les garder près d'eux. Autant prendre carrément une laisse rétractable pour chien, une pensée qu'il s'abstint de partager avec Kayla de peur qu'elle ne trouve pas cela drôle.

— Au moins, nous n'en avons qu'un à surveiller, fit-il en apercevant des jumeaux qui détalèrent dans une direction opposée sitôt les portes de la salle franchie, leurs têtes blondes apparaissant ici et là.

— Lena chérie, qu'est-ce que tu as dans ta bouche ? Laisse maman regarder.

La mère de Lena s'approcha prudemment avant de se précipiter telle une lionne pour attraper l'objet dans la bouche de sa fille.

— Seigneur, il faut avoir des yeux derrière la tête pour surveiller ces deux-là, dit Kayla en observant les deux terreurs.

— Ouais. Je devrais peut-être aller lui proposer mon aide.

Comment s'occuper de deux bambins en même temps, et apparemment sans la moindre assistance ? Cela en valait certainement la peine, mais un coup de main s'avérait probablement appréciable, de temps en temps.

Il déposa le siège bébé près de Kayla et se dirigea vers la mère de famille en espérant qu'elle ne s'offusquerait pas de son offre.

Il en était à se demander s'il devait se présenter en tant que médecin ou que parent quand un grand boum résonna à l'autre bout de la pièce.

— Billy !

Tout le monde se précipita vers l'enfant qui gisait, immobile sur le sol. Jamie fit la grimace en réalisant que la tête de l'enfant avait brutalement heurté le plancher, avec assez de force pour stopper net toutes les conversations. Tous les témoins de la scène affichaient un air inquiet.

— Billy ? Au secours, il ne respire plus.

La mère affolée se tenait près de son enfant inconscient, tenant l'autre jumeau sous son bras. Elle voulut le soulever, mais Jamie s'interposa aussitôt.

— Ne le déplacez pas. Laissez-moi d'abord l'examiner.

Il pouvait lire la peur dans les yeux de cette mère paralysée et incapable de réagir.

— Jamie est médecin. Il sait ce qu'il fait, dit Kayla en faisant signe à la femme de s'écarter pour lui laisser la place.

— Billy ? Tu m'entends ? Je m'appelle Jamie et je suis médecin. Je voudrais que tu ouvres les yeux.

N'obtenant pas de réaction, il repoussa doucement la tête de l'enfant en arrière, soulevant son menton au cas où il y aurait eu une lésion cervicale, pour dégager ses voies respiratoires. La poitrine de l'enfant ne bougeait pas et rien n'indiquait qu'il respirait. Jamie se tourna vers la mère.

— Je vais devoir pratiquer la respiration artificielle.

Il n'avait pas le temps de s'occuper de sa réaction angoissée, mais Kayla apaisa la maman en lui assurant que tout irait bien, avant de se tourner vers les spectateurs de la scène.

— S'il vous plaît, je crois qu'il vaudrait mieux que tout le monde sorte. Il est inutile d'effrayer les autres enfants.

Pendant ce temps, Jamie se mettait en position. Il pinça le nez de Billy entre ses doigts et ouvrit sa bouche. Puis il plaça ses propres lèvres autour de celles de l'enfant avant de souffler, surveillant la poitrine qui se soulevait. Quand il se redressa, il vit la poitrine redescendre. Après une inspiration, il recommença la manœuvre.

Il entendit Jocelyn, la formatrice, pousser tout le monde vers la sortie avant de revenir vers eux.

— J'ai appelé une ambulance, annonça-t-elle. Laissez-moi veiller sur ces deux petits pendant que vous vous concentrez sur Billy, dit-elle en prenant le siège de Luke et la main de Lena.

— Cela ne marche pas.

Les efforts de Jamie n'avaient pas réussi à relancer la respiration naturelle de l'enfant.

Spontanément, Kayla se laissa tomber près de Billy et plaça ses mains en bas de son sternum. Puis elle appuya en s'assurant qu'elle n'appliquait pas de pression sur les côtes.

Elle croisa le regard de Jamie. Les mots n'étaient pas nécessaires pour savoir qu'ils pensaient la même chose. Ils devaient sauver la vie de cet enfant. Cela aurait pu arriver à leur bébé.

Dès qu'il était devenu père, Jamie avait compris que cela influerait autant sur sa vie professionnelle que privée. Il allait désormais comparer chaque enfant au sien, se demander ce qu'il ferait dans les mêmes circonstances. Être père allait faire de lui un homme meilleur en même temps qu'un meilleur médecin.

— Aucun signe de vie, dit Kayla après un certain nombre de compressions.

— Préviens-moi quand tu veux que je prenne le relais, répondit-il, sachant combien c'était épuisant.

Quelle expérience Kayla avait-elle de cette procédure ? Bien que les accouchements ne soient plus aussi risqués que quelques décennies plus tôt, de grosses complications pouvaient survenir. En tout cas, à en juger par son attitude face à cette situation critique, elle possédait la force nécessaire.

Sur un plan plus personnel, il était agréable de trouver en elle un support aussi physique que mental – une expérience nouvelle qu'il appréciait, habitué qu'il était à jongler seul avec les difficultés.

Il n'avait jamais vraiment cherché de partenaire, convaincu que partager sa vie avec quelqu'un ne ferait qu'augmenter ses responsabilités et ses obligations. Avec Kayla, il commençait à prendre conscience que cela pouvait aussi présenter quelques bénéfices. Il n'était plus seul. Un lien se créait entre eux, dont ils pourraient discuter plus tard. Accepter une autre personne dans sa vie n'était peut-être pas aussi négatif qu'il l'avait cru. Il espérait que Kayla ressentirait la même chose pour ce qui était d'élever Luke.

Malgré ces pensées, il entendait les sanglots de la mère de Billy près de lui, le comptage de Kayla entre chaque compression et surtout les sirènes qui approchaient.

— Contrôle des signes de vie, dit-il.

Il s'efforça de chasser les bruits autour de lui pour se focaliser sur la poitrine de l'enfant. Lentement, celle-ci commença à monter et descendre toute seule. Jamie s'empressa alors de vérifier le pouls de Billy et, à son grand soulagement, sentit une petite palpitation sous ses doigts. L'émotion l'envahit, ils venaient de sauver une vie.

— Il respire ! s'écria Kayla en se tournant vers la mère éplorée.

Jamie et Kayla installèrent Billy en position latérale de sécurité tout en surveillant sa respiration.

— Maman est là, mon chéri.

La mère de l'enfant s'approcha, en larmes, et lui caressa doucement le front. Kayla passa un bras autour de ses épaules. Jamie constata qu'elle pleurait elle aussi, et lui-même n'en était pas loin.

— Les ambulanciers vont le prendre en charge et l'emmener à l'hôpital, prévint-il d'une voix rauque, la gorge sèche et douloureuse.

— Je suis sûr que tout ira bien, déclara Kayla. Nous appellerons l'hôpital tout à l'heure pour prendre de ses nouvelles.

— Je ne sais pas comment vous remercier. Je n'ose imaginer ce qui se serait passé si vous n'aviez pas été là..., dit la femme dont la voix se brisa sous le coup de l'émotion.

— Mais nous étions là et votre fils respire de nouveau. Tout va bien, affirma Jamie comme les ambulanciers franchissaient le seuil de la salle.

Il se leva, imité par Kayla, pour leur céder la place tout en les mettant au courant de l'état de Billy. Kayla et lui étaient tous les deux pressés de rejoindre leur propre fils, mais l'adrénaline courait encore dans leurs veines, les rendant un peu instables sur leurs jambes. Les autres parents étaient partis, et seule la formatrice restait, veillant sur Lena et Luke.

— J'ai pensé qu'il valait mieux renvoyer tout le monde à la maison.

— Vous avez bien fait. De toute façon, je ne crois pas qu'ils auraient été suffisamment détendus pour suivre un cours de yoga, après toutes ces émotions.

Lui-même allait avoir besoin d'un peu de temps pour retrouver un rythme cardiaque normal.

— Billy va bien. Nous avons réussi à relancer sa respiration. Ils vont quand même l'emmener à l'hôpital pour lui faire passer quelques examens, dit Kayla en prenant Luke dans ses bras.

Jamie allait devoir attendre son tour, mais il ressentait lui aussi le besoin de serrer son enfant contre lui pour s'assurer qu'il allait bien.

— Quel soulagement ! soupira la formatrice, la main sur sa poitrine. J'ai suivi quelques cours de secourisme, mais je suis contente que vous ayez été là.

Les ambulanciers passèrent devant eux en direction de la sortie, suivis de la mère de Billy.

— Merci à tous pour votre aide, déclara-t-elle. J'emmène Lena à l'hôpital. Mon mari me rejoindra là-bas.

— Prenez bien soin de vous, dit Kayla tandis qu'elle s'éloignait, Lena trottinant à sa suite, serrant dans sa main la sucette que Jocelyn lui avait donnée pour lui remonter le moral.

Les parents des jumeaux partageaient donc les responsabilités. Jamie prit conscience que Kayla et lui allaient devoir s'organiser pour la garde de leur enfant en fonction de leurs horaires de travail, même si Kayla envisageait certainement de prendre autant de congés maternité que possible.

— Je crois qu'une bonne tasse de thé bien fort et sucré s'impose, dit Jocelyn. Nous en avons tous besoin.

— Caféine et sucre pour contrer le choc. Ordre du médecin, lança Jamie en voyant Kayla sur le point de refuser.

Ensuite, ils regagneraient leur maison en famille en remerciant le ciel d'être ensemble.

7

Avant de pouvoir s'asseoir pour analyser ce qui s'était passé au cours de yoga, Kayla avait dû nourrir, baigner et coucher Luke pour la nuit.

— C'est ce que j'appelle une journée de fou, dit-elle finalement en se laissant tomber sur le canapé à côté de Jamie.

Il venait juste de rentrer et se débarrassa de ses chaussures avant d'ouvrir les cartons de nourriture à emporter posés sur la table basse devant eux.

Ces derniers temps, l'alimentation saine prônée par Kayla avait cédé la place à des menus bien moins diététiques, le temps qu'ils trouvent leurs marques. Jamie avait pris la cuisine en charge, avec talent d'ailleurs, mais ce n'était pas ce qu'elle avait l'habitude de manger. Cela étant, après cette journée pleine d'émotions, il n'était pas question de se mettre aux fourneaux. Jamie avait donc passé commande au restaurant chinois voisin, ce dont elle se félicita en aspirant ses nouilles sautées végétariennes.

— Et effrayante. Je suis contente que Billy s'en tire à bon compte. Merci d'avoir téléphoné à l'hôpital pour prendre de ses nouvelles. Je n'aurais pas réussi à dormir sans cela.

— Moi non plus. Il semblerait que j'ai hérité les hormones du jeune papa.

Par contre, rien ne semblait affecter son appétit... Il se resservit une énorme part d'une viande non identifiée baignant dans une sauce d'un rouge tout sauf naturel.

— Vraiment ? Tu avais pourtant l'air très détendu, imperturbable même.

La façon dont il avait pris en main la situation d'urgence, avec confiance et efficacité, avait permis à Kayla de tenir le coup et de l'affronter elle-même.

— Tu plaisantes ? Je ne me permettrais pas de prendre une situation de vie ou de mort à la légère. Simplement, j'avais un travail à faire. Cela étant, je te rappelle que c'est toi qui as pratiqué les compressions. Sans toi, il n'aurait peut-être pas repris connaissance.

— C'était un travail d'équipe. C'est juste que... Tu as l'air de t'en sortir tellement mieux en tant que père que moi en tant que mère.

— Qu'est-ce qui te permet de dire cela ? demanda-t-il en posant ses couverts pour la regarder, sourcils froncés.

— Tu as déjà vécu cela avec Tom et tu gères bien mieux que moi les couches sales et les repas.

S'il lui avait été difficile d'admettre cela, de reconnaître combien elle se sentait inutile comparée à lui, elle ne s'était pas attendue à ce qu'il éclate de rire.

— Tu crois vraiment ça ? Écoute, j'étais le grand frère de Tom, pas son père. Je lui préparais à manger et je l'emmenais à l'école, mais je ne me suis pas occupé de lui quand il était bébé. Je ne sais pas plus que toi comment élever un enfant. La première nuit avec Luke a été une sacrée épreuve. Il ne cessait de se vider. Ses vêtements étaient tellement souillés que j'ai dû les jeter. Puis je l'ai lavé et je lui ai enfilé un nouveau pyjama pour que tu ne penses pas que j'étais un complet incompétent. C'était important pour moi, que tu me juges apte à cette tâche, dit-il en la regardant de ses grands yeux bruns.

Ce fut son tour de rire, mais plus par incrédulité.

— Je me demande ce qui nous a poussés à nous torturer ainsi, en prétendant que nous savions ce que nous faisions.

— En ce qui me concerne, je redoutais que tu me jettes dehors si je ne me montrais pas à la hauteur.

Qu'il en soit arrivé à cette conclusion n'avait rien d'étonnant, vu l'hostilité qu'elle lui avait manifestée quant à son rôle auprès de Luke.

— Je suis désolée d'avoir été aussi déplaisante. Je sais ce que c'est, de vivre sous une menace perpétuelle.

Elle but un peu d'eau, la bouche sèche à la simple évocation de ses parents. Il méritait une explication sur son comportement, qui avait gâché ce qui était sans doute un des plus beaux moments de sa vie.

— Mes parents étaient extrêmement sévères. Je ne sais pas si Liam t'en avait parlé ?

Il secoua la tête.

— Non. Tout ce qu'il m'a dit, c'est qu'ils l'ont renié quand il leur a avoué son homosexualité. Comme il n'aimait pas parler d'eux, je n'ai pas insisté.

Un bon point en faveur de Jamie, qui ne possédait pas une once d'homophobie.

— Tu as eu raison.

— J'imagine donc que tu n'as plus de rapport avec eux non plus. D'ailleurs, ils ne sont pas venus à l'enterrement.

— Il y a longtemps que j'ai pris la décision de ne plus avoir le moindre contact avec eux. Mais ma conscience m'a titillée et je les ai appelés pour leur annoncer l'accident. Ils ont été très clairs sur le fait qu'ils ne se sentaient pas concernés.

Au souvenir de cette conversation, l'émotion la submergea et elle dut lutter pour ne pas laisser paraître son amertume. Ils avaient déclaré que la mort de leurs deux frères était une punition de Dieu pour leur « péché », mais Jamie n'avait pas à le savoir.

— Je suis désolé. Cela a dû être un moment difficile pour toi.

— Le pire de ma vie, dit-elle avec un sourire forcé.

— Sont-ils au courant, pour Luke ?

— Non. Je me suis juré ce jour-là que je ne leur reparlerais jamais. Et crois-moi, tu ne voudrais pas qu'ils s'approchent de Luke. Mon père dirigeait la maison d'une main de fer et ma mère d'une langue bien acérée. Nous étions terrifiés à l'idée de mal faire. C'est la raison pour laquelle j'étais aussi réticente à propos de ta présence. Je n'accepterai jamais que quelqu'un prenne de nouveau le contrôle de ma vie. Quand tu t'es imposé en réclamant le droit de t'occuper de ton fils, j'ai pris cela comme une menace.

— Je ne savais pas. Je suis désolé. La mort de Tom m'a fait l'effet d'une bombe, je cherchais seulement quelqu'un à qui me raccrocher. Je voulais retrouver une famille, dit-il en fixant ses mains.

Il pensait à son frère, c'était évident, et à toutes les choses qu'ils ne partageraient plus.

— C'est la raison pour laquelle j'ai accepté de porter leur enfant. Je n'imaginais pas rencontrer un jour un homme en qui j'aurais suffisamment confiance pour vouloir un enfant de lui. J'ai déjà fait l'erreur de sortir avec un homme qui a profité de mon passé pour me manipuler. Il m'a changé en une personne que je ne reconnaissais plus. Une femme faible, animée du seul désir de lui plaire au mépris de mes propres besoins.

Elle s'était montrée naïve. Ils l'avaient tous été. Un bébé représentait une sérieuse responsabilité, un engagement à vie, mais il ne résoudrait pas ses problèmes avec ses parents. C'était à elle de mettre tout cela derrière elle pour que son fils n'en paye pas le prix. Elle ne voulait pas qu'il grandisse en ayant peur de l'amour ou de partager la vie de quelqu'un parce que inconsciemment ce serait ce qu'elle lui aurait inculqué.

— Je suis désolé, Kayla, et je peux comprendre, dans une certaine mesure.

Il enfourna une bouchée de riz avec son mélange rouge, et Kayla dut patienter pour connaître son avis sur son absence tragique de vie amoureuse. D'après ce qu'elle avait entendu dire, Jamie Garrett ne manquait pas de femmes pour partager son lit. Ce qui expliquait en partie pourquoi elle restait dubitative quant à leur relation, même platonique. Quelle était l'utilité de créer une dynamique familiale avec lui s'il risquait de partir avec la première femme qui retiendrait son attention ? Cela étant, la manière dont il s'était engagé auprès de Luke ces derniers jours prouvait qu'il ne parlait pas en l'air.

Elle le regarda prendre une nouvelle bouchée. Contrairement à lui, elle était incapable d'avaler quoi que ce soit tant qu'elle n'en apprenait pas plus à son sujet.

— Je ne sais pas grand-chose sur ton passé, sinon que tes parents sont morts quand Tom était encore enfant.

Il comprit le message et reposa sa fourchette.

— Ce n'était pas de méchantes gens. Mon père était militaire, alors nous ne le voyions pas beaucoup. Pas même pendant ses congés, qu'il préférait passer au grand air à randonner. C'était un solitaire, vraiment pas taillé pour être père. Il s'est tué en faisant de l'escalade. Ma mère est morte cinq ans plus tard, d'une crise cardiaque. Tom avait onze ans.

— C'est horrible. Je suis vraiment désolée. Vous étiez si jeunes, tous les deux.

Perdre successivement tous ses proches dans des circonstances aussi tragiques était une terrible épreuve. La vie ne faisait vraiment pas de cadeaux. Kayla en avait eu un aperçu avec la perte de Liam, mais elle avait encore ses parents, aussi indignes fussent-ils, et pouvait se faire une idée de l'étendue du deuil de Jamie. Comment avait-il pu supporter tout cela et assumer la charge de son frère alors que lui-même était à peine adulte ? C'était très impressionnant.

— Je n'ai pas vraiment eu le temps de réfléchir sur chaque événement. À la mort de mon père, je suis devenu en quelque sorte l'homme de la maison, veillant sur Tom et me chargeant des factures. Du coup, quand ma mère nous a quittés à son tour, il m'a semblé naturel d'endosser le rôle de parent. Perdre Tom est le moment le plus dur de mon existence. Je ne sais pas si je m'en remettrai un jour.

Il abandonna sa fourchette, il avait manifestement perdu l'appétit. Elle s'en voulut d'avoir réveillé ces souvenirs douloureux.

— S'en remettre, ce n'est peut-être pas ce qu'on attend de nous. La mort change ceux qui restent, mais il est important qu'ils continuent leur chemin et vivent la vie que ceux qu'ils aimaient n'auront jamais.

Peut-être la présence de Luke lui faciliterait-elle les choses. Avec la responsabilité d'un enfant, elle n'avait pas d'autre choix que d'avancer, de se lever chaque matin. Son esprit aurait sans doute besoin d'un peu de temps pour tourner la page, mais elle était déterminée à essayer.

— Je me reproche de ne pas avoir été là quand Tom avait vraiment besoin de moi. J'étais peut-être trop excité à l'idée de me retrouver enfin libéré de toutes responsabilités pour réfléchir aux risques que Tom et Liam prenaient, là-bas. J'aurais dû les mettre en garde, leur faire prendre conscience des dangers au lieu de célébrer mon statut de célibataire. Tom était adulte depuis un moment, mais je n'ai jamais cessé de veiller sur lui jusqu'à son mariage avec Liam.

— Tu n'aurais rien pu faire, Jamie. Ils voulaient vivre une dernière aventure avant de fonder leur famille, et nous n'aurions pas pu les en empêcher. Ils ont eu un accident que personne ne pouvait prévoir.

Elle-même s'était reproché de n'avoir rien fait pour prévenir leur décès, avant de comprendre que se torturer de culpabilité ne les ramènerait pas.

— Je ne pensais qu'à moi, à cette époque. Les sentiments des autres ne m'intéressaient guère, pas même les tiens. Je suis désolé de m'être comporté comme un mufle au mariage. Découvrir que je pouvais encore plaire au sexe opposé, malgré mon âge avancé, m'avait quelque peu regonflé l'ego.

— Crois-moi, tu es loin d'être un vieillard, dit-elle, sans pourtant éprouver le besoin de lui avouer qu'il avait réveillé chez elle des émotions et des sensations qu'elle croyait mortes à jamais.

Sa rencontre tumultueuse avec Jamie lui avait fait prendre conscience que son corps n'était pas aussi mort qu'elle le croyait – une prise de conscience qui expliquait peut-être pourquoi elle avait accepté ce rôle de mère porteuse. En effet, attendre un enfant obligeait à se concentrer essentiellement sur le bébé et l'empêcherait donc de se lancer dans une relation vouée à l'échec. Un plan sans faille, jusqu'au décès de leurs frères qui avait ramené Jamie dans sa vie et, avec lui, cette attirance de plus en plus difficile à nier.

— Waouh, merci, dit-il en se passant la main dans les cheveux avec un air arrogant qui ne la trompa pas.

— Tu es bel homme, célibataire et médecin. Les femmes vont toutes te trouver irrésistible.

Malgré son air détendu, elle eut soudain chaud en reconnaissant par-devers elle qu'elle faisait partie du nombre.

— Que de compliments, ce soir ! Tu vas me faire rougir.

Mais c'était surtout elle qui rougissait comme une midinette. Elle tenta de la jouer décontractée en levant les yeux au ciel.

— Je parle sérieusement. Tu voudrais me faire croire que tu n'as jamais reçu d'avances de la part de femmes amoureuses, toutes ces années.

— Je n'ai pas dit cela.

Elle aurait juré que les joues de Jamie avaient un peu rosi. Elle ressentit un pincement de jalousie en imaginant ces femmes, toutes plus belles les unes que les autres, cherchant à séduire le père de son enfant.

— Pourtant tu n'as jamais cherché à te marier et à fonder ta propre famille. Pourquoi cela ?

— Je ne voulais pas que Tom se retrouve au second plan comme nous l'avions été du vivant de mon père. Je fréquentais Natalie à l'époque, mais je n'étais pas prêt à m'engager à long terme. Finalement, elle a été blessée que le mariage ne soit pas à l'ordre du jour, alors que nous étions encore presque des gamins nous-mêmes. Depuis, j'ai pris conscience qu'une brève aventure ici ou là permettait d'éviter les drames. Je ne vivais pas comme un moine, mais, pendant quelque temps, j'ai vécu une espèce d'adolescence à retardement. Celle que je n'avais pas eue.

Il reconnaissait ainsi honnêtement avoir joué les séducteurs pendant une période. Pour elle, la question était de savoir quelle personnalité vivait maintenant près d'elle.

— Tu es donc de nouveau en mode parental. Mais que se passera-t-il quand tu rencontreras la femme de tes rêves ? Luke restera-t-il ta priorité ?

Elle ne voulait pas que son fils souffre si son père retombait dans ses travers ou s'il lui prenait l'envie de fonder sa propre famille.

— Je n'envisage pas d'avoir d'autres enfants, répondit-il avec un petit sourire. Et même si c'était le cas, je peux t'assurer que Luke passera toujours en premier.

Il affirma cela avec tant de sincérité et de conviction qu'elle le crut, non sans ressentir un peu d'amertume qu'il ne l'ait pas comptée, elle, dans ses priorités. Certes, ils n'étaient pas dans une relation sentimentale, pourtant, en tant que coparente, elle continuerait à faire partie de sa vie, ce qu'il ne jugeait pas digne d'être mentionné. Pourtant, elle-même s'était déjà habituée à l'avoir près d'elle ; il lui manquerait s'il rencontrait une femme et réduisait ses obligations parentales à quelques visites le week-end.

— Je commence à m'habituer à ta présence, dit-elle sur le ton de la confidence, au cas où il aurait encore des doutes à ce sujet.

— Bien.

Il soutint son regard un peu plus longtemps que nécessaire, jusqu'à ce qu'elle ait soudain très chaud à l'idée que son intérêt pour elle puisse dépasser le cadre de leur progéniture commune.

Elle fut la première à détourner les yeux, son imagination lui avait embrasé l'esprit. Jamie n'essayait pas de prendre le contrôle de sa vie, mais elle ne laisserait pas non plus ses émotions lui dicter ses actions.

— Je vais ranger tout ça...

— Je vais débarrasser...

Ils se penchèrent en même temps vers la table pour rassembler les restes du dîner et leurs mains se touchèrent. Pétrifiés, il leur fallut quelques secondes pour réagir et se détacher. Le cœur de Kayla palpitait si fort dans sa poitrine qu'elle avait du mal à respirer.

— Comme tu veux. Je vais me coucher. Inutile de veiller. Je prendrai le premier tour auprès de Luke, comme ça, tu pourras dormir un peu.

Ailleurs que dans ma chambre...

— Si tu insistes. La journée a été longue.

Pour une fois, il ne discuta pas comme à l'accoutumée, pour faire passer ses besoins à elle avant les siens. Peut-être était-il impatient de s'éloigner avant qu'elle ne fasse une scène ?

Elle n'épilogua pas sur ses réactions à son contact. Après avoir jeté un coup d'œil à Luke profondément endormi, elle récupéra sa chemise de nuit sous l'oreiller et s'enferma dans la salle de bains pour enfiler le court vêtement à bretelles qu'elle portait maintenant en remplacement de sa chemise de nuit en coton – un moyen comme un autre de se sentir à nouveau femme et non plus une simple machine à lait. Elle faillit presque se convaincre que ce n'était pas pour le bénéfice de Jamie.

Une fois ses dents propres et ses cheveux brossés, elle sortit de la salle de bains, ses vêtements sur les bras, et se retrouva face à Jamie, torse nu et en caleçon.

La pile de vêtements soigneusement pliés lui échappa devant le torse lisse et joliment musclé de Jamie.

— Désolé, je n'avais pas réalisé que tu étais là, dit-il l'air sincèrement contrit.

Pour autant, il ne recula pas pour la laisser passer. Son regard se posa sur ses épaules nues avant de descendre sur l'échancrure dessinée par la chemise de nuit noire et Kayla fut incapable de dissimuler sa réaction. Le bout de ses seins se durcit sous la soie fine, retenant plus encore son attention.

— J'ai terminé. C'est l'heure de dormir. Pour moi, je veux dire.

Sans le vouloir, elle avait évoqué l'endroit précis où ses propres pensées l'amenaient. Dans son lit.

— Bonne nuit, alors.

Comme s'il s'agissait d'un geste coutumier, il se pencha vers elle et déposa un baiser sur ses lèvres. Incapable de résister, elle se dressa sur la pointe de pieds pour le recevoir.

Yeux fermés, elle apprécia la caresse de sa bouche sur la sienne, en tout point semblable aux baisers de réconfort qu'elle recevait en rêve chaque nuit.

— Bonne nuit, répondit-elle quand il releva la tête, la forçant à ouvrir les paupières et à revenir sur terre.

Il ne bougea pas, ses yeux s'attardèrent sur ses lèvres, et l'atmosphère se modifia, soudain chargée de désirs. Pétrifiée sur place par son regard avide et ses propres attentes, elle mourait d'envie de l'attirer contre elle, mais se refréna de peur de gâcher leur pacte de non-agression.

— Je ferais mieux de ramasser ces vêtements, dit-elle enfin, en fixant sa bouche qui s'ajustait si bien à la sienne.

— Ouais, tu ferais mieux, répondit-il en passant un bras autour de sa taille et en la serrant brusquement contre lui.

Ses pieds ne touchaient plus terre.

Il l'embrassa alors brutalement, comme pour la punir de son pouvoir sur lui, tout en voulant beaucoup plus. Elle laissa échapper un soupir de contentement et son corps se fondit contre le sien. Il avait la main sur sa poitrine, si ferme et chaude sous ses doigts, et elle frissonna. En réponse, il la serra plus fort encore, caressant son dos d'une main possessive.

Elle s'accrocha à ses épaules quand il amplifia son baiser, sa langue jouant avec la sienne, luttant pour la dominer, une domination à laquelle, pour une fois, elle s'abandonna avec bonheur. Chaque fibre de son être aspirait à ce qu'il la possède, d'autant plus que son corps dur comme la pierre lui apportait la confirmation d'un désir partagé.

— Tu viens juste d'avoir un bébé, dit-il soudain d'une voix rauque.

— Ton bébé.

C'était tellement incroyable, alors qu'ils commençaient à peine à se connaître, qu'elle lui ait déjà donné un enfant. Un enfant qu'ils auraient pu concevoir naturellement si elle avait pu deviner une telle passion entre eux.

Malgré leur attirance réciproque, elle ne pouvait cependant contrer l'instinct qui l'empêchait de baisser totalement la garde. Rien n'avait changé dans sa tête, et leur relation restait difficile pour elle qui avait quelques difficultés à accorder sa confiance. Il était plus important pour son fils d'avoir un père que pour elle de se lancer dans une aventure débridée à l'issue incertaine.

Les pleurs de Luke, de l'autre côté du couloir, stoppèrent Jamie dont les lèvres s'attardaient sur la joue de Kayla. Il s'arrêta juste avant d'embrasser l'endroit si sensible, derrière l'oreille de Kayla, qui lui coupait les jambes. Physiquement, Jamie Garrett était l'homme parfait pour elle, mais seulement dans ses rêves.

— Je vais aller lui donner la tétée, dit-elle.

Il recula pour mettre un peu de distance entre eux, luttant pour retrouver son souffle et reprendre le contrôle de son corps. La tâche n'était pas facile alors que Kayla se tenait devant lui, les lèvres gonflées par les baisers ; la bretelle de sa chemise de nuit avait glissé, exposant sa peau pâle et si douce.

Depuis quelque temps, la tension montait entre eux. Des regards qui traînaient, des querelles qui se raréfiaient, cédant la place à un respect mutuel, ces moments passés, allongés sur le lit à regarder leur fils dormir. Tout cela les avait conduits à ce baiser qui ne l'avait pas déçu. Mais le soulagement fut de courte durée. À présent qu'il avait goûté au fruit défendu, à ses lèvres pleines, au contact de son corps souple contre le sien, il voulait beaucoup plus. Il voulait tout. Reculer maintenant était comme vouloir remettre le bouchon d'une bouteille de champagne qui pétillait encore. Pourtant il n'avait pas le choix. Ni le corps de Kayla ni son âme n'étaient prêts pour cela. Lui-même doutait de l'être.

Après Natalie, il s'était juré de ne plus jamais permettre à une femme d'attendre plus d'une relation qu'il n'était disposé à y investir. En fait, c'était la force de Kayla qui l'avait attiré. Son entêtement à lui faire comprendre qu'elle n'avait pas besoin de lui agissait comme un aimant. Mais, en l'occurrence, entamer une relation avec la mère de son fils aurait équivalu à signer un engagement à vie, avec impossibilité de se dédire.

— Appelle-moi quand tu veux que je prenne le relais, dit-il.

Il ne tenait pas à ce qu'elle supporte seule les soins de Luke et les nuits sans sommeil, mais il allait peut-être faire une exception, ce soir. Il avait besoin de temps pour comprendre ce qui venait juste de se passer et pourquoi il avait pris l'initiative de ce baiser. La passion spontanée à laquelle ils avaient tous les deux succombé ne s'oubliait pas facilement.

Après tout ce qu'elle avait vécu, il ne voulait pas trahir la confiance que Kayla commençait à lui accorder en l'autorisant à vivre avec elle. Il n'avait jamais souhaité fonder de famille et, bien qu'il ait désormais un fils, il ne pouvait promettre à Kayla une relation qui dure pour toujours. Trop de gens avaient abusé d'elle au cours des années. Aujourd'hui, elle avait besoin d'un partenaire, pas d'une personne qui profiterait d'elle. Elle voulait être la meilleure mère pour Luke, et Jamie ne comptait pas interférer avec cela.

Il vivait seul depuis trop longtemps pour souhaiter brusquement partager son quotidien avec quelqu'un. Il commençait juste à accepter d'être devenu père, avec toutes les responsabilités que cela impliquait. Il ne se sentait pas capable de devenir le partenaire, le petit ami ou qui que ce soit que Kayla attendait pour l'aider à surmonter la méfiance engendrée en elle par ses parents.

Pas quand il en était encore à lutter contre ses propres démons.

8

Kayla bâilla et s'étira, avec le sentiment d'avoir dormi tout son soûl. Un coup d'œil au réveil lui apprit qu'il était 7 h 30 – une vraie grasse matinée pour elle.

Non seulement elle se sentait vraiment reposée, mais, grâce à Jamie, ses rêves avaient été remplis de baisers volés et d'étreintes passionnées. Ils en viendraient probablement à reconnaître qu'ils avaient commis une erreur, mais le souvenir de ce bref instant érotique la mettait d'excellente humeur ; la journée commençait sous les meilleurs auspices.

Pour autant, pas question de s'emballer. Après une aussi longue période de chasteté, nul doute que Jamie avait simplement voulu s'assurer que son charme agissait toujours.

Elle s'étira de nouveau, un sourire paresseux aux lèvres. Jamie avait dû emmener Luke en bas pour la laisser dormir. Maintenant qu'elle ne cherchait plus de raison cachée derrière tous ses gestes, elle se rendait compte combien il se montrait attentionné.

Allongée sur le dos, contemplant le plafond, elle se demanda si elle était supposée rester là jusqu'à ce que le bébé la réclame. Jamie avait peut-être l'intention de la surprendre avec un petit déjeuner au lit. Elle roula sur le côté, prête à se rendormir, mais se redressa en détectant des mouvements dans la chambre, accompagnés de petits gazouillis de bébé.

Jetant un coup d'œil au lit de son fils, elle l'aperçut qui s'éveillait.

— Luke ? C'est l'heure, petit paresseux. Je me demande si ton père a dormi tard, lui aussi.

Pour toute réponse, Luke la fixa de ses grands yeux.

— Tu ressembles tellement à ton père. Ne lui répète pas ça, mais les filles vont te courir après quand tu seras grand.

Elle le prit dans ses bras et partagea un petit câlin avec lui. Ne manquait qu'une seule personne à cette scène familiale.

— Et si nous allions réveiller ton père ?

Luke dans le creux de son bras, elle tapa à la porte de sa chambre.

— Jamie ? Tu dors encore ?

N'obtenant pas de réponse, elle ouvrit doucement la porte et trouva le lit fait et les rideaux tirés.

— Il doit être en bas. Allons lui faire une surprise, dit-elle en faisant un baiser eskimo à son fils.

Une matinée en tout point parfaite.

Elle descendit sur la pointe des pieds, évitant la marche qui grinçait. Cela commençait à ressembler à une vraie maison familiale. Vivement que Luke soit assez grand pour jouer à cache-cache avec lui !

Elle allait enfin pouvoir partager les jeux d'enfants qui avaient été interdits sous le toit de ses parents, qui détestaient le bruit. Quand son frère et elle avaient la permission de jouer, ils devaient le faire en silence sous peine d'être punis. Bien que son frère se soit constamment rebellé contre ce régime, elle avait toujours essayé de respecter les règles pour ne pas mettre leurs parents en colère. Il avait fallu qu'elle change de pays pour se débarrasser de ce réflexe.

Son fils serait heureux et se sentirait en sécurité chez lui.

— Jamie, pourquoi n'emmènerions-nous pas Luke en promenade dans son landau ? fit-elle en pénétrant dans la cuisine où elle s'attendait à le trouver préparant le petit déjeuner.

Mais la cuisine était vide. Aucune vaisselle abandonnée ne trahissait son passage. Elle toucha la bouilloire. Froide. Puis elle aperçut le papier maintenu par un aimant que son frère Liam avait confectionné pour elle.

Je n'ai pas voulu vous réveiller.

Je suis allé travailler pour rattraper un peu mon retard avec la paperasse.

À plus tard.

J.

Cela lui coupa le souffle, et un énorme poids s'installa au creux de son ventre. La joyeuse sortie familiale serait pour une autre fois. Jamie avait filé en douce. Même pas un baiser sur sa note. Comme si rien ne s'était passé entre eux. Ou plutôt à cause de cela. Il se reprochait probablement cet instant d'égarement.

Même si elle avait conscience que bousculer leur relation aurait été une mauvaise idée, elle ne regrettait pas leur baiser. Mais, s'il en allait autrement pour Jamie, elle devait le savoir tout de suite. Ils ne pourraient pas créer de foyer stable pour Luke si son père évitait sa mère en permanence.

— Bon, mon petit bonhomme, il n'y a plus que toi et moi. Si ton père ne veut pas passer la journée avec nous, tant pis pour lui.

— Tout est parfait, madame Hills. Votre petit garçon est en pleine forme. Aucune raison de vous inquiéter.

Jamie, qui avait examiné le bébé, lui remit sa couche.

— Merci, docteur.

Ellie, l'infirmière, attrapa les vêtements de l'enfant pour le rhabiller, mais Jamie l'arrêta.

— Non, laissez. Je m'en occupe, dit-il. Je suis devenu expert en la matière.

Et, surtout, il n'avait rien de mieux à faire. L'équipe avait été surprise de son arrivée matinale et impromptue, d'autant qu'un médecin suppléant assurait son remplacement, et que son bureau était donc pris. Il avait néanmoins préféré proposer son aide à Ellie, qui s'occupait des consultations pédiatriques, plutôt que rentrer chez lui.

Bien que conscient de sa lâcheté, il avait éprouvé le besoin de sortir de la maison et de s'évader un peu du cocon que Kayla et lui avaient créé autour d'eux. Ce n'était pas la vraie vie, comme en témoignait cette séance de pelotage, la veille, à laquelle Kayla s'était abandonnée autant que lui. Au réveil, retrouver un semblant de vie normale lui avait semblé urgent. Et si les semaines qu'il venait de passer, enfermé avec Kayla, lui avaient brouillé les idées ? À vivre ainsi l'un sur l'autre, l'attirance, latente entre eux depuis le mariage, n'avait pu que s'intensifier. Mais ni lui ni elle n'était prêt pour une relation sérieuse, seule possibilité pourtant maintenant qu'ils étaient parents. Une simple aventure aurait terriblement compliqué la situation, surtout au moment de la rupture, alors qu'ils devaient prendre du temps et des décisions pour leur fils.

— Le Dr Garrett vient d'avoir un fils, dit Ellie à la patiente.

— Oh ! toutes mes félicitations.

— Merci.

S'il avait espéré se changer les idées en venant travailler, il s'était grandement trompé. Il se demandait en boucle ce que Kayla et Luke faisaient sans lui et détestait manquer un seul instant de la vie de son fils. Kayla avait-elle trouvé son petit mot ? Comment avait-elle réagi ?

Même si elle s'était probablement réjouie d'avoir la maison pour elle toute seule, elle n'avait sans doute pas apprécié qu'il disparaisse ainsi. Il aurait certainement été plus mature de discuter avec elle des événements de la veille, mais il ne se sentait pas encore prêt pour cela, tant il avait du mal à analyser ses sentiments. Il avait aimé l'embrasser et il en voulait plus. Si seulement ils avaient cédé à la tentation au mariage, ils se seraient épargné bien des problèmes.

— J'ignorais que vous étiez marié, docteur, dit Mme Hills.

Une remarque banale qu'il risquait d'entendre souvent dans les prochains jours jusqu'à ce que les gens comprennent que c'était un sujet tabou.

— Je ne le suis pas, répondit-il en lui tendant son bébé avec un sourire crispé, ignorant l'expression horrifiée d'Ellie.

Il ne voulait mettre personne mal à l'aise, mais n'entendait pas mentir non plus.

— Excusez-moi, cela ne me regarde pas. Les gens ne se marient plus beaucoup de nos jours...

Gênée, la femme tentait de rattraper le coup et Ellie lui sauva la partie.

— Merci pour votre aide, docteur. Je suis sûre que d'autres patientes vous réclament.

Ce n'était pas le cas, mais il accepta de bon gré cette porte de sortie.

— Aucun problème. Si vous avez encore besoin de moi, n'hésitez pas.

Son bureau étant occupé, il se dirigea vers la salle du personnel. À quand remontait la dernière fois où il avait pu boire une tasse de café sans être dérangé ? À peine installé dans un des fauteuils, ses pensées le ramenèrent à Luke et Kayla. Jamais elle n'aurait eu l'idée de faire une pause dans son rôle de maman, et lui-même n'avait aucune envie de s'y habituer. Malgré ses réserves, il avait enfilé sans effort le costume du papa protecteur dont la bienveillance s'étendait à toute la famille. Changer les couches ou donner le biberon le rapprochait de son fils, et il adorait ces merveilleux moments d'intimité avec Kayla, une fois Luke endormi.

Il n'avait jamais vécu avec personne, à l'exception de son frère, mais Kayla et lui s'étaient bâti une existence confortable et avaient construit une relation qu'aucun d'eux n'aurait jamais imaginée. Il adorait la famille qu'ils avaient constituée, passer du temps avec eux et avoir quelqu'un à qui parler en fin de journée.

Assis seul dans la salle du personnel, il trouva vite le silence écrasant. En fait, après seulement quelques heures de séparation, Kayla et Luke lui manquaient déjà. À cet instant, la réceptionniste de la clinique passa la tête à la porte.

— Docteur Garrett, dit-elle. Euh... Votre fils est là pour vous voir.

Comme Luke n'était certainement pas venu seul, Kayla l'accompagnait. La journée retrouvait soudain de belles couleurs.

— Il paraît que le Dr Garrett donne un coup de main aux consultations pédiatriques, aujourd'hui, dit sur le ton de la confidence la femme assise près de Kayla, en faisant sauter sa fille sur ses genoux. C'est vraiment un bel homme.

De toute évidence, elle frétillait d'impatience en attendant son tour, comme les autres mères de famille de la salle d'attente, qui toutes commentaient la nouvelle avec excitation.

— Je ne suis pas là pour...

— Ne vous méprenez pas. C'est un excellent médecin, qui prend son temps, et tout... Mais y ajouter le plaisir des yeux ne peut pas faire de mal, n'est-ce pas ? fit-elle avec un clin d'œil.

Kayla lui sourit en se réjouissant d'avance d'annoncer à Jamie que ses patientes le considéraient toutes comme un bel homme. Elle en retirait une certaine fierté, tout en se sentant prête à défendre son territoire. C'était le père de son enfant, et elle n'était pas certaine d'apprécier les regards des autres femmes. Mais, autant qu'elle sache, elle était la seule ici qu'il ait embrassée.

Elle avait pris un risque en débarquant ainsi sans prévenir, surtout après le départ matinal précipité de Jamie. Elle avait quitté la maison assez remontée, mais son humeur s'était améliorée après avoir réussi à hisser le landau dans le bus. Si Jamie ne voulait pas passer de temps avec elle, cela ne signifiait pas qu'il ne pouvait pas en passer avec son fils. S'il voulait emmener Luke au parc pendant l'après-midi, elle serait heureuse de profiter d'un moment de répit. Il n'avait pas prévu de travailler aujourd'hui, de toute façon. Ce n'était qu'un moyen de l'éviter. En tout cas, elle passait inaperçue dans cette salle d'attente, bien que la réceptionniste ait eu l'air surprise quand elle avait annoncé que le fils de Jamie voulait le voir.

Finalement, l'homme de ses pensées entra dans la salle d'attente et toutes les femmes, elle comprise, se redressèrent aussitôt sur leur chaise.

— Kayla ? Entre, dit-il tout sourire, l'air heureux de la voir.

Cela étant, il réservait probablement cette expression à toutes ses patientes.

Sous le regard déçu des autres femmes, elle le suivit.

— Je suis désolée de venir t'importuner ainsi à ton travail, fit-elle en poussant le landau le long du couloir, croisant des mamans qui, contrairement à elle, avaient toutes une bonne raison d'être là.

Elle avait fait preuve d'égoïsme en venant ainsi à l'improviste. C'était un homme occupé, un médecin.

— Ne sois pas bête. Je suis heureux de te voir.

Il s'arrêta et l'embrassa sur la joue.

Bon, rien à voir avec un vrai baiser, mais au moins il ne manifestait pas de dégoût envers elle. Quelle que soit la raison qui l'avait poussé à venir travailler, il avait l'air sincèrement heureux de sa visite. À moins que ce ne soit le petit passager du landau.

— J'ignorais que tu prévoyais de venir au bureau. Je croyais que tu avais encore quelques jours de congé.

— J'ai pris la décision sur un coup de tête, en fait. Veux-tu boire quelque chose ?

Elle prit alors conscience qu'ils se trouvaient dans une salle commune, pas dans son bureau personnel.

— Non, merci. Je me promenais avec Luke et j'ai eu envie de venir te faire coucou. Mais tu es très occupé. Nous nous verrons à la maison, ce soir.

— Ne pars pas. Honnêtement, je crois que je dérange plutôt qu'autre chose. Et si je vous accompagnais ? Où avais-tu prévu d'aller ?

Elle se dirigeait déjà vers la sortie et s'arrêta brusquement, incrédule.

— Au parc, voir les canards. Il fait beau, je voulais en profiter.

— Cela me paraît une excellente idée. Je vais prévenir de mon départ et je vous accompagne. Tu as mangé ?

— Nous avons pris le petit déjeuner, mais il sera bientôt midi et Luke me le rappellera, j'en suis certaine.

— On pourrait acheter de quoi pique-niquer ?

— Bonne idée.

Elle ne s'attendait certainement pas à cela, mais n'allait pas s'en plaindre. Passer la journée au parc avec Jamie et Luke était un bon moyen de recharger ses accus.

Rien n'aurait pu empêcher Jamie de pousser le landau ; il promena Luke dans tout le centre médical, fier de présenter son fils à tous ceux qu'il croisait.

Dans la salle d'attente, les regards curieux des patientes n'échappèrent pas à Kayla qui, dans un accès de mauvaise humeur, prit soin de bien tenir la poignée de la poussette. C'était sa famille et, quoi qu'il se passe entre elle et Jamie, ils resteraient les parents de Luke.

— On peut dire qu'il attire la foule, dit Jamie, une fois sur le trottoir, fier comme un paon, sourire jusqu'aux oreilles.

Inutile de booster plus encore son ego en soulignant que la véritable attraction était le beau médecin célibataire qui poussait le landau.

Elle soupira. Qu'il n'ait pas pris la peine de la présenter aux personnes qu'ils avaient croisées l'attristait. En tout cas, cela n'apaisait pas ses craintes de n'être à ses yeux qu'une simple mère porteuse – une matrice pour le rejeton qu'il voulait bien partager avec tout le monde, sauf elle.

— Il y a un traiteur au coin de la rue qui offre pas mal de choix pour le déjeuner, dit-il. On va voir ce qu'il a aujourd'hui ?

— Avec plaisir.

Depuis que Jamie avait pris les rênes du landau, à peine avait-elle pu redresser le petit parasol pour protéger le visage de Luke du soleil.

Elle n'était pas jalouse de l'attention que Jamie accordait à leur fils ou du fait qu'il la cantonne dans un rôle subalterne. Son accès de mauvaise humeur venait de ce qu'une fois en public, ils ne donnaient pas l'image d'un véritable couple. Malgré les circonstances, elle voulait qu'ils forment une équipe soudée. Quand il avait proposé de les accompagner, elle avait eu une bouffée d'espoir à l'idée que leur baiser passionné n'avait peut-être pas été qu'un simple élan incontrôlé.

Jamie sortit d'un air triomphant du magasin en arborant un sac en papier – il s'agissait manifestement de plats triés sur le volet, pas de quelconques sandwichs pour le commun des mortels.

— Voilà pour le déjeuner. Maintenant, trouvons un coin sympa nous régaler.

Il se montrait tellement charmant et attentionné ! Comment rester longtemps en colère contre lui ?

Il n'improvisait pas ce pique-nique pour Luke ou sa horde de fans, mais uniquement pour elle et lui. Un après-midi de détente au soleil comme n'importe quel couple. Les nuages qui s'étaient lentement accumulés pour gâcher sa journée commencèrent à se dissiper jusqu'à ce que finalement, un grand sourire aussi lumineux que le soleil lui éclaire le visage.

Ils déambulèrent dans le parc. Des familles jouaient au ballon, des couples se reposaient dans l'herbe verte, des gens promenaient leur chien.

— Et si on s'asseyait là ?

Jamie désigna un endroit ombragé sous un grand arbre, suffisamment à l'écart pour qu'elle puisse donner le sein à Luke.

— Parfait, répondit-elle en mettant le frein au landau pendant que Jamie ôtait sa veste pour l'étaler sur l'herbe.

— Franchement, inutile de salir ta veste pour moi, dit-elle.

Elle appréciait l'attention, mais tacher le tissu gris clair aurait été dommage.

— Tu ne voudrais quand même pas que je demande à la mère de mon enfant de s'asseoir dans l'herbe humide ? Je suis un gentleman. Maintenant, assieds-toi pendant que je déballe le déjeuner.

Elle capitula donc et s'installa pour nourrir Luke, le dos appuyé contre le tronc de l'arbre dont les branches les protégeaient du chaud soleil de l'après-midi.

Jamie prit place près d'elle sur la veste, puis enleva chaussures, chaussettes et cravate avant de déboutonner son col.

Elle l'observait, s'amusant de la vitesse avec laquelle il se délestait de son habit de médecin pour passer en mode détente.

— Pourquoi ne pas te mettre à l'aise ? fit-elle sur le ton de la plaisanterie.

— Si je le pouvais, je me débarrasserais également de la chemise et du pantalon pour ne garder que mon caleçon, fit-il avec un clin d'œil coquin.

L'image qui se forma dans l'esprit de Kayla lui donna soudain très chaud. C'était bien la peine de s'asseoir à l'ombre !

— Comme nous n'avons pas envie de payer une caution pour sortir papa de prison, je te recommande de garder tes vêtements pour l'instant.

Une fois Luke rassasié, elle rajusta son corsage.

— Dans ce cas, concentrons-nous sur la nourriture, d'autant que tu as besoin de toute ton énergie pour notre petit gourmand. Je vais le prendre pendant que tu te sers.

Elle tendit donc Luke à son père, qui entreprit de lui tapoter le dos pendant qu'elle disposait les différents paquets du traiteur. Elle opta pour une portion de couscous aux graines de grenade et fèves edamame, suivie d'une salade de pâtes aux tomates et basilic qui acheva de lui remplir l'estomac, si bien qu'elle refusa les samosas végétariens que Jamie lui proposa. Il aurait sûrement préféré mordre dans un bon hamburger, mais il avait fait de son mieux pour lui offrir ce festin, et elle lui en était reconnaissante.

Après un verre de jus d'orange pressée pour faire descendre le tout, elle s'allongea sur la veste.

— Je suis repue, annonça-t-elle.

Le sommeil la gagnait.

Elle se sentait bien, couchée près de Jamie et Luke, une sensation qu'elle n'avait pas ressentie depuis des années.

— J'aimerais pouvoir en dire autant, dit Jamie en rassemblant les emballages vides.

— Je suis sûre qu'il reste quelque chose.

Elle se redressa et plongea la main dans le sac d'où elle ressortit un paquet de morceaux de pomme et de la sauce au caramel.

— On dirait qu'il y a un bec sucré parmi nous.

— J'ai estimé que nous avions bien mérité ça, avoua-t-il en essayant d'ôter la cellophane, une tâche peu aisée avec Luke dans les bras.

— Je m'en charge, dit-elle.

Après avoir ouvert l'emballage, elle trempa un morceau de pomme dans la sauce collante et la tendit à Jamie.

Baissant la tête, il prit le morceau entre ses lèvres, qui frôlèrent les doigts de Kayla. Fascinée, elle le regarda mâcher la pomme, ce qui en soi n'avait rien d'une scène érotique, surtout dans un parc, mais qui lui fit pourtant autant d'effet. La langue de Jamie léchait maintenant lentement et délibérément les doigts de Kayla, sur lesquels subsistaient quelques traces de caramel. Il avait les yeux rivés aux siens, et elle comprit que, comme elle, il imaginait la même scène dans une chambre, la nourriture et le public en moins.

— Jamie…

Avant qu'elle ait pu s'interroger plus avant sur ce qui se passait entre eux, la scène fut brutalement interrompue. Un ballon de foot atterrit sur leur pique-nique, envoyant les restes voltiger et sonnant le glas de la veste de Jamie. Luke, qui commençait à sommeiller, fut réveillé en sursaut et poussa un cri de révolte. Jamie, lui, sauta sur ses pieds en jurant dans sa barbe.

— Désolé, fit un adolescent écarlate avant d'attraper le ballon et de décamper pour rejoindre ses copains.

— Faites attention la prochaine fois, cria Kayla, consciente que Luke aurait pu être blessé.

Si elle avait fait plus attention à ce qui se passait autour d'eux au lieu de fantasmer sur le père de son enfant, elle aurait vu le danger arriver. Furieuse contre elle-même, elle ramassa les emballages et les remit dans le sac papier avec plus de vigueur que nécessaire.

— Eh, personne n'a été blessé, dit Jamie, lui caressant le dos pour la calmer.

Il avait un don pour deviner ce qui la tracassait et faire ce qu'il fallait pour apaiser ses tensions, qui survenaient parfois inopinément alors qu'elle prenait du bon temps. Un souvenir de sa jeunesse sous la poigne de fer de ses parents et de la punition qui l'attendait si elle ne restait pas à sa place. Depuis le décès de son frère, Jamie était la seule personne capable de bloquer ces réminiscences pour lui permettre d'apprécier le moment présent.

Comme maintenant. Une fois de plus, sa présence avait un pouvoir lénifiant sur elle, l'empêchant d'imaginer le pire, d'élaborer un scénario qui l'aurait hantée toute la nuit. Elle respira profondément pour faire retrouver un rythme normal à son pouls, puis Jamie, devinant probablement son besoin de tendresse, plaça Luke entre ses bras. Et de fait, respirer la bonne odeur du talc de bébé la renvoya dans un monde de douceur et de tendresse, dénué de cruauté.

— Nous sommes ici pour nous détendre, alors assieds-toi, dit Jamie en reprenant sa place sur la veste et en tapotant près de lui.

Elle accepta l'invitation et, déposant Luke entre eux, elle s'étendit. Les yeux fermés, elle retrouva son calme et, bientôt, s'endormit.

Les jeux d'enfants à proximité tirèrent Kayla de ses rêves. Ouvrant les yeux, elle chercha Luke et eut un instant de panique. La place à côté d'elle était vide. Puis ses yeux tombèrent sur Jamie endormi, Luke serré contre son torse.

Le cœur de Kayla enfla dans sa poitrine à la vue de cet homme magnifique dormant avec leur minuscule enfant. Elle roula sur le côté pour étudier son profil sans crainte d'être surprise. Quelques fils cuivrés couraient dans sa chevelure sombre. Elle adorait les longs cils noirs qui encadraient ses beaux yeux marron, fermés pour l'instant, son nez droit et fort, et ses lèvres pleines auxquelles elle avait si souvent rêvé.

Succombant à la tentation, elle se redressa et l'embrassa. À sa grande surprise, il lui rendit son baiser et, aussitôt, elle perdit pied.

Jamie ne dormait qu'à moitié, appréciant ce moment de tranquillité en compagnie des deux personnes qu'il aimait le plus au monde. Quand il sentit la douce pression sur ses lèvres, il reconnut Kayla à l'odeur citronnée de ses cheveux qui frôlèrent son visage. Il n'attendait que cela et répondit à son baiser avec toute la fougue de ses sentiments pour elle.

Tenant Luke d'une main, il glissa l'autre dans les cheveux de Kayla pour la maintenir là où il voulait. D'une langue timide, elle chercha la sienne, mais il n'était plus dans la retenue et sa bouche s'empara de la sienne avec force, le reste de son corps suivit. Quand elle gémit contre lui, il sut qu'il devait se calmer très vite s'il ne voulait pas être poursuivi pour attentat à la pudeur.

Il recula, la lâcha et la contempla. Les yeux embrumés de Kayla, ses lèvres gonflées et ses cheveux emmêlés témoignaient de l'intensité de leur brève étreinte. Son cœur battait la chamade dans sa poitrine, et il ne s'étonna pas que Luke commence à remuer.

— Waouh, fit-elle. Que s'est-il passé ?

— C'est toi qui as commencé, répondit-il avec un petit rire, faisant de son mieux pour détendre l'atmosphère.

Elle laissa échapper un soupir rêveur et se serra contre lui. La question tue de la suite des événements s'insinua entre eux, mais il refusa de s'y attarder. Pas maintenant, avec Kayla allongée contre lui, sa tête sur son bras, et son fils endormi sur son torse. Il ne permettrait pas à la vraie vie de saccager ce tableau de famille idyllique.

9

Même si c'était tentant, Kayla ne pouvait pas rester ainsi, lovée contre le corps chaud de Jamie. Le soleil avait entamé sa descente et l'air se rafraîchissait vite ; Luke ne devait pas attraper froid.

— Nous devrions le remettre dans son landau, murmura-t-elle à contrecœur, réticente à l'idée de briser le charme du moment.

— Encore... Un... petit... bisou, dit Jamie en ponctuant chaque mot d'un baiser avant de titiller la lèvre de Kayla du bout de sa langue.

Elle aurait pu rester ainsi toute la journée. Mais Luke manifesta des signes d'impatience, lui rappelant ses devoirs. Elle se détacha donc de Jamie pour accorder son attention à son fils.

— Quand tu seras plus grand, tu pourras toi aussi jouer au football et donner à manger aux canards, déclara-t-elle en l'installant dans son landau.

— Ou nous pourrions aussi lui donner un petit frère ou une petite sœur pour l'occuper pendant que papa et maman s'embrasseraient tranquillement, dit doucement Jamie à son oreille, la main dans son dos.

Il plaisantait, elle le savait. Quelques minutes de tendresse ne constituaient certainement pas une demande en mariage.

— Tu dis ça maintenant. On en reparlera quand tu auras connu la poussée des dents et l'apprentissage de la propreté.

Malgré leur journée de rêve, elle n'était pas assez naïve pour croire que tout serait aussi rose à l'avenir. Ils en étaient encore au tout début de leur initiation de parents et ne formaient même pas un vrai couple. La situation était compliquée, d'où sa résistance à admettre son attirance pour lui. Maintenant qu'elle s'était dévoilée, qu'elle avait placé sa confiance en lui, ce serait tout ou rien.

— Deux choses que je suis impatient de vivre, répondit-il en la serrant contre lui.

Le cœur de Kayla bondit dans sa poitrine en imaginant leur vie ensemble.

Si tout continuait entre eux comme cela se passait depuis la naissance, pourquoi redouter de partager sa vie avec Jamie ? Jusque-là, il avait respecté son besoin d'indépendance tout en l'aidant du mieux possible. C'était un excellent père... qui embrassait merveilleusement bien. Elle brida vite son imagination, sans doute y avait-il d'autres situations où il montrerait tout autant de talent. Certaines choses se méritaient, et elle n'était pas encore prête à sauter le pas.

Quelques semaines plus tôt, elle refusait qu'il entre dans sa vie ou celle de Luke, et maintenant ils poussaient ensemble le landau. Si elle était prête à risquer son cœur et tout son monde en l'acceptant près d'eux, mieux valait que cela signifie quelque chose pour lui aussi.

Soudain une femme vint vers eux et se pencha vers le bébé, les forçant à s'arrêter.

— Oh qu'il est beau ! s'exclama-t-elle, admirative. Je suis sur le point de devenir grand-mère, vous savez. C'est ma fille là-bas.

Elle désigna une femme assise sur un banc, qui leur fit un petit signe de la main.

— Elle n'a pas l'air d'aller bien, dit Jamie.

Kayla avait elle aussi remarqué la pâleur de la femme qui se frottait le bas du dos des deux mains.

— Elle a peut-être marché un peu trop longtemps. À moins que ce ne soit cette chaleur. Je lui ai conseillé de se reposer un peu avant de rentrer à la maison.

Kayla, incapable de continuer son chemin sans s'assurer de l'état de la femme, dirigea le landau vers le banc.

— Bonjour. Votre mère nous a dit que vous ne vous sentiez pas très bien. Pouvons-nous vous aider ? demanda-t-elle.

— Ça va aller, merci. Juste quelques douleurs, répondit la femme avec un sourire forcé, peu convaincant.

— J'ai de l'eau. Voulez-vous boire un peu ?

Jamie sortit la bouteille du sac.

— Avec plaisir. Je suis un peu déshydratée.

Elle accepta son aide et son sourire s'élargit quand il s'assit à côté d'elle.

— Nous pouvons appeler une ambulance si vous le souhaitez, dit Kayla en saisissant son téléphone.

— Je ne pense pas que ce soit nécessaire. Je me sentirai sûrement mieux dans quelques minutes.

— Je suis médecin au centre médical là-bas. Si vous vous sentez assez bien pour marcher jusque-là, je pourrais vous examiner.

Apparemment, Jamie ne croyait pas la femme plus que Kayla. Parviendrait-il à la convaincre de prendre un avis médical ?

— Erin, ce n'est pas une mauvaise idée, ma chérie. Laisse ce médecin t'examiner, puis nous appellerons Gary pour qu'il vienne nous chercher, dit sa mère accroupie près d'elle.

— Une sage-femme pourra s'occuper de vous si le travail a commencé.

La réflexion tira Erin de sa léthargie.

— Je peux marcher. Je n'ai pas eu de contractions, ni perdu les eaux, mais pas question d'accoucher sur un banc public.

Avec l'aide de Jamie et de sa mère, elle se remit debout.

— Vous pouvez vous appuyer sur la barre du landau, ça vous soutiendra, dit Kayla.

Une fois au cabinet médical, Jamie fit préparer une salle de soins pour Erin.

— Je vais voir si une des sages-femmes est disponible, dit-il avant de s'éclipser, laissant Erin et sa mère dans le box et Kayla sur le pas de la porte avec le landau.

Elle n'avait pas envisagé de terminer ainsi la journée et allait devoir penser à son fils après s'être assurée qu'Erin recevait toute l'aide nécessaire.

— Oh ! s'exclama soudain cette dernière, la main crispée sur son ventre.

— Le travail vient peut-être de commencer. La sage-femme pourra vous le confirmer dès son arrivée.

— Tu es entre de bonnes mains, ma chérie, affirma sa mère

tandis qu'Erin se tortillait sur le siège. C'est très joli et moderne ici. Tu pourrais peut-être envisager de changer de médecin ?

Un flot de liquide vint soudain corroborer les soupçons de Kayla. Erin venait de perdre les eaux.

Comme Luke dormait profondément, elle entra dans la pièce.

— Ne vous inquiétez pas, quelqu'un se chargera de nettoyer. Puisque le travail a commencé, autant vous allonger sur le lit. Je vais vous prêter main-forte.

Kayla et la mère aidèrent Erin à s'installer, elle avait le visage tordu de douleur. La contraction était forte et se prolongeait. Kayla espéra que la sage-femme ne s'offusquerait pas de son intervention. Elle ne voulait pas marcher sur ses plates-bandes, mais devait s'assurer qu'Erin gardait son calme. Un premier bébé était une expérience spéciale et inoubliable pour une femme.

À cet instant, Jamie les rejoignit.

— OK. La mauvaise nouvelle est que la sage-femme et l'infirmière sont en visite. La bonne, c'est que Kayla ici présente est une sage-femme qualifiée.

— Erin vient de perdre les eaux. Tu vas devoir appeler une ambulance. Je ne pratique plus, tu te rappelles ? Je suis accompagnante périnatale, maintenant. J'assiste les patientes uniquement sur un plan émotionnel.

Elle voulait que les choses soient claires quant à ses attributions professionnelles. À Erin de décider si elle souhaitait qu'elle s'en mêle ou pas.

— Elle a pratiquement accouché seule de notre enfant, dit Jamie en chantant ses louanges, probablement pour se débarrasser du fardeau.

Il avait déjà apporté son aide dans un accouchement et, de toute évidence, ne tenait pas à renouveler l'expérience.

— Pas vraiment, dit Kayla.

— Je veux juste qu'on me garantisse que tout va bien, cria Erin.

Pendant une grossesse, l'inconnu ne faisait qu'augmenter le niveau de stress déjà élevé.

— J'en suis sûre. Je veux simplement m'assurer que tout le monde ici est prêt à m'aider, dit Kayla.

Ils hochèrent tous la tête.

— Et Luke ?

— Ma secrétaire va le garder. Toute l'équipe va rivaliser en matière de caresses.

Kayla capitula et se dirigea vers l'évier pour se laver les mains.

— Dr Garrett, je veux que vous assistiez à l'examen pour témoigner que j'ai bien respecté les procédures.

Il pourrait également la seconder sur le plan médical si nécessaire. C'était son cabinet, après tout.

— Entendu, mais je vais d'abord appeler une ambulance et prévenir toute l'équipe ici.

— Je ressens une forte pression vers le bas, c'est extrêmement douloureux.

— Dans ce cas, je vais devoir pratiquer un examen interne, si vous êtes d'accord.

Après que la patiente eut accepté, Kayla la couvrit d'un drap et l'aida à ôter ses sous-vêtements. Le problème lui apparut aussitôt.

— Très bien, Erin. Vous êtes complètement dilatée. J'aperçois déjà la tête.

Jamie revint à cet instant et saisit que le bébé n'attendrait pas l'arrivée de l'ambulance. Il rassembla rapidement tout l'équipement nécessaire pour la naissance imminente.

— Ce n'est pas possible. Je dois accoucher à l'hôpital. Gary devait être présent. Je n'ai pas la musique que j'avais choisie, ni mon sac avec mes affaires.

— Je sais, mais Junior est apparemment impatient de connaître sa maman. Ma chérie, demain à cette heure-ci, tu seras peut-être rentrée chez toi avec ton enfant.

Kayla pouvait comprendre son choc. Un accouchement précipité ne tenait pas compte des neuf mois que la mère avait passés à le planifier. Mais l'important était de s'assurer que l'enfant naissait sans dommage malgré tous les dangers qu'un accouchement précipité pouvait entraîner. Au moins, elle était dans un centre médical et non dans un parc.

Kayla n'eut même pas le temps d'administrer le moindre calmant. Après quelques poussées, le bébé sortit.

Le soulagement et la joie de Kayla disparurent rapidement

quand elle constata la teinte verdâtre de la peau de l'enfant. Il respirait avec difficulté et son corps était flasque.

— Je crois qu'il a inhalé le méconium.

— Donne-moi le bébé. J'ai besoin d'un tube endotrachéal, cria-t-il aux infirmières rassemblées devant la porte du box.

L'inhalation du méconium par le fœtus pouvait en effet conduire à une détresse respiratoire en obstruant les voies aériennes et, en fonction de la quantité inhalée, entraîner des lésions pulmonaires, des pertes auditives, voire des dommages neurologiques. Dans certains cas très rares, il pouvait même causer la mort. Il était donc vital que le bébé respire.

— Que se passe-t-il ? Quel est le problème avec mon bébé ? demandait Erin, en larmes, accrochée à la main de sa mère.

Kayla connaissait cette peur, pour l'avoir elle-même expérimentée quelques jours plus tôt. Elle devait informer la patiente de ce qui se passait, sans l'effrayer.

— Il a un peu de mal à respirer. Nous allons donc nettoyer ses voies aériennes. Mais l'ambulance ne va plus tarder et je suis certaine que l'équipe de l'hôpital est prête à vous accueillir et à prodiguer les traitements nécessaires.

Le bébé serait probablement admis dans un service de soins intensifs néonatals, où on lui donnerait des antibiotiques et une oxygénothérapie pour l'aider à se remettre.

Jamie inséra le tube flexible dans la trachée du bébé pour dégager ses voies respiratoires. Il continua d'aspirer jusqu'à ce qu'il n'y ait plus aucune trace visible de méconium dans les fluides aspirés. Il travaillait avec calme et efficacité et, en le voyant agir, il était difficile de croire que tout cela était nouveau pour lui.

Les ambulanciers arrivèrent enfin et prirent la relève, administrant de l'oxygène à l'enfant tout en l'installant avec sa mère dans l'ambulance.

Kayla et Jamie échangèrent un sourire soulagé de part et d'autre de la salle d'examen.

Ils formaient une bonne équipe. Par deux fois déjà, ils avaient travaillé de concert pour surmonter les complications d'un accouchement. Cela fit réfléchir Kayla aux possibilités pour l'avenir, surtout maintenant qu'elle avait pris conscience de toute l'aide qu'elle pouvait apporter grâce à son travail de sage-femme.

— Tu aimes ça, n'est-ce pas ?

Pendant que Jamie soutenait Luke dans la baignoire, Kayla versait de l'eau sur la tête de son fils pour enlever les dernières traces de shampoing. L'heure du bain était devenue un rituel, un instant précieux de la journée qu'ils aimaient partager.

— D'ici peu, nous lui lirons des histoires pour l'endormir.

Elle sortit son fils de l'eau et l'enveloppa dans une serviette moelleuse, lui arrachant quelques gazouillis de contentement.

Une scène domestique que Jamie n'aurait jamais imaginé partager à nouveau. Et particulièrement appréciable après l'après-midi éprouvant qu'ils avaient connu.

— J'ai hâte, dit-il. Je sais que je ne suis pas censé rester ici plus longtemps que nécessaire, mais j'aimerais continuer à partager ce genre de choses.

Grâce à Kayla et Luke, une nouvelle chance lui était offerte d'avoir une famille. Comme si un nouveau monde s'ouvrait à lui.

— Bien sûr. Et inutile de formaliser tout cela. Je trouve que nous nous débrouillons très bien ainsi.

Elle ponctua sa déclaration d'un baiser sur ses lèvres, ce qui ne le rassura pas complètement pour autant.

Leur relation avait certes évolué, mais ils n'en étaient qu'aux prémices et, s'il n'envisageait pas d'engagement pour l'instant, il aurait aimé connaître sa position exacte auprès de Luke.

Une fois celui-ci couché pour la nuit, il se pencha vers lui.

— Bonne nuit, mon fils, dit-il en l'embrassant sur le front.

Pouvoir prononcer ces mots l'émut plus qu'il n'aurait cru et, la gorge serrée, il s'interrogea une nouvelle fois sur l'attitude de son père, peu intéressé par sa progéniture. Puis il pensa à son frère, si impatient de fonder une famille et privé à jamais du bonheur de la paternité. Il éprouva alors une bouffée de reconnaissance d'avoir reçu un tel cadeau.

Les événements de la journée lui avaient rappelé combien la vie était fragile et précieuse. Ni lui ni Kayla n'avaient pu empêcher la mort de leurs frères, mais s'ils pouvaient sauver une vie alors leurs formations et leurs efforts n'auraient pas été vains.

— Je donnerais cher pour que Tom et Liam soient ici pour voir cela, dit-il, passablement déprimé.

— Moi aussi.

Pour lui remonter le moral, elle le serra dans ses bras. Puis elle le relâcha – une étreinte bien trop brève au goût de Jamie – pour vérifier que le babyphone était bien branché avant de déposer à son tour un baiser sur le front de Luke.

— Bonne nuit, mon chéri.

Ce ne fut qu'une fois hors de la chambre, la porte refermée, qu'elle poussa un profond soupir, comme si elle s'autorisait enfin à souffler.

— Viens. Je crois que nous avons bien mérité un peu de repos.

Il attrapa sa main et l'entraîna vers le salon où il la fit asseoir sur le canapé avant de lui ôter ses chaussures.

Puis il se débarrassa des siennes et s'étala sur toute la longueur du canapé, entraînant Kayla qui se retrouva allongée contre lui.

— Cela fait du bien, murmura-t-elle en se blottissant dans ses bras.

— Après une journée aussi bien remplie, il est agréable de rentrer chez soi et de se détendre.

Si cela n'avait tenu qu'à lui, il aurait terminé tous les jours de cette façon. S'il ne voulait pas brusquer Kayla, il ne voyait pas non plus de raison de perdre du temps. Ils partageaient le même objectif : veiller sur leur fils.

L'accident de leurs frères lui avait fait prend conscience, si nécessaire, que rien n'était acquis. Son seul but désormais était de devenir le meilleur partenaire pour Kayla et le meilleur père pour Luke. Pour ce faire, il devait s'installer sur place de façon permanente.

— Je n'avais pas envisagé de reprendre le travail ainsi, ça, c'est sûr, dit-elle en reculant légèrement la tête pour le regarder en face.

— Non, mais je suis heureux que tu aies été là.

— Moi aussi.

— Tu as su rassurer Erin. La convaincre que nous savions ce

que nous faisions et que tout irait bien pour le bébé. Te regarder travailler est impressionnant.

Elle lui donna une tape sur l'épaule pour refuser le compliment, c'était lui qui avait sauvé la vie de l'enfant.

— Tu me prends pour le genre de fille qui se pâme sous les compliments du toubib ?

— Pourquoi ? Tu n'es pas comme cela ? demanda-t-il, moqueur, en se rapprochant, ses yeux s'attardant sur ses lèvres.

— Cela dépend du médecin.

— Kayla, je veux que tu saches que je me montrerai toujours honnête avec toi.

Impossible pour lui d'imaginer lui mentir, et sonner ainsi le glas de leur relation. Après tout ce qu'elle avait traversé, il s'estimait heureux qu'elle l'accepte dans sa vie ; il ne se risquerait pas à en profiter.

— C'est la chose la plus gentille qu'on m'ait jamais dite, dit-elle, une lueur amusée au fond des yeux.

— Vraiment ? Dans ce cas, en voici une autre. Je n'ai jamais été plus heureux de ma vie qu'avec toi et Luke, ces derniers jours.

Elle devait savoir qu'il ne prenait pas la situation à la légère. Il comprenait son besoin de se protéger. Lui-même avait érigé des barrières autour de son cœur pour se prévenir de toute relation à long terme. Mais ses barrières commençaient à s'effriter. Il était tombé amoureux de Kayla, et ses sentiments ne risquaient pas de changer simplement parce qu'il redoutait de s'engager.

Les yeux de Kayla se remplirent de larmes.

— Tais-toi et embrasse-moi, dit-elle tout bas.

Il sourit devant cette façon détournée de lui dire qu'elle ressentait la même chose. Dans le cas contraire, elle aurait aussitôt mis les choses au clair.

Elle n'était pas du genre à jouer avec les sentiments. Pour elle, c'était tout ou rien, ce qui convenait parfaitement à Jamie qui voulait absolument tout ce qu'elle avait à lui offrir.

Il prit possession de sa bouche, son corps épousant parfaitement le sien, et lui glissa une main dans le dos. Elle frissonna à son contact et posa la paume à plat contre son torse.

À chaque nouveau baiser, chaque nouvelle caresse, son corps

durcissait, voulant plus et pourtant satisfait de ce qu'il recevait. Si, généralement, un baiser entre adultes ne signifiait pas grand-chose, dans le cas présent, il représentait beaucoup. Il avait bien sûr connu des aventures d'un soir, simples parenthèses physiques pour apaiser la tension sexuelle, mais aucune n'avait été aussi intime que ce qu'il expérimentait maintenant.

Ils n'avaient pas encore ôté leurs vêtements qu'il visualisait déjà leur avenir ensemble. Pourtant, il ne voulait rien précipiter, pressentant que s'ils se donnaient l'un à l'autre, ce serait pour la vie. Le moment devait donc être bien choisi et pour les bonnes raisons. Pas question de tout gâcher dans la précipitation.

Lentement, et non sans quelques frustrations, il recula. Kayla sembla comprendre la raison de son retrait et poussa un gros soupir avant de poser la tête sur son torse.

Sans un mot, il lui caressa les cheveux jusqu'à ce que sa respiration devienne profonde et régulière. Pendant ce temps, il s'efforçait d'analyser ce qu'il ressentait. Une évidence s'imposa à lui. Il préférait être là et éveillé avec Kayla que seul, dans son lit. La vie de célibataire qu'il avait attendue avec tant d'impatience appartenait désormais au passé. Il tenait dans ses bras tout ce qu'il voulait dans sa vie.

10

— Je rentrerai à la maison sitôt que je pourrai m'échapper, dit Jamie en déposant un baiser sur les lèvres de Kayla.

Ils s'étaient endormis sur le canapé et il avait bien failli ne pas se réveiller, d'autant que Luke avait lui aussi décidé de faire la grasse matinée.

Malgré l'inconfort, elle n'avait jamais aussi bien dormi que blottie contre Jamie. Pourvu que ce soit la première fois d'une longue série.

— Parfait. Je serai là.

L'attente allait être longue jusqu'à son retour, mais le souvenir de ses baisers l'aiderait à patienter. Grâce à lui, elle se sentait de nouveau libre, débarrassée de ses complexes. Jusque-là, elle n'avait eu qu'à se féliciter de lui avoir accordé sa confiance. Il n'avait pas fait pression pour obtenir d'elle plus que des baisers, malgré l'évidence qu'ils aspiraient tous les deux à plus.

Il l'embrassa de nouveau et, au lieu de se relever, se laissa délibérément tomber sur le canapé, la couvrant de son corps mais amortissant sa chute pour ne pas l'écraser. Elle gloussa de plaisir puis il prit sa bouche en un baiser passionné.

— Je resterai bien là toute la journée, mais l'un de nous doit aller travailler.

S'ils continuaient ainsi à s'embrasser, ils finiraient par franchir une étape pour laquelle elle n'était pas encore prête, tant physiquement que mentalement. Puisqu'ils vivaient déjà ensemble et qu'ils avaient un enfant, ils pouvaient prendre leur temps avant d'aborder la dimension physique de leur relation. La majeure partie de sa vie s'était passée à être une fille parfaite, puis une sœur éplorée et enfin une mère dépassée par la tâche. Elle ne voulait pas glisser trop vite vers le rôle de petite amie et perdre à nouveau son identité.

Elle souhaitait seulement pouvoir être elle-même pour une fois, sans s'inquiéter de savoir si cela suffisait.

Jamie poussa un profond soupir avant de se détacher d'elle.

— À plus, fit-il.

Sa voix rauque excita Kayla, la perspective d'une nouvelle session prolongée sur le canapé la fit frissonner d'impatience.

Si quelques baisers constituaient le moment le plus érotique de sa vie, son imagination et sa libido lui suggéraient les effets que l'évolution de leur relation aurait sur elle.

Mais à quel prix ?

Ses sentiments n'étaient pas les seuls à considérer. Elle avait un fils désormais. Si les choses tournaient mal, recommencer à zéro comme la fois précédente serait autrement plus difficile. Liam n'était plus là pour l'aider à recoller les morceaux, à reprendre pied. Sans compter que Jamie était le père de Luke, il ne disparaîtrait pas de sa vie. Il lui avait raconté comment se passaient ses relations avec les autres femmes et ne lui avait jamais promis qu'il en irait autrement avec elle. Restait donc pour elle à décider si la place qu'il prenait progressivement dans son cœur valait la peine de continuer, au risque d'y perdre son âme.

— On dirait que les occupations ne t'ont pas manqué, ces derniers jours, dit Cherry en déposant deux tasses de tisane sur la table.

Bien qu'invitée, elle s'était chargée de préparer les boissons pendant que Kayla nourrissait son bébé.

Cette dernière lui avait raconté les événements survenus au cabinet médical de Jamie, passant toutefois leurs ébats romantiques sous silence.

— Oui. J'avais oublié le rush d'adrénaline que provoque ce genre d'urgence. Quel bonheur de savoir qu'on a pu aider une mère et son enfant dans une situation difficile.

Ces derniers temps, son travail était devenu plus passif, un rôle de conseillère essentiellement, et même si elle en retirait de nombreuses satisfactions, sa participation de la veille lui avait fait reconsidérer son évolution professionnelle.

— Quelque chose me dit que ton travail te manque, dit Cherry en sirotant sa tisane.

Kayla n'était pas du genre à rester oisive longtemps. Au début, elle avait eu un peu de mal à gérer son nouveau statut de mère, mais le moment était venu de reprendre le cours de sa vie.

— C'est plus que cela. À présent que je suis mère, j'ai envie d'apporter mon aide à celles qui n'ont pas autant de chance que moi : Jamie et toi, vous m'avez beaucoup aidée pendant mon accouchement. Il y a tant de gens que je pourrais aider à mon tour avec mon expérience et mes qualifications.

La journée de la veille lui avait fait prendre conscience de ce qu'elle pourrait accomplir en étant au bon endroit, au bon moment. Même si elle appréciait les bonheurs de la maternité, il n'était pas question pour elle de rester enfermée chez elle. Le monde ne tournait pas autour de Jamie Garrett, mieux valait s'en souvenir.

Depuis qu'elle avait quitté ses parents, elle avait toujours travaillé pour vivre, sans compter sur personne, et elle n'allait certainement pas commencer maintenant. Partager une maison et un enfant avec Jamie ne signifiait pas qu'elle allait lui offrir le contrôle de sa vie en même temps que son cœur.

— À quoi penses-tu ? Il se prépare quelque chose ?

Comme toujours, elle pouvait compter sur Cherry, qui ne la jugeait jamais, ne lui disait pas ce qu'elle devait faire. Dans ces circonstances, ses parents l'auraient sûrement, en toute hypocrisie, fermement incitée à rester chez elle et à se consacrer à son bébé. Jamais ils n'auraient admis être de mauvais parents. Pour eux, ils avaient seulement de mauvais enfants.

Et ils se seraient sûrement évanouis en apprenant qu'elle était mère célibataire, et qu'elle avait une aventure avec l'homme qui l'avait mise enceinte. Cette pensée lui arracha un sourire, elle imaginait leurs têtes en apprenant les circonstances de la naissance de Luke. C'était le genre de chose que Liam se serait délecté de leur annoncer, pour se venger de leur attitude tyrannique.

— J'ai réfléchi au projet de Liam et Tom au Vietnam. Ils ont travaillé dur pour fonder cette communauté et installer leur clinique. J'ai envie d'aller passer quelque temps là-bas, pour donner un coup de main et voir exactement ce qu'ils ont créé.

Cela la rapprocherait de son frère. Elle pourrait même visiter leurs tombes et leur dire enfin au revoir. Ils auraient aimé cela, surtout si elle emmenait Luke.

— Je suis sûre qu'ils ne refuseraient pas l'aide d'une personne qualifiée. Tu as réfléchi à ce que tu ferais de ton bonhomme ? demanda Cherry.

— Je ne pense pas que ce serait un problème, de l'emmener. Comme je le nourris toujours au sein, c'est même assez logique.

Ce ne serait pas un milieu de travail normal, où venir avec son bébé pouvait être vu d'un mauvais œil. D'ailleurs, cela rassurerait certainement les autres mères sur ses compétences.

— Qu'en pense Jamie ?

Cherry lui rappelait ainsi, de manière peu subtile, qu'elle n'était pas seule à décider. Mais elle n'avait pas l'intention de disparaître pour toujours.

— Je ne lui ai encore rien dit. Je comptais lui en parler ce soir, fit-elle en voyant son amie hausser les sourcils.

— Hum, hum. Tu me raconteras comment cela s'est passé.

— Comment cela ? demanda-t-elle, sur la défensive, devant le ton sarcastique de Cherry.

— À mon avis, Jamie n'est pas le genre de père qui te laissera emmener son enfant à l'autre bout de la terre sans réagir.

Pourquoi tout le monde considérait-il qu'elle avait besoin de permission pour vivre sa vie ?

— Peut-être ne le connais-tu pas aussi bien que moi ?

— En effet. J'imagine que cette lumière sur ton visage, ces derniers temps, n'a rien à voir avec une réaction hormonale post-accouchement, mais plutôt avec ton nouveau colocataire.

Aucune chance que Kayla puisse garder le secret.

— Les choses ont… évolué entre nous.

— Je le savais !

Yeux grands ouverts, bouche bée, Cherry se pencha, avide de détails croustillants, vers Kayla.

— Nous nous sommes seulement embrassés, mais je crois que cela pourrait déboucher sur quelque chose de sérieux.

Ils n'en avaient pas vraiment parlé, mais aucun d'eux n'aurait voulu mettre l'avenir de Luke en péril pour un simple flirt.

— C'est formidable. Je suis si contente pour vous deux, et je suis certaine que Tom et Liam le seraient aussi.

La main de Cherry sur la sienne et le souvenir de son frère firent monter les larmes aux yeux de Kayla.

La situation aurait sans doute beaucoup stimulé le sens de l'humour de son frère et la nature romantique de Tom. Ces deux-là se seraient sans doute attribué tout le mérite de cette rencontre. Et il était vrai que, sans eux, et sans Luke, jamais elle n'aurait réalisé à quel point Jamie était un homme et un père merveilleux. Sauf que, pour fuir ses sentiments envers lui, elle avait l'intention d'emmener son fils, sa seule famille, à l'endroit même où son frère avait perdu la vie.

— Je ne sortirais pas tout de suite le champagne, si j'étais toi. Je ne suis pas prête à me lancer dans une relation avec un homme qui n'a aucune envie de s'engager. Il n'a même pas évoqué l'idée de s'installer ici de façon permanente.

S'il lui avait montré quelques signes qu'elle comptait plus pour lui que Natalie ou une autre de ses ex-conquêtes, elle aurait pu envisager d'essayer. Mais, dans la situation actuelle, elle avait trop à perdre sur un simple coup de dé.

— Ne l'écarte pas définitivement. Parles-en avec lui. Je sais que tu as souffert par le passé, mais ce pourrait être le début d'une belle histoire pour vous deux.

— J'aimerais te croire, Cherry, dit-elle avec un soupir.

Malheureusement, la vie lui avait appris à ses dépens qu'il ne fallait pas s'attendre à des miracles.

Plus que jamais, Jamie se félicitait d'avoir opté pour la médecine générale plutôt que le rythme effréné des urgences. La vie d'un médecin ne s'arrêtait pas souvent à 17 heures, du lundi au vendredi, mais offrait quand même quelques temps calmes quand il n'était pas d'astreinte. En y réfléchissant, il n'aurait pas dû se précipiter ainsi pour reprendre le travail mais, au contraire, profiter au maximum de son congé paternité pour passer du temps avec sa famille. Mais il était trop tard maintenant pour reculer. Il avait pris cette décision sous un coup de tête, parce qu'il redoutait de trop se rapprocher de Kayla. Pourtant, c'était chez lui, avec sa famille, qu'il voulait être, et nulle part ailleurs.

Il utilisa sa clé pour rentrer, prenant soin de ne pas faire de bruit au cas où Luke serait déjà endormi.

— Salut, dit-il quand Kayla passa la tête dans l'encadrement de la porte.

— Le dîner est prêt, annonça-t-elle avec un sourire.

— Voilà ce que j'appelle un accueil chaleureux.

À quand remontait la dernière fois que quelqu'un avait cuisiné pour lui ? Lorsque son frère était venu vivre avec lui, il avait endossé le rôle de chef et, après le départ de Tom, ayant retrouvé son statut de célibataire, il avait continué. Et cela ne le dérangeait pas. Mais le geste de Kayla, ce soir, lui montra combien il était agréable d'avoir quelqu'un qui prenne soin de lui, pour une fois. Cela prouvait aussi qu'elle maîtrisait la situation, puisqu'elle était capable de s'occuper de son fils tout en préparant le repas – ce à quoi il ne s'était pas attendu.

— Qu'ai-je fait pour mériter cela ? demanda-t-il après avoir accroché sa veste.

Dans la salle à manger, rien ne manquait. Apparemment, elle avait mis les petits plats dans les grands.

La table était mise pour deux avec des bols de pâtes aux légumes.

Il lui était reconnaissant de s'être donné autant de mal pour lui. En l'occurrence, le meilleur chemin pour le cœur d'un homme était sans conteste via son estomac. Il n'aurait pas cru pouvoir l'aimer plus, mais cette surprise augmentait encore son attachement à elle.

Cette pensée le frappa si fort qu'il faillit tomber de sa chaise. Il l'aimait. Et pas superficiellement. Il l'aimait à ne pas être capable de penser à autre chose, à ne plus pouvoir vivre sans elle. Au début, il avait cru s'être simplement habitué à sa présence. Mais, après cette courte séparation d'une journée, il se rendait compte que c'était beaucoup plus profond que cela. Il voulait passer chaque seconde de sa vie avec elle, à élever leur fils ou à l'embrasser comme s'ils étaient adolescents.

— J'ai pensé que ce serait sympa, de s'asseoir pour dîner ensemble après ta journée de travail. Luke commence à trouver ses marques, les choses deviennent plus faciles.

Elle avait en effet l'air plus détendue et il remarqua qu'elle avait accordé plus de soin à sa coiffure et à ses vêtements. Elle ressemblait plus à la Kayla confiante et sûre d'elle de leur première rencontre.

— C'est gentil, merci. Tu n'avais pas à faire cela, mais je t'en suis vraiment reconnaissant.

Il mangea un peu de pâtes à la crème et comprit qu'ici, avec elle et Luke, il avait atteint le paradis. Il ne voulait rien de plus, il était un homme particulièrement chanceux.

— Je ne te promets pas cela tous les soirs, une fois que j'aurai repris le travail, dit quand même Kayla en picorant son plat.

S'être donné la peine de cuisiner l'avait-il refroidie quant à leur relation ?

— Évidemment. Nous cuisinerons à tour de rôle. Je suis déjà heureux d'avoir de la compagnie. D'habitude, je dînais seul devant la télévision. C'est donc déjà un grand pas vers le mieux.

— Je suis contente que cela te plaise, dit-elle avec un sourire un peu gêné.

Puis elle posa son couteau et sa fourchette, comme si elle avait quelque chose de désagréable dans la bouche. S'il n'avait pas déjà fini son assiette, cela lui aurait peut-être coupé l'appétit. De toute évidence, elle allait aborder un sujet beaucoup plus sérieux que les tâches ménagères.

— Que se passe-t-il ? demanda-t-il bien qu'il n'ait aucune envie de le savoir.

Pour sa part, il aurait préféré continuer la soirée sur cette lancée. En posant la question, il allait devoir apprendre ce qui la taraudait et son rêve de famille risquait bien de tomber en morceaux devant lui.

— J'envisage de reprendre le travail, dit-elle en se mordillant la lèvre.

Le croyait-elle du genre à estimer que la place d'une femme était dans la cuisine ?

— Excellente idée.

— Ça ne t'ennuie pas ?

— Pas du tout. Pourquoi cela m'ennuierait-il ? C'est ta décision, ta vie. Je suis sûr que nous pourrons trouver un arrangement pour Luke, en fonction de nos agendas.

— En fait, je comptais l'emmener au travail.

Il prit une minute pour réfléchir à cette nouvelle donnée. Pourquoi pas ? En tant qu'accompagnante périnatale, elle travaillait à son compte et, même si elle était d'astreinte vis-à-vis de ses patientes, cela ne l'empêchait pas d'emmener Luke. Cela valait même mieux que de le laisser avec une étrangère dans une crèche.

— Je serai là de toute façon pour veiller sur lui et je le surveillerai quand tu seras appelée au travail pendant la nuit.

Il ne voulait pas qu'elle l'exclue de nouveau.

— En fait, je voudrais reprendre mon poste de sage-femme.

Ce qui n'avait rien d'étonnant, après l'avoir vue à l'œuvre.

Mais il aurait préféré qu'elle lui annonce toutes les nouvelles en même temps plutôt que de les distiller l'une après l'autre.

— Comment feras-tu avec Luke ? Y a-t-il des crèches pour les enfants du personnel de l'hôpital ? Devras-tu repasser des certificats de compétence après avoir arrêté si longtemps ?

Dans ce dernier cas, il l'aiderait, tant moralement que financièrement, jusqu'à ce qu'elle obtienne ce qu'elle voulait.

— Ce ne sera pas nécessaire là où je veux pratiquer. J'envisage d'aller travailler dans la clinique que Tom et Liam ont créée au Vietnam et d'emmener Luke avec moi.

Le coup de tonnerre l'assomma littéralement. Kayla le quittait et emportait Luke avec elle.

En lâchant sa bombe, Kayla s'efforçait de se concentrer sur l'excitation de cette nouvelle aventure plutôt que sur la tristesse de quitter Jamie. Elle voulait continuer l'œuvre de Tom et Liam et devenir une personne dont son fils serait fier.

— Il n'en est pas question.

La voix de Jamie était aussi calme que menaçante, très différente de sa voix habituelle.

— Pardon ?

Aussitôt, sa peau la démangea ; Jamie n'était plus le partenaire dévoué qu'elle avait connu, il agissait désormais en homme autoritaire dictant sa volonté. Un souvenir lui revint, Paul lui disant qu'elle ne sortirait pas avec ses amis si elle l'aimait. Puis son père, postillonnant en lui hurlant dessus parce qu'elle avait exprimé son intérêt pour une école de danse.

— Je suis désolé, Kayla, mais il n'est pas question que tu emmènes mon fils à l'étranger. À l'endroit même où mon frère est mort. Je n'aurais jamais cru que tu pourrais te montrer aussi cruelle.

Le regard dur qu'il avait eu quand elle avait évoqué son projet avait fait place à une expression de douleur. Il ne pensait qu'à lui en l'accusant ainsi. Pas à ce qu'elle voulait, elle, ou au bien qu'elle pourrait faire là où cela comptait.

En fait, la seule chose qu'il retenait, c'était qu'elle emmenait son fils. Pas qu'elle partait. De toute évidence, elle s'était fait des idées sur la signification de leurs baisers.

— Si c'est ce que tu penses de moi, il ne pourra rien y avoir entre nous.

Elle aurait dû s'en douter. C'était trop beau pour être vrai. Elle aurait repoussé ses avances, si elle avait su que les choses se termineraient ainsi entre eux. À cause de ses parents, elle n'attirait que les gens qui pensaient pouvoir profiter d'elle. Sauf que, cette fois, elle devait penser à Luke. C'était sa priorité, et il serait plus en sécurité avec elle que coincé dans une maison malsaine comme celle dans laquelle elle avait grandi. Pas question pour elle d'attendre que Jamie étende sa domination sur elle, puis sur Luke.

— Je vis dans le monde réel, plein de dangers pour un nouveau-né sans en ajouter encore en l'emmenant dans un pays étranger.

— Tu penses vraiment que je mettrais mon fils en danger ?

Elle n'en croyait pas ses oreilles. Il se montrait ridicule. Elle avait pris soin de faire des recherches pour s'assurer qu'elle pouvait voyager avec un bébé en toute sécurité. Non, Jamie cherchait seulement à lui imposer sa volonté.

— C'est exactement ce que tu veux faire.

Il se leva et commença à arpenter la pièce. Déterminée à ne

pas se laisser intimider, elle l'imita et se redressa de toute sa hauteur face à lui.

— Luke est mon fils. Liam était mon frère. C'est à moi de prendre cette décision.

Son indépendance signifiait plus pour elle qu'une aventure avec lui, vouée dès le départ à l'échec. Elle avait accepté le rôle de mère porteuse parce qu'elle ne pensait pas possible de concevoir un jour un bébé dans une vraie relation. Et elle constatait qu'elle ne s'était pas trompée. Sa plus grosse erreur avait été de mettre le nom de Jamie sur le certificat de naissance.

— Tout ne tourne pas autour de toi, Kayla. Luke est aussi mon fils et, au cas où tu l'aurais oublié, j'ai également perdu mon frère. Ce qui explique pourquoi je ne te laisserai jamais risquer la vie de mon fils dans ce pays.

Elle crispa les poings devant les mots qu'il employait. Dieu merci, Jamie n'avait aucun pouvoir sur elle autre que son emprise sur son cœur. Mais maintenant qu'elle découvrait son vrai visage, elle souffrirait moins à le perdre.

— Si je n'avais pas déjà pris la décision de partir, ton attitude m'aurait convaincue que tout ceci n'était pas une bonne idée. J'ai besoin de m'éloigner pour me rappeler qui je suis. Je ne suis plus cette femme qui se ratatinait quand quelqu'un élevait la voix.

Il éclata de rire, un rire sombre, sinistre qui la fit frissonner.

— Kayla, je ne suis pas comme tes parents. Tu comptes pour moi, c'est la raison pour laquelle je ne veux pas que tu partes.

Elle aurait voulu le croire et elle l'aurait pu, jusqu'à ces dernières minutes. Mais ses barrières s'étaient relevées, et elle ne se laisserait pas manipuler par ses mensonges.

— Je suis désolée, Jamie, mais ma décision est prise. Nous ne partons pas pour toujours, mais, ne te fais aucune illusion, nous partons.

— Pas si je peux l'empêcher, dit-il, le visage fermé.

Elle n'aima pas la menace sous-jacente et la tension soudaine entre eux.

— Comment cela ?

— En tant que père de Luke, j'ai des droits et je me battrai pour les faire respecter, si tu m'y obliges.

Ce qu'elle redoutait le plus allait se produire. Il allait la trahir de la façon la plus horrible, en utilisant la confiance qu'elle avait placée en lui en le portant sur le certificat de naissance, pour contrôler la vie de son fils.

— Tu y seras obligé parce que je ne renoncerai jamais à mon fils. Il est tout ce qui me reste au monde.

Elle détestait le son de sa voix étranglée parce qu'elle retenait ses larmes. C'était un signe de faiblesse qu'elle ne pouvait se permettre, car il s'en servirait aussitôt contre elle.

— Sois raisonnable, Kayla.

Il vint vers elle, bras tendus, mais elle refusa qu'il la touche alors que tout n'avait été que mensonge entre eux.

En fait, Jamie n'avait eu qu'un but. Se rapprocher de son fils et l'utiliser, elle, pour parvenir à ses fins. Elle avait été si faible, si désespérée de trouver quelqu'un qui l'aime et qui remplisse le vide laissé par la mort de Liam, qu'elle avait baissé sa garde en espérant fonder une famille avec Jamie. Maintenant qu'elle connaissait la vérité, elle devait se battre pour sauver ce qui pouvait encore l'être.

— C'est toi qui ne te montres pas raisonnable, Jamie. Tout ce que je veux, c'est emmener Luke dans cet endroit qui signifiait tant aux yeux de ses oncles, les hommes qui auraient dû l'élever. Sans eux, il n'existerait même pas. Tu ne voulais même pas de lui, tu te souviens ?

— Comment oses-tu dire cela ? À l'époque, il n'était pas né. Depuis sa naissance, j'ai été présent à chaque étape de sa vie pour vous deux.

— Jusqu'à aujourd'hui.

— Tout ce que je te demande, c'est de réfléchir à ce que tu veux nous faire, à Luke et à moi, en te lançant dans cette aventure farfelue.

Il était redevenu l'homme arrogant qu'elle avait connu au mariage. C'était le véritable visage de Jamie Garrett, son rôle de conjoint solidaire avait été une farce pour gagner sa confiance. Il n'avait pas cherché à connaître ses plans ou les mesures de sécurité qu'elle comptait prendre pour protéger Luke. Pour lui, sa parole valait force de loi et il ne voulait rien entendre. Dans ce cas, pourquoi l'accepterait-elle chez elle ?

— Sors de ma maison, Jamie, dit-elle d'une voix forte, si peu habituelle chez elle qu'elle retenait l'attention.

— Excuse-moi.

Il ne bougea pas.

— J'ai dit sors de chez moi.

Elle se dirigea vers la porte, prit le sac et le manteau de Jamie au passage et, ouvrant la porte d'entrée, les déposa sur le seuil.

— Kayla, s'il te plaît.

Il l'avait suivie, mais restait là, planté devant elle.

— Tu pourras récupérer le reste de tes affaires demain. Je les mettrai dans un carton.

Bras croisés, mâchoires serrées, elle ne comptait pas revenir sur sa décision.

Elle voulait qu'il parte pour ne plus subir son influence, pour que ses sentiments pour lui ne pèsent pas sur sa conscience jusqu'à la faire douter du bien-fondé de sa décision.

— Nous avons déjà eu cette discussion à propos de la maison. Elle m'appartient pour moitié.

C'était sa dernière tentative pour la persuader de le laisser rester, mais rien ne pouvait la faire changer d'avis. Elle avait trop à perdre.

— Dans ce cas, fais-moi un procès. Quand tu auras discuté de tes droits avec ton avocat, fais-le-moi savoir. Au revoir, Jamie.

Elle tenait la porte grande ouverte, refusant de reculer.

— Kayla... Tu sais que je ne veux pas en arriver là.

— Bonne nuit, Jamie.

Il poussa un profond soupir et secoua la tête avant de franchir le seuil. Elle claqua la porte derrière lui, ne voulant pas le voir se baisser pour ramasser ses affaires, ni qu'il aperçoive les larmes sur ses joues.

C'était la chose la plus difficile qu'elle ait jamais faite et seule la pensée de son fils lui en avait donné la force. Elle était la mère de Luke et elle le protégerait envers et contre tout.

Même si cela devait lui coûter l'amour de sa vie.

11

— Où sont les résultats du bilan sanguin de Mme Henshaw ? Cela fait des semaines que nous les attendons. C'est inadmissible. Appelez le laboratoire.

De retour au travail, Jamie se mettait au courant des patients traités en son absence par son remplaçant.

— Qu'est-ce qui vous arrive, ce matin ? Le petit vous a empêché de dormir, cette nuit ? demanda sa secrétaire sans se laisser démonter.

Jamie releva les yeux de son ordinateur.

— Pardon, vous disiez ?

Son esprit était tellement concentré sur Kayla, Luke et le gâchis de la veille, qu'il n'avait rien entendu.

— Vous n'avez pas l'air dans votre assiette, alors je vous demandais si le bébé vous avait empêché de dormir.

C'était une façon diplomatique de lui faire remarquer qu'il était grognon. Son personnel et ses patients n'avaient pas à supporter son humeur. Le seul à blâmer, c'était lui et sa réaction à l'annonce de Kayla. En conséquence de quoi, il avait passé la nuit, seul dans son lit, à se ronger d'avoir démoli la meilleure chose qui lui soit jamais arrivée.

— Euh... Quelque chose comme cela.

Il devait se débarrasser de sa secrétaire avant qu'elle ne pose plus de questions et comprenne quel idiot il était.

Il était tout à fait naturel que Kayla ait envie d'aller voir le projet mis en place par Tom et Liam au Vietnam. N'importe quelle personne saine d'esprit aurait été fière de voir qu'elle voulait faire plus que du tourisme et mettre ses compétences professionnelles à profit. Au fond de lui, il savait également qu'elle s'assurerait que Luke ne courrait aucun danger.

Mais quand elle avait parlé de ce voyage il avait paniqué, envisageant aussitôt tous les problèmes que pouvaient rencontrer les deux personnes qu'il aimait le plus au monde.

À bien y réfléchir, il n'y avait rien d'étonnant à ce qu'elle l'ait mis dehors. Il ne lui avait posé aucune question sur le voyage et n'avait soulevé que les points négatifs. Et lui dire qu'il se battrait pour obtenir la garde de l'enfant avait scellé le sort de leur relation. Quelle stupidité ! Lâchée avant qu'il ait pris la peine d'y réfléchir. Il aurait aimé effacer cette parole malheureuse, mais l'occasion ne lui en serait sans doute jamais donnée. Il serait déjà heureux de ne pas trouver toutes ses affaires éparpillées dans le jardin quand il passerait les récupérer, dans la soirée.

— Bien. Je vais aller me renseigner à propos de ces résultats alors, dit la secrétaire avant de sortir précipitamment du bureau.

— Bonne idée.

Pour être honnête, il avait déjà oublié sa présence. Rien ne retenait son attention pour l'instant. Il avait perdu le goût de tout parce que, sans Kayla et Luke, rien ne comptait.

Sa main se posa sur le téléphone. Il voulait entendre sa voix, prendre des nouvelles de Luke, s'excuser de sa réaction disproportionnée, la veille. Sauf qu'il savait que la peur qu'il leur arrive quelque chose ne le quitterait jamais. Comment résoudre ce dilemme ?

Une discussion avec Kayla s'imposait, sans qu'elle se mette aussitôt sur la défensive à cause de ses parents. Qu'elle ait pu le comparer à eux lui était insupportable. Malheureusement, il était trop tard pour lui avouer qu'il l'aimait. Jamais elle ne le croirait maintenant, à cause du mauvais timing. Il lui fallait trouver un moyen de la convaincre.

— Si je comprends bien, cela s'est mal passé ? demanda Cherry qui avait appelé à l'aube.

Le reniflement de Kayla au bout du fil répondit à sa question.

— C'est le moins que l'on puisse dire. S'il te plaît, ne me dis pas que tu m'avais prévenue.

Elle avait passé la nuit à se reprocher d'avoir été assez stupide pour faire confiance à Jamie, pour s'amouracher de lui et lui avoir accordé une place aussi grande dans sa vie et dans celle de Luke.

— Oh ! Kayla. Je ne dirais jamais cela. Simplement, je ne voulais pas que tu souffres autant.

Dieu merci, son amie ne pouvait pas la voir. Un seul coup d'œil à ses yeux rouges et gonflés, et elle serait allée dire ses quatre vérités à Jamie.

— Eh bien, c'est fait, maintenant. Jamie jure qu'il va se battre pour obtenir la garde de Luke si je l'emmène au bout du monde.

À ces mots, la tristesse qui l'habitait depuis la dispute manqua l'étouffer. Comprendre que cela sonnait le glas de leur relation lui brisait le cœur.

Elle ne l'avait jamais admis, mais elle était tombée amoureuse de Jamie et souffrait d'autant plus de l'avoir perdu. Pourtant il serait toujours dans sa vie puisqu'il était le père de Luke et, à chaque fois qu'elle le verrait, elle se rappellerait ce qui s'était passé entre eux.

— Il n'y a plus aucun espoir ?

La sympathie de Cherry alla droit au cœur de Kayla qui pleura de plus belle, luttant pour retenir les sanglots qui montaient du plus profond de son être.

— Non, dit-elle d'une voix étranglée. Des choses ont été dites, impossibles à oublier.

— Quel dommage. Je savais qu'il n'aimerait pas l'idée de ce voyage, mais j'espérais que vous pourriez en discuter. Vous faites un si beau couple.

— Dieu merci, nous n'avons pas été assez stupides pour nous marier, ou j'aurais vraiment été dans de sales draps. Non. C'est mieux ainsi, de se quitter avant que cela ne devienne trop compliqué.

— Et pour le voyage ?

— Oh ! ça ne change rien. Je partirai avec ou sans l'accord de Jamie.

La détermination qu'elle avait acquise en déménageant à Londres sécha aussitôt ses larmes. Elle allait trouver un moyen de partir avec Luke. Même si elle devait s'enfuir en douce pendant la nuit. Personne ne l'empêcherait de vivre sa vie à sa guise.

Après avoir raccroché, elle se précipita à l'étage pour chercher Luke.

— Bonjour, mon petit cœur, dit-elle en le soulevant pour sa tétée du matin.

Mais son fils ne réagit pas, une attitude plutôt inhabituelle chez lui, et elle devina aussitôt que quelque chose n'allait pas.

— Luke ? Réveille-toi.

Elle souffla doucement sur son visage sans obtenir de réaction. Il respirait normalement, mais ses joues étaient rouges et son front brûlant. Avoir de la fièvre à cet âge pouvait générer de gros problèmes.

Elle le coucha sur son lit et le déshabilla pour tenter de faire baisser sa température. Mais elle ne voulait prendre aucun risque. Calculant mentalement le temps qu'il lui faudrait pour l'emmener au centre médical et l'estimant trop long, elle attrapa le téléphone. Appeler une ambulance semblait un peu exagéré pour une simple hausse de température. Une seule personne à sa connaissance pouvait lui apporter son aide. Elle devait ravaler sa fierté et faire passer la santé de son fils avant son cœur blessé.

En entendant la voix de Kayla au bout du fil, Jamie avait presque craqué et supplié qu'elle lui accorde son pardon. Seule la peur qu'il avait perçue dans sa voix, puis la raison de l'appel, l'avait retenu. Sans perdre une seconde, il avait sauté dans sa voiture.

— Comment va-t-il ? demanda-t-il en arrivant, le souffle court, à la maison.

Kayla l'attendait à la porte, Luke dans ses bras. Elle était pâle, à l'exception de ses yeux rouges, et il lui fallut faire appel à toute sa volonté pour ne pas la serrer contre lui.

— Je me suis peut-être inquiétée pour rien, mais je ne veux pas prendre de risque. Il ne réagit pas et son front est brûlant.

— Tu as eu raison. Il vaut mieux être prudent. Merci de m'avoir appelé.

Elle aurait pu téléphoner à Cherry ou à son médecin personnel, mais elle l'avait choisi, lui. Rien n'était peut-être perdu entre eux.

— Où veux-tu que je me mette pour l'examiner ?

— Dans la chambre. Je suis désolée de t'avoir dérangé au travail, mais je me suis dit que toi, tu comprendrais mon inquiétude, dit-elle avec un sourire timide.

— Évidemment. Quant au travail, je ne suis supposé reprendre que la semaine prochaine ; pour le moment, je les gêne plus qu'autre chose et ils étaient ravis de se débarrasser de moi.

Elle posa le bébé sur le lit. Elle avait eu raison de le déshabiller pour faire baisser sa température qui, si on n'y prenait garde, pouvait entraîner des lésions cérébrales.

— Sa température est toujours élevée.

— Elle a baissé par rapport à tout à l'heure, dit-elle.

— Bien. Je vais examiner ses oreilles, dit-il en sortant son otoscope. Elles sont très enflammées. Je crois qu'il fait une otite.

— Mon pauvre petit chaton.

Elle s'assit sur le lit et fit de son mieux pour réconforter son fils qui protestait contre l'auscultation.

— Je vais aller chercher des gouttes pour calmer l'inflammation. Il aura peut-être besoin d'antibiotiques si cela ne suffit pas.

Ils pourraient se détendre tous les deux, une fois que la température aurait baissé. Puisqu'un semblant de communication semblait restauré entre eux, il y avait peut-être là une opportunité de la convaincre qu'il n'était pas le monstre qu'elle croyait. En tout cas, il ferait tout ce qui était en son pouvoir pour le lui prouver.

Au retour de Jamie, Kayla s'était calmée. Malgré leur dispute, elle était heureuse de l'avoir près d'elle. Au fond de son cœur, elle savait qu'il n'était pas comme ses parents. Elle n'avait fait que chercher une excuse pour le rejeter de sa vie avant qu'il ne lui brise le cœur. Sauf qu'après son départ elle n'avait ressenti que de la douleur. Aucun soulagement.

— Accepterais-tu que je reste jusqu'à ce qu'il aille mieux ? demanda-t-il après avoir mis des gouttes dans les oreilles de Luke et lui avoir administré du paracétamol sous forme liquide.

— Oui, bien sûr.

En enlevant son manteau, il regarda, hésitant, le lit où elle était étendue à côté de son fils.

— Tu peux venir, mais enlève tes chaussures, fit-elle avec un petit sourire.

— Merci.

Il ôta aussitôt ses chaussures, sa cravate et ouvrit le col de sa chemise, et elle se souvint avec une incroyable acuité de leur journée dans le parc.

— Je n'ai pas l'intention de changer d'avis sur mon voyage, Jamie.

— Je n'en attendais pas moins de toi, dit-il en s'allongeant.

— Ce qui vient de se passer prouve qu'il peut être malade n'importe où, et nous trouverons les mêmes médicaments là-bas. C'est le but même de ce centre médical.

Les maladies infantiles faisaient partie de la vie, et ils n'aideraient pas Luke en l'élevant dans un cocon. Être le fils de Jamie Garrett ne signifiait pas qu'il jouirait d'un régime de faveur.

— Je sais.

Qu'il n'argumente pas ne faisait que renforcer la détermination qu'elle sentait en elle.

— Tu n'as pas à me dire comment vivre ma vie, Jamie. Je ne veux pas que Luke ait la même sorte de parents que moi.

Cela effaça le sourire de Jamie. Elle s'attendit alors à voir son autre visage. Mr Hide.

— Tu crois honnêtement que je suis comme tes parents ? demanda-t-il simplement après s'être assis. Que je préférerais que tu obéisses à mes ordres sans discuter mes décisions ?

Elle se remémora leurs précédentes disputes, généralement à son initiative parce qu'elle luttait contre son attirance pour lui sans pouvoir y résister. Il avait toujours eu l'air d'apprécier qu'elle défende ses positions.

— Non, répondit-elle.

— Non, en effet. Je t'aime, Kayla. J'aime Luke. La seule chose que tu peux me reprocher, c'est de vouloir vous protéger. Je sais que j'ai mal réagi, hier soir, mais cela ne cachait aucun sombre motif.

La tête de Kayla tournait à cent à l'heure. Les mots rebondissaient dans son esprit. Elle ferma les yeux pour tenter de les ralentir.

Il l'aimait. C'était la raison pour laquelle elle redoutait tant de l'inviter dans sa vie. Aimer Jamie revenait à lui donner un pouvoir sur elle, sur son cœur, en espérant qu'il n'en profiterait pas.

C'était à elle de décider si elle lui accordait ou non une deuxième chance.

— Je... Je t'aime aussi, Jamie, mais je vais quand même partir avec Luke.

Il lui fallut tout son courage pour dire cela et lui avouer sa faiblesse.

— Je m'y attendais. C'est la raison pour laquelle j'ai apporté cela.

Il sortit une pochette en carton de sa poche et la lui tendit. Dedans, elle trouva des tickets avec leurs noms dessus.

— C'est quoi ?

— Des coupons de compagnie aérienne, pour nous trois. Je ne savais pas quand et pour combien de temps tu comptais partir. Tu peux les utiliser quand tu veux. J'espère que cela te convient.

— Euh... Oui. Tu viendrais aussi ?

— Si tu veux de moi. Je ne t'empêcherai jamais de faire ce que tu as envie de faire. Je t'aiderai au contraire. Ceci pourrait être nos premières vacances familiales.

— J'adorerais cela.

Son geste prouvait qu'elle n'avait plus besoin de nier ses sentiments, puisqu'il l'aimait et voulait rester près d'elle.

— Attends. On a vraiment trouvé un point d'accord ?

— Oui, mais ne t'y habitue pas trop vite. Si je ne suis pas d'accord avec quelque chose, je n'hésiterai pas à te le dire.

— J'y compte bien. On dit que la réconciliation ensuite est toujours le meilleur moment.

Il se pencha par-dessus leur bébé endormi, un regard canaille au fond des yeux.

— Vraiment ? Dans ce cas, nous avons pas mal de choses à rattraper, répondit-elle en avançant à sa rencontre.

— Suis-je pardonné, alors ?

— Tais-toi et embrasse-moi, Jamie Garrett.

— Je considère cela comme un oui, murmura-t-il, ses lèvres contre les siennes avant de lui montrer précisément pourquoi elle devait lui pardonner.

Ses baisers justifiaient à eux seuls qu'elle risque son cœur.

Elle avait tout ce qu'elle désirait auprès d'elle, dans cette chambre.

Sa famille. Ce n'était peut-être pas celle qu'elle avait prévue, mais elle savait que Liam et Tom auraient été fiers d'eux. Luke avait deux parents qui l'aimaient, et c'était tout ce qui comptait. Qu'ils soient en plus amoureux ne gâchait rien.

Épilogue

Deux semaines plus tard

— Les billets sont pris. J'ai trouvé un remplaçant jusqu'à mon retour. C'est peut-être un peu prématuré puisque le voyage n'aura lieu qu'en fin d'année, mais je voulais m'assurer qu'il n'y aurait pas de problèmes. Ai-je oublié quelque chose ?

— Je ne crois pas. Et dans le cas contraire, nous avons du temps devant nous pour y remédier. Détends-toi, Jamie.

Kayla ne put s'empêcher de rire devant son enthousiasme maintenant qu'ils partaient en famille pour le Vietnam.

Tous ses doutes sur la réelle motivation de Jamie s'étaient envolés. Il prenait très au sérieux son rôle d'aide médical auprès de l'équipe du centre médical.

Depuis qu'il l'avait surprise avec ses billets d'avion, elle vivait un rêve. L'otite de Luke n'était plus qu'un mauvais souvenir, et elle avait accepté que Jamie s'installe de façon permanente chez elle afin de lui prouver qu'elle le considérait autant comme un père que comme un partenaire.

Il dormait dans sa chambre à lui et n'avait pas insisté pour partager son lit. En fait, c'était elle qui souffrait le plus quand il la quittait après quelques baisers pour se retirer dans sa chambre.

— Je le ferai, une fois que j'aurai mis ce bout de chou dans son lit.

Il emporta son fils jusqu'à la nurserie, où il dormait apparemment bien. En bons jeunes parents, ils avaient été un peu inquiets de le laisser dormir seul, mais le babyphone était là pour les prévenir en cas de problème.

Au retour de Jamie, alors qu'il lui déposait un simple baiser sur les lèvres, Kayla comprit qu'elle allait devoir faire le premier pas parce qu'il ne prendrait jamais l'initiative de partager son lit.

— Ne pars pas, Jamie.

Elle n'avait pas dit cela avec autant de confiance et de sensualité qu'elle l'aurait voulu.

— Tu es sûre ? demanda-t-il, les sourcils levés, de toute évidence surpris de l'invitation.

— Je suis sûre.

Elle caressa le lit à côté d'elle.

— Je ne veux pas que tu te sentes obligée de le faire..., dit-il en s'allongeant sur la couverture, assez près pour qu'elle sente la chaleur de son souffle sur son visage.

— Je ne me sens pas obligée. Mais... cela fait très longtemps pour moi.

Maintenant qu'elle avait franchi l'obstacle, elle s'inquiétait. Elle avait eu un bébé, son corps avait changé, sans parler des vergetures. Tout fonctionnerait-il normalement... en bas ?

— Nous allons y aller doucement, dit-il en ponctuant ses mots de ses fameux baisers languides, capables de lui faire oublier jusqu'à son nom.

Puis il passa la main sous sa chemise de nuit et elle frissonna d'anticipation quand elle la sentit remonter le long de sa cuisse avant de se faufiler entre ses jambes. Doucement, il s'assura qu'elle était prête. En fait, elle n'avait jamais été plus prête de toute son existence. Elle le désirait de tout son être. Quand il commença à la caresser, elle posa la tête sur l'oreiller, jouissant de la sensation de redécouvrir son propre corps.

Ouvrant les yeux, elle le vit glisser vers le bas du lit.

— Que...

— Chut, dit-il, un éclat malicieux au fond des yeux, tandis qu'il écartait ses jambes, révélant ses intentions.

Elle eut le souffle coupé avant même qu'il ne la touche. Il commença par déposer des baisers le long de ses cuisses, et elle s'entendit gémir. Puis sa langue écarta ses lèvres et une vague d'excitation l'envahit. Cette caresse intime fit découvrir à Kayla un plaisir comme elle n'en avait jamais connu, jusqu'à ce qu'il enfonce sa langue en elle, portant son extase à de nouveaux sommets. Elle flottait sur un nuage, peu pressée pour une fois de reprendre le contrôle de son corps.

Rien ne pouvait la retenir et, avec expertise, Jamie l'amena encore et encore au bord de l'orgasme, jusqu'à ce qu'elle atteigne le septième ciel dans un festival de sensations.

Le souffle court, elle eut un peu de mal à recouvrer ses esprits et prit alors conscience qu'elle avait été la seule à jouir.

— Et toi, Jamie ? Ce ne serait pas juste de te laisser ainsi.

Il l'embrassa sur le bout du nez.

— Ne t'inquiète pas pour moi. Nous avons toute la vie devant nous pour apprendre à nous connaître, si tu peux me supporter.

— C'est un peu l'idée que je me fais du paradis.

Ce n'était pas une demande en mariage conventionnelle, mais, après tout, ils n'avaient jamais formé une famille conventionnelle.

Et Kayla n'en aurait pas voulu d'autre.

SHELLEY RIVERS

Éprise du Dr Alex Morsi

Traduction française de
C. DUTEIL

BLANCHE

HARLEQUIN

Titre original :
TEMPTED BY THE BROODING VET

Ce roman a déjà été publié en 2020.

© 2020, Shelley Rivers.
© 2020, 2025, HarperCollins France pour la traduction française.

1

Elle était perdue.

L'optimisme en berne, Kiki Brown scruta la campagne verdoyante du Dorset. Était-il déraisonnable de vouloir que les planètes s'alignent et que, pour une fois, quelque chose se passe bien dans sa vie ?

Elle ne souhaitait pas l'impossible, mais elle aurait aimé que le sort cesse de s'acharner sur elle, pour changer.

Elle pouvait continuer de marcher dans l'espoir que l'insaisissable Fingle Lodge, aux bâtiments pourtant imposants, surgisse de nulle part comme une oasis en plein désert, ou déclarer forfait et regagner sa voiture.

Elle n'aurait pas dû se fier aux vagues indications d'une nonagénaire. Sa marraine avait parfois du mal à se souvenir de son nom, comment aurait-elle pu se rappeler l'itinéraire menant au vieux logis qu'elle avait abandonné aux outrages du temps après la mort de son cher époux ?

Mais l'endroit semblait si romantique, niché loin de la ville parmi les prés en pente douce, dernier vestige du vaste domaine d'une famille qui avait longtemps entretenu les terres avant de les acquérir.

Kiki avait travaillé un an en Alaska et ses options étaient limitées. Une valise de vêtements et une bague de fiançailles inutile reléguée au fond d'un sac avec ses mouchoirs froissés et ses espoirs déçus ne lui laissaient guère de choix.

Si elle ne tombait pas rapidement sur Fingle Lodge, elle se

retrouverait sans abri et sans travail, ce qu'elle ne pouvait pas se permettre tant ses économies étaient maigres.

— Bon, Kiki, dit-elle à voix haute pour ressusciter son moral défaillant, trouve cette propriété. Tu n'es pas du genre à baisser les bras, quoi qu'ait dit cet imbécile juste avant que tu le largues. Tu es une femme intelligente et tu n'as besoin de personne, surtout pas d'un tricheur doublé d'un menteur.

Seigneur, voilà qu'elle parlait toute seule à présent. Il ne lui manquait plus qu'un bonnet de laine et quelques chats pelés pour incarner la parfaite vieille fille vivant de tristes souvenirs, avec ses chaussettes et ses couvertures au crochet pour lui tenir chaud la nuit.

Jetant un dernier regard autour d'elle, elle décida de faire encore un kilomètre ; si elle ne trouvait pas la propriété ou quelqu'un pour la renseigner, elle reviendrait sur ses pas. L'exercice lui ferait du bien, et le soleil printanier était agréable, après des mois passés dans le froid et la neige. Cet aspect de l'Alaska ne lui manquait vraiment pas.

Ignorant son pincement au cœur, elle s'enfonça dans le champ en évitant les déjections animales et les trous de terrier. Peut-être l'air frais chasserait-il le stress des récentes semaines ? Elle inspira profondément.

Sa vie avait été chamboulée, dernièrement. Qui aurait voulu vivre dans une petite ville en voyant constamment son ex-fiancé draguer d'autres femmes ? Ce fiancé qui, à quelques mois de la noce, avait cru acceptable de coucher avec la moitié de la population féminine de la ville ? Kiki le reconnaissait, elle avait été trop lâche pour annuler le mariage, jusqu'à ce que l'humiliation et son orgueil blessé la contraignent heureusement à agir.

Elle ne voulait plus de *lui*. La seule pensée de cet homme la faisait douter de sa propre santé mentale. Elle avait fait des choix stupides dans sa vie, mais là...

Elle resterait célibataire pour le moment, voilà tout. On n'était pas vieux à trente-deux ans, même si on n'était plus de première fraîcheur. Elle n'aimait pas beaucoup les hommes, et en perdre un de plus ne la perturbait pas outre mesure. Elle l'oublierait lui aussi, et irait de l'avant.

Elle était plus contrariée d'avoir perdu son poste au centre de recherche de la marine. Mais ce genre de désagrément arrivait, quand on larguait le type sous les ordres duquel on travaillait. Elle n'avait pas voulu lui donner l'occasion d'abuser de sa position, de lui rendre la vie impossible au travail par exemple. Car il lui gardait rancune, elle le savait. Rompre avec lui en pleine rue devant des dizaines de témoins lui avait valu de sérieuses représailles : les portes de sa maison avaient été mystérieusement bloquées durant la nuit par d'énormes congères renforcées par des roues de poids lourds !

Il fallait qu'elle trouve Fingle Lodge et se tourne vers l'avenir. Qu'elle lèche ses blessures jusqu'à ce qu'elles « forment une croûte dure », comme l'avait si éloquemment formulé sa marraine avant de lui donner l'itinéraire et des sandwichs pour la journée.

Kiki comptait s'installer quelques mois dans la vieille demeure abandonnée pour se poser et réfléchir avant de décider si elle voulait dénicher un poste d'infirmière vétérinaire dans la région. Elle avait travaillé dur pour décrocher son diplôme, qui lui avait servi six ans dans un cabinet citadin avant qu'elle s'envole pour l'Alaska.

Mais n'était-ce pas une cheminée, là-bas, entre les arbres ?

Pour mieux voir, elle courut vers l'échalier en bordure du pré, et l'escalada. Dans sa précipitation, elle faillit tomber ; ses bottes en caoutchouc glissèrent sur la mousse tapissant les planches de bois.

C'était bien une cheminée. Elle se dressait sur une maison de plain-pied dont le toit avait perdu une partie de ses tuiles. Les huisseries avaient besoin d'être repeintes, et une des fenêtres disparaissait derrière une plante grimpante desséchée aux branches squelettiques. L'endroit dégageait une impression d'abandon et de désolation.

Elle s'approcha en trébuchant, contourna une flaque boueuse, et s'arrêta devant un vieux panneau cloué à un pilier rongé par les vers : *Fingle Lodge.*

Elle se détendit et étudia la demeure de plus près. Elle avait besoin d'être restaurée, mais le gros œuvre ne lui faisait pas peur. Ses parents, avant un amer divorce pendant son adolescence, avaient passé des années à rénover des propriétés en Grande-Bretagne et en Europe, pour des clients ou pour leur plaisir, mais toujours avec l'amour du travail bien fait.

Avant l'âge de dix ans, Kiki avait déjà vécu dans un manoir sur l'île de Jersey et dans un château en Autriche. Mais ses parents aimaient dépenser, et ils avaient souvent dû pour renflouer leurs finances vendre un bien avant d'avoir le temps de jouir du produit de leur dur labeur.

Passant par la brèche où avait jadis dû se trouver un portail, Kiki se fraya un chemin dans la lavande sauvage qui bordait le sentier de dalles grossières, et atteignit le perron.

La peinture vert foncé de la porte d'entrée s'écaillait par endroits, dévoilant une sous-couche vert clair. Elle essaya la poignée en cuivre qui grinça légèrement mais ne bougea pas malgré ses efforts.

Elle s'approcha d'une fenêtre et, regardant à travers la vitre crasseuse, distingua un fauteuil orange des années 1930 et une cheminée carrelée de jaune. Elle allait devoir se rendre chez la voisine qui gardait les clés.

Tournant la tête, elle repéra une grange un peu plus loin. En pierre grise avec un toit presque intact, elle semblait en meilleur état que la maison. Intriguée, elle se dirigea vers la bâtisse et banda ses muscles pour ouvrir l'énorme porte en bois massif. Elle entendit un bruit étrange en pénétrant dans le bâtiment. Elle s'immobilisa et tendit l'oreille. Rien. Sans doute des rats ou des souris qui avaient élu domicile dans les profondeurs poussiéreuses de la grange.

Levant les yeux, elle remarqua un tracteur à demi caché sous un vieux drap sale, des caisses en bois empilées à la va-vite, un panier d'osier rempli de fleurs séchées, et des outils agricoles épars. Rien d'inattendu dans un tel endroit.

Peu désireuse de croiser des bestioles répugnantes en explorant les sombres recoins de la bâtisse, elle s'apprêtait à ressortir quand le bruit se fit de nouveau entendre. Il lui parut bizarrement familier.

Elle s'arrêta, les sourcils froncés. Non, impossible. Pourtant, elle aurait juré que c'était...

La plainte recommença, suivie d'aboiements aigus.

Rebroussant chemin, elle courut sur le sol inégal et arriva devant une porte fermée au fond de la grange. Examinant la chaîne en métal et le verrou curieusement neufs, elle chercha un outil pour briser le cadenas. Sa marraine n'était pas venue depuis des années, et ce qui se trouvait dans cette pièce avait dû être apporté par quelqu'un qui avait pénétré illégalement dans la propriété.

S'aidant d'un gros marteau, elle souleva la chaîne et frappa de toutes ses forces. Il fallut plusieurs essais pour que le cadenas de piètre qualité cède et tombe dans la poussière.

Lâchant le marteau, elle ouvrit la porte et fut assaillie par une puanteur fétide. Elle referma vivement le battant, prit plusieurs inspirations, et le rouvrit.

Six chiens souffrant de sévère malnutrition levèrent la tête. Deux étaient attachés au mur avec de vieilles cordes, les autres étaient blottis dans des cages trop petites pour eux. Tous gisaient, tremblants, parmi leurs déjections.

Du fond de la pièce, une faible plainte attira l'attention de Kiki vers un enclos grossier fait de blocs de béton. Se penchant par-dessus le muret, elle vit trois chiots noir et blanc d'à peine quelques jours nichés contre une chienne Papillon qui semblait très mal en point.

L'horrible vérité frappa Kiki de plein fouet. Une propriété abandonnée, des chiens maltraités, une porte verrouillée... Elle était face à un élevage illégal de chiots.

Ravalant la nausée qui lui montait à la gorge, elle se força à rassembler ses pensées. Il fallait qu'elle aille chercher de l'aide. Vite. Le responsable de cette horreur pouvait revenir à tout moment, et il ne serait pas content de la trouver là...

Rentrant par l'arrière du cabinet vétérinaire, Alex Morsi ignora les miaulements et autres sifflements furieux jaillissant de la cage qu'il portait. Un sourire de triomphe étira ses lèvres, vite effacé. Il n'aimait pas les démonstrations et préférait garder sa bonne humeur pour lui.

— Je n'arrive pas à le croire ! s'écria une femme boulotte aux cheveux gris en pétard, en faisant irruption dans la pièce.

— Bonjour, Anne, répondit gravement Alex.

— Comment avez-vous réussi à convaincre l'irascible vieux

Evans de vous laisser emmener son Ronny ? J'essaie vainement depuis des semaines !

Réprimant un sourire, Alex considéra son infirmière chef.

— Je l'ai menacé de doubler mes honoraires s'il ne me confiait pas Ronny. Avec l'immense troupeau de moutons qu'il a, il ne peut pas se permettre la moindre augmentation.

— Vous êtes cruel mais malin, répondit Anne, impressionnée. Vous avez la beauté exotique d'un matador espagnol, mais l'esprit d'un mauvais génie irlandais.

Alex leva les yeux au ciel devant cette affirmation qu'il savait partagée. Il regrettait parfois d'avoir hérité du teint mat et de la personnalité de son père espagnol, mais sa mère était une rousse irlandaise instable se complaisant dans le drame. Tout compte fait, il ne s'en était pas si mal sorti.

— Laisser ce matou engrosser toutes les femelles locales est irresponsable, dit-il, reportant son attention sur le félin furieux qui s'attaquait férocement aux parois de sa prison de plastique. Si on ne s'occupe pas de lui, la ville sera bientôt envahie par les chats.

Il jeta un regard vers l'accueil désert et se rembrunit.

— Où est Delia ?

Anne croisa les bras et le fusilla du regard.

— Elle a démissionné hier.

— Pourquoi ? demanda-t-il, les sourcils froncés.

— Elle dit, je cite, que c'est l'enfer de travailler avec vous, et qu'elle préférerait danser toute nue devant une bande d'ivrognes braillards que passer une minute de plus en votre horrible compagnie !

Il secoua la tête, faisant danser ses cheveux bouclés.

— Je lui ai donné un conseil judicieux et elle a fait exactement l'inverse.

— Elle espérait que vous compatiriez, au lieu de quoi vous lui avez ordonné de se ressaisir et de cesser de geindre.

— Ses larmes continuelles donnaient la migraine à tout le monde, dit-il, sur la défensive, avec une pointe de culpabilité.

Peut-être avait-il été brutal, mais si Delia voulait de la sympathie, elle n'avait qu'à s'adresser à un thérapeute ou un prêtre formé pour traiter les problèmes émotionnels. Alex avait supporté enfant assez de crises d'hystérie féminine pour souhaiter les éviter une fois adulte.

— Elle pleure la mort de son ex-mari. Un peu de compréhension, que diable.

— Je lui ai donné une carte de condoléances...

— Non. Vous avez signé celle que *j'ai* achetée. L'erreur de Delia a été de croire que sous votre rudesse hispano-irlandaise battait un cœur passionné et empathique. La sotte.

Il fronça les sourcils. Il *avait* un cœur, mais il avait appris à le tenir à l'écart de son travail. À quoi aurait-il servi comme vétérinaire s'il fondait en larmes chaque fois qu'il perdait un animal ou qu'il était confronté à un cas de maltraitance ? La meilleure façon d'aider les animaux malades qui venaient au cabinet était de garder la tête froide. D'être une présence solide et sensée quand leurs maîtres s'effondraient ou exigeaient des réponses.

En outre, il s'efforçait de ne pas être trop proche de son personnel. Il était si facile de créer des malentendus sans le vouloir. Les femmes en particulier avaient tendance à interpréter ses paroles et à n'entendre que ce qu'elles voulaient. Il avait arrêté d'en fréquenter un an plus tôt ; faire attention à chacun de ses propos devant des femmes compliquées, et souvent ennuyeuses, était devenu trop pénible.

— Je lui ai juste suggéré de pleurer en dehors des heures de bureau. Quand cet homme était en vie, elle n'arrêtait pas de se plaindre de lui. En six semaines de travail ici, elle n'a pas eu un seul mot gentil pour lui.

— Je ne vois pas le rapport, dit Anne, mais ses yeux pétillaient.

— Je trouve ça hypocrite.

— Le chagrin ne respecte pas les heures de bureau, Alex.

— Dommage, grommela-t-il. Je suis votre patron, ça ne veut pas dire que je veux connaître vos vies hors du cabinet. Je suis content de ne rien savoir. On devrait peut-être ajouter une clause aux contrats des futurs employés. « Gardez vos émotions chez vous sinon vous risquez de vous faire virer. »

Anne rit.

— Comment pouvez-vous être aussi bienveillant envers les animaux et si intolérant avec les hommes ?

— J'aime les bêtes, dit-il en haussant les épaules. Les hommes ne sont qu'un mal nécessaire que je dois supporter.

Elle éclata de rire.

— Malgré vos bizarreries, je vous aime bien. Mais si vous n'arrêtez pas de contrarier le personnel, nous allons manquer de bras et je serai très fâchée. Et vous savez ce que je ferai.

— Vous me pourrirez la vie, dit-il, sachant d'expérience combien elle était douée pour cela.

— Exactement, répondit-elle avec un sourire en coin. Bon, je m'occupe de Ronny pendant que vous prenez un café ?

Il souleva la cage du chat.

— Préparez-le immédiatement. Je veux le stériliser avant qu'Evans change d'avis et veuille le récupérer. Sa vie de Casanova est terminée.

Par la porte grillagée de la cage, il regarda le chat roux furibond et ne put s'empêcher de sourire. Ce dépravé avait engendré la moitié des félins de la ville, sa castration ne serait pas seulement sensée, mais médicalement responsable.

— Seigneur, vous avez souri ? dit Anne, effarée.

Il lui fourra la cage dans les bras.

— Ne soyez pas ridicule. Depuis six ans que nous travaillons ensemble, ai-je jamais fait une telle chose ?

Mal à l'aise sous le regard insistant de l'infirmière, il se dirigea vers son bureau situé de l'autre côté du bâtiment.

— Appelez-moi quand vous serez prête. Je ne veux voir personne tant que je ne me serai pas occupé de Ronny.

— Oui, patron. Je prépare le bloc dès l'arrivée de Leah.

Se laissant choir dans son fauteuil, il ignora la paperasserie en attente sur son bureau et sortit son portable. Deux messages de sa tante, un du garage local, et plusieurs d'une ex qu'il n'avait pas vue depuis des années. N'ayant pas envie de ternir sa bonne humeur, il les effaça tous.

Il jeta un coup d'œil aux rendez-vous de la journée. Une bichonne devait subir une ablation des ovaires. Deux labradors sauveteurs avaient besoin d'un nettoyage dentaire et d'un check-up avant d'être confiés à l'adoption par le centre de secours, et l'après-midi était consacré aux consultations générales. Une journée comme les autres, en somme.

Il leva les yeux en entendant frapper.

— Une urgence vient d'arriver, annonça Anne. Une femme avec un chien dans un état pitoyable. Si vous voyiez ça, Alex. C'est affreux.

Il se leva, toute sa bonne humeur envolée.

— C'est son chien ?

— Elle prétend que non.

— Ben voyons, dit-il en fulminant, habitué aux visites d'inconnus accompagnés de chiens maltraités dont ils prétendaient ne pas être responsables. Je vais le voir.

Anne sur les talons, il se rendit dans le hall d'accueil. D'abord frappé par une épouvantable odeur de déjections, il eut un choc à la vue d'une jolie femme bien faite qui tenait un vieux panier d'osier. Une chienne était assise à ses pieds.

— Vous devriez avoir honte, dit-il, refusant de se laisser impressionner par l'expression blessée de ses yeux bleus.

Il détestait les gens qui maltraitaient les animaux et, à en juger par l'état de ce chien, cette femme figurait parmi les pires. Et son trouble n'avait rien à voir avec elle ; sans doute était-il imputable au sandwich indigeste qu'il avait avalé ce matin.

— Je... Je vous demande pardon ? demanda-t-elle, les joues empourprées, dans un murmure.

Les poings sur les hanches, Alex la foudroya du regard, ignorant les palpitations de son cœur. Elle pouvait toujours tenter de se justifier. Il avait le numéro d'un ami qui travaillait à la *Royal Society for the Prevention of Cruelty to Animals* – la société pour la prévention de la cruauté envers les animaux connue sous le sigle RSPCA – et il comptait bien l'appeler dans l'heure.

— Vous avez bien entendu.

Elle se dressa comme un chaton en colère, prête à sortir les griffes. S'il n'avait pas été aussi furieux, il aurait sans doute admiré la lueur déterminée de son regard. La plupart des femmes tendaient à minauder devant lui, ce qui ne semblait pas être le style de cette beauté blonde.

— Alors, c'est *vous* qui avez les oreilles bouchées, répliqua-t-elle. J'ai déjà précisé que la chienne ne m'appartenait p…

— Bien sûr, la coupa-t-il, sarcastique. Je suppose que vous l'avez trouvée dans une poubelle ou au bord de la route ? Les auteurs de sévices sur les chiens ne manquent pas d'imagination.

Serrant le panier contre elle, elle fit un pas vers lui.

— En fait, ils étaient dans la grange de ma marraine.

— Peu crédible, étant donné que vous n'êtes pas d'ici.

— Comment le savez-vous ?

Le regard d'Alex la parcourut de la tête aux pieds, glissant sur son élégant manteau matelassé vert, son jean bien coupé et ses bottes en caoutchouc roses à motifs de baleines. On ne portait que des bottes vertes ou à fleurs, par ici.

— Ça se voit, dit-il.

— Vous êtes toujours aussi grossier, avec vos jugements à l'emporte-pièce ?

Elle tendit la main pour caresser la chienne et apaiser ses gémissements. Malgré lui, il apprécia qu'elle fasse passer la détresse de l'animal avant sa colère.

— Oh non, dit Anne, il est plutôt agréable, là. Dites-moi exactement où vous avez trouvé cette pauvre bête ?

— Elle ne l'a pas *trouvée*, dit-il avec dédain.

— Écoutez, espèce de mufle arrogant, riposta la femme sans hausser la voix, ce chien ne m'appartient pas. Je l'ai trouvé dans une grange, avec plusieurs autres.

— Quelle grange ? demanda-t-il sèchement, décidé à la prendre en faute pour détourner son attention de ses lèvres pleines.

— La propriété s'appelle Fingle Lodge, à environ un kilomètre et demi d'ici. C'est la maison d'habitation de l'ancien domaine Cattleson.

Les soupçons d'Alex se confirmèrent. Fingle Lodge était une propriété qu'il rêvait secrètement d'acquérir un jour, quand il aurait découvert à qui elle appartenait. Au cœur d'un charmant vieux bois, elle se dressait dans un site naturel rare et encore préservé dont l'histoire l'intriguait.

— Je connais l'endroit. Personne n'y vit depuis des années.

— Vous avez raison sur ce point, dit-elle. Ma marraine, la

propriétaire, m'a demandé de venir voir dans quel état elle était. En explorant la grange, j'ai découvert sept chiens et trois chiots enfermés dans des conditions infectes. Je soupçonne quelqu'un d'avoir transformé les lieux en élevage illégal de chiots. Une personne qui aime les chiens ne les traiterait jamais de façon aussi ignoble.

— Des chiots ? releva-t-il.

Hochant la tête, la femme souleva le pull vert qui recouvrait le panier d'osier, dévoilant trois chiots endormis.

Alex en sortit un et estima qu'il ne devait pas avoir plus d'une semaine. Il le reposa délicatement dans le panier.

— Vous n'avez amené que la mère et ses petits, remarqua-t-il, doutant encore de pouvoir lui faire confiance.

Malgré les nouvelles lois promulguées pour supprimer ces infâmes trafics de chiots, des gens sans scrupule continuaient à s'y livrer impunément.

— Je ne pouvais pas les caser tous dans ma petite voiture, répondit-elle avec impatience. J'ai préféré prendre ces quatre-là en priorité.

Il la dévisagea pour voir si elle mentait. Mais il ne vit qu'innocence et franchise dans ses beaux yeux bleus.

L'avait-il mal jugée ? Y avait-il vraiment un élevage illégal de chiots près de chez lui ? La nausée lui venait en pensant aux horreurs endurées par ces animaux pour permettre à une poignée d'escrocs de se remplir les poches.

Il tendit la main vers la chienne, touché de la voir agiter sa queue emmêlée et le fixer de ses yeux pleins d'espoir. Ses côtes saillaient à travers son poil crasseux.

Il tendit à Anne la corde qui lui servait de laisse.

— Appelez Ray à la RSPCA. Qu'il nous retrouve à la propriété.

— Et l'agent de police Foot ? demanda Anne. Il voudra être tenu au courant. Vous savez combien il tient au partage des informations. La police ne peut être utile qu'en se reposant sur le public, blablabla...

— Prévenez-le aussi, dit-il.

Il prit le panier des mains de la femme et le tendit à Anne.

— Demandez à Leah de vous aider à laver les quatre chiens. Je les examinerai à mon retour.

— Et Ronny ? demanda Anne.

— Si Evans vient en mon absence, je multiplierai ses factures par quatre s'il ose emporter Ronny avant que je l'aie châtré. Ce chat ne doit pas partir, quoi qu'il arrive.

Il inclina la tête à l'adresse de l'inconnue qui avait perturbé son emploi du temps.

— J'espère que vous avez dit la vérité, dit-il de mauvaise grâce.

— C'est la vérité, répondit-elle avec un regard noir.

— Venez. Je n'ai pas de temps à perdre. Ces bêtes doivent être sauvées des griffes de leur agresseur, quel qu'il soit.

2

Dommage qu'un tel homme ait de si beaux yeux bruns. Les goujats de son espèce n'auraient pas dû avoir ces prunelles liquides qui donnaient envie de plonger dans leurs mystérieuses profondeurs.

Kiki grinça des dents. Pourquoi s'attarder sur ce genre de détail ? La couleur des yeux de ce type ne la concernait en rien, elle devait sur-le-champ mettre un terme à ses divagations ridicules.

— Vous allez où, là ?

S'arrêtant au milieu du parking, elle fronça les sourcils à la vue de la camionnette maculée de boue devant laquelle il se tenait. Le nom du cabinet vétérinaire était à peine lisible sur les portières couvertes de poussière. Avec sa beauté ténébreuse et sa peau hâlée, elle l'aurait imaginé avec un véhicule plus voyant, plus propre. Plus adapté à un play-boy qu'à un vétérinaire de campagne.

Elle désigna sa vieille Mini blanche criblée de taches de rouille, mais sur laquelle elle pouvait compter.

— À ma voiture, bien sûr, répondit-elle. Vous savez où se trouve Fingle Lodge, alors je vous suis.

Après un silence, il secoua la tête. Les boucles brunes qui encadraient son visage lui donnaient un faux air d'ange déchu, sexy et malicieux. Le genre à éviter comme la peste pour les femmes sensibles à cette sorte de masculinité débridée.

— C'est plus simple si nous y allons ensemble, dit-il.

Croisant les bras, Kiki leva le menton. Pas question qu'ils partagent le même espace ! Avait-il oublié qu'il l'avait traitée de menteuse et accusée de maltraiter des animaux ? Croyait-il vraiment qu'après ça elle avait envie de partager sa compagnie dans sa camionnette répugnante ?

— Je préfère prendre ma voiture, merci, répondit-elle avec une politesse forcée.

Avec un peu de chance, elle ne reverrait plus ce désagréable personnage une fois qu'ils auraient sauvé les chiens.

— Les routes sont boueuses depuis la dernière pluie, dit-il. Mon camion prendra mieux les ornières que votre véhicule.

Incroyable. Non content de l'accuser de cruauté envers les animaux, voilà qu'il dénigrait son choix de véhicule. Une automobile britannique iconique, rien de moins. C'était typiquement masculin, de prétendre tout savoir et de vouloir gérer les choses à sa façon sans se soucier de l'opinion des autres.

Prenant une lente inspiration pour se calmer, elle lui tourna le dos et se dirigea vers sa Mini.

— Je suis sûre que je me débrouillerai très bien.

— Au lieu de nous disputer, nous ferions mieux d'aider ces chiens, dit-il.

Elle s'immobilisa, se retourna et, à son grand désarroi, sentit son cœur s'emballer à la vue du vétérinaire baigné par les tièdes rayons du soleil de la fin de matinée. Un court instant de folie, elle eut envie de le toucher, de caresser sa belle bouche...

— Alors, cessez de discuter et allons-y ! répondit-elle.

Elle se glissa au volant et faillit hurler quand la portière passager s'ouvrit brusquement, livrant passage à l'odieux personnage qui s'assit à côté d'elle.

— Quelle tête de mule...

Elle battit des paupières. Cet arrogant individu avait-il vraiment osé monter dans sa voiture ?

— Je vous demande pardon ? fit-elle, pincée.

— Je vous ai traitée de tête de mule. Vous êtes toujours comme ça, ou juste avec moi ?

Elle laissa son regard glisser sur son beau visage, s'attardant sur la barbe de quelques jours qui ombrait sa mâchoire ferme, parfait écrin à sa bouche rouge.

— Docteur...

— Alex. Je m'appelle Alex Morsi. Et vous êtes... ?

S'arrachant à la contemplation de la fascinante courbe de ses lèvres, elle détailla son long nez orné d'un grain de beauté qui lui conférait un certain charme.

— Kiki Brown, répondit-elle machinalement.

— Eh bien, Kiki, puisque vous insistez pour que nous partagions votre voiture, allons-y.

— Volontiers, dès que vous aurez regagné votre camionnette.

— Quel est le problème ?

Il devait être obtus pour ne pas comprendre que c'était *lui*, le problème !

— Vous l'avez dit vous-même, répondit-elle, perdant patience, je suis nouvelle ici, et je ne vous connais pas. Si vous croyez que je vais partager ma voiture avec un inconnu, vous vous trompez. J'ai lu assez de thrillers et de statistiques policières pour savoir que ce n'est pas une bonne idée.

Il lui tendit la main.

— Vous pouvez me faire confiance. Je suis vétérinaire.

Elle ignora sa main, elle n'avait aucune envie de le toucher. Une vague de dégoût l'envahit. Les hommes aimaient parler de confiance quand ça les arrangeait, mais ils en étaient rarement dignes, et peu d'entre eux connaissaient la véritable signification de ce mot. Pas son père en tout cas, ni son ex. Ce type devait être pareil.

— D'après mon expérience, quand un homme dit ça, c'est qu'il est indigne de confiance, justement.

— Allez demander à Anne. Elle vous confirmera que vous n'avez rien à craindre de moi.

Son arrogance était absolument exaspérante. Pourquoi les hommes ramenaient-ils toujours tout à *eux* ? Elle ne voulait pas faire le trajet avec lui. Pourquoi ne pouvait-il l'accepter ?

— Je n'ai pas peur de vous, docteur Morsi. Je préfère simplement qu'on y aille séparément. Il n'y a pas de quoi en faire un plat.

Il attrapa sa ceinture de sécurité, la tira à lui et l'attacha. Le cliquetis résonna dans l'habitacle déjà lourd de tension.

— Vous êtes borné ? Vous avez entendu ce que j'ai dit ?

— Oui, mais comme ce sont des sottises, j'ai décidé de les ignorer. Je comprends votre méfiance, mais vous n'avez aucune raison de vous inquiéter. Je vous promets que je n'ai aucune intention déplacée à votre égard.

— Mais..., fit-elle, distraite par le parfum épicé de son after-shave.

Il se pencha vers elle et l'étudia quelques secondes.

— Pour être franc, mademoiselle Brown, vous n'êtes pas du tout mon genre.

Elle sursauta, ne sachant pas si elle devait se sentir insultée ou soulagée. Mais, curieusement, elle éprouvait quelque chose qui ressemblait à de la déception. Qui était-il pour la traiter aussi grossièrement, cet individu qui l'accusait des pires maux et envahissait sa voiture sans y être invité ?

— Vous êtes trop petite, dit-il. Et je ne suis toujours pas convaincu que ces chiens ne sont pas à vous. De plus, je vous rappelle que j'ai demandé à Anne de prévenir Ray, de la RSPCA, ainsi que notre policier, Terry Foot, qui doivent nous retrouver à Fingle Lodge. Vous croyez que je l'aurais fait si je nourrissais de mauvaises intentions à votre égard ?

Il n'avait pas tort, mais elle s'en moquait. Il l'agaçait davantage à chaque mot qu'il prononçait. Moins elle passerait de temps avec lui, mieux elle se sentirait. Elle n'était pas son type ? Tant mieux ! Elle ne voulait surtout pas être le genre d'Alex Morsi, et il n'était assurément pas le sien. Qui d'un peu sensé aurait voulu avoir la moindre interaction avec un individu pareil ?

Elle frissonna. Elle plaignait les pauvres femmes qui lui plaisaient. Il les menait probablement à la baguette entre les murs de sa chambre, en parfait dictateur de boudoir.

Son cœur bondit tandis qu'une image de cet homme nu au sourire suffisant lui traversait l'esprit. Elle s'empressa de la chasser, attribuant cette pensée incongrue au stress des derniers mois combiné au parfum troublant de son après-rasage. Sinon, comment expliquer ses inquiétantes et folles pensées pour un inconnu qu'elle n'appréciait pas ?

— Maintenant qu'on a géré vos angoisses, on y va ? demanda-t-il d'une voix posée.

— Vous êtes vraiment d'une condescendance...

Elle s'interrompit, consciente que ce qui faisait bouillir son sang était plus ses pensées indécentes que l'arrogance autoritaire de cet homme.

— Vous vous sentiriez mieux si je m'asseyais à l'arrière ? demanda-t-il, la fixant de son regard brun intense. Pendant que nous nous chamaillons, le propriétaire des chiens risque de revenir à la grange et de découvrir que la chienne et ses chiots ont disparu.

Elle le fusilla encore quelques secondes du regard, puis céda. Pour le bien-être des chiens, elle pouvait faire l'effort de tolérer ce déplaisant personnage.

Sans un mot, elle attacha sa ceinture, démarra et sortit du parking en marche arrière.

C'était la première fois de sa vie qu'elle avait envie de faire physiquement du mal à quelqu'un. Même le comportement de son ex ne lui avait pas inspiré des émotions aussi brutales. Quand elle l'avait surpris dévêtu, en pleins ébats avec une autre femme, elle s'était simplement sentie stupide. Pour être honnête, elle avait été plutôt soulagée d'avoir une bonne raison d'annuler leur mariage, heureuse d'échapper enfin au piège où elle s'était bêtement fourrée.

Elle avait compris son erreur quelques semaines après leurs fiançailles et, les jours passant, elle avait eu de plus en plus de mal à s'extirper de ce guêpier. Elle n'avait pas eu le temps de s'habituer à sa bague de fiançailles que la réception avait été programmée, les traiteurs payés, les invitations lancées.

Agrippant le volant, elle suivit les instructions d'Alex pour se rendre à Fingle Lodge et, concentrée sur la route de campagne qui serpentait entre les arbres, elle garda le silence.

— Prenez à gauche au prochain virage, dit-il.

Distraite par sa voix, elle lui jeta un coup d'œil et remarqua ses grandes mains. Des mains compétentes, qui sauvaient des vies précieuses. Puissantes et habiles. Un instant, elle imagina ses longs doigts glissant sur son corps et caressant sa peau sensible, la taquinant de leur frôlement sensuel...

Elle freina un peu brutalement et immobilisa la voiture devant la propriété de sa marraine. Il était temps qu'ils arrivent.

Coupant le moteur, elle déglutit et chercha la poignée de la portière. Elle était en train de perdre les pédales. Il fallait vraiment qu'elle se ressaisisse si elle ne voulait pas se ridiculiser complètement.

Alex fut lui aussi soulagé de quitter l'habitacle exigu de la Mini. Les véhicules anciens avaient peut-être du charme mais, comparés aux voitures récentes, ils manquaient du confort le plus élémentaire.

Cela dit, ce n'étaient pas l'absence d'options ni la mauvaise suspension qui lui avaient rendu le trajet inconfortable. S'il avait passé une seconde de plus près de la fougueuse Kiki Brown, il aurait eu un geste déplacé. Il l'aurait touchée, par exemple.

Claquant la portière, il frotta sa mâchoire rendue râpeuse par une barbe de trois jours.

Jamais il n'avait éprouvé une telle envie de toucher une inconnue – particulièrement une femme dont il se méfiait. En réalité, il n'avait pas touché de femme – inconnue ou non – depuis des mois. Il fallait peut-être qu'il remédie à cela s'il ne voulait pas avoir des pulsions bizarres avec des étrangères.

Il n'avait pas menti en prétendant que Kiki n'était pas son genre. Sa préférence allait aux grandes femmes minces et flegmatiques. Tout le contraire de Kiki Brown. Elle lui arrivait à peine à l'épaule, et ses formes voluptueuses cachaient des secrets que seule une exploration intime était susceptible de révéler. En outre, il était clair qu'elle se laissait dominer par ses émotions.

Il lui jeta un regard en coin, et son bon sens l'enjoignit de l'ignorer. Il suivait en temps normal ses conseils, mais quand Kiki ne râlait pas ou ne proférait pas de silencieuses menaces, ses yeux bleus étaient empreints de tristesse. Quelqu'un avait blessé cette femme. Gravement.

Le front plissé, il se gratta de nouveau le menton, ses ongles courts crissant sur sa barbe. Pourquoi se souciait-il d'elle ? Il était là pour sauver ces chiens maltraités. Kiki Brown n'était qu'un témoin dans cette triste histoire.

— C'est la grange ? demanda-t-il en désignant la bâtisse.

— Oui.

Elle le précéda sans vérifier s'il la suivait. Elle était à l'évidence encore contrariée qu'il soit monté dans sa voiture, mais il n'avait ni le temps ni l'envie de se soucier de ses blessures d'amour-propre. Il allait régler le problème, regagner son cabinet, et avant la fin de la journée, cette femme et les sentiments déplacés qu'elle lui inspirait ne seraient plus qu'un souvenir qu'il s'efforcerait d'oublier.

— Ces chiens sont là depuis quand, d'après vous ?

— Aucune idée, répondit-elle en haussant les épaules. Mais la couche de crasse sur le sol et dans les cages est épaisse.

Les lèvres pincées de dégoût, il imagina le choc qu'elle avait éprouvé en découvrant les chiens. Il avait déjà vécu des situations analogues, plus déchirantes les unes que les autres, causées par le cynisme et la cupidité des hommes.

— Ça va s'arranger pour eux, à présent, dit-il.

Instinctivement, il tendit la main pour lui effleurer l'épaule. Elle se raidit et lui jeta un regard noir. Il retira sa main, regrettant son geste innocent.

Génial. Elle allait le prendre pour un prédateur sexuel en plus d'un tueur potentiel, maintenant. Dieu merci, il en avait fini avec les femmes. Il n'avait jamais eu de chance avec elles, et aujourd'hui, ses capacités de séduction étaient aussi corrodées et inefficaces qu'un vieux couteau rouillé.

Une demi-heure plus tard, l'agent de police Foot rejoignait Kiki et Alex qui patientaient devant la grange. Ray, l'employé de la RSPCA, et lui avaient fini d'explorer la pièce où les animaux avaient été enfermés.

— Vous pouvez emmener les chiens, Alex, dit le grand homme chauve, les pouces dans sa ceinture. Nous avons pris des photos et relevé tous les indices utiles.

Alex acquiesça, mais s'attarda quand le policier se tourna vers la jeune femme.

— Alors, vous dites que cette propriété est à votre marraine.

— Oui, répondit-elle. Mais elle ne l'occupe plus depuis que son mari est mort dans un accident de bateau.

— Vous veniez voir dans quel état elle était ?

— En fait, je vais m'installer ici pour quelques mois. Ma marraine envisage de vendre la maison, et j'ai accepté de la rendre un peu plus habitable et de nettoyer le jardin.

— Vous comptez rester seule ici ? demanda Foot.

Alex tiqua. Le flic aurait dû se soucier du délit pour lequel il était là plutôt que de se préoccuper des projets de Kiki.

— Oui, dit-elle.

— Mauvaise idée. Ceux qui ont laissé ces animaux là font peut-être partie d'une bande, à moins que ce soient des opportunistes qui profitent que la demeure soit inoccupée pour s'y livrer à leurs activités illicites. En tout cas, ce sont des criminels sans cœur, et je doute qu'ils apprécient d'avoir perdu leur business juteux à cause de vous.

— Vous voulez dire qu'elle est en danger si elle reste ici ?

L'agent de police Foot hocha la tête.

— Il vaut mieux que vous ne soyez pas seule, dit-il à Kiki. Une amie pourrait venir quelques nuits ? Un petit ami ?

— Je viens de passer un an en Alaska, et la plupart de mes amis sont à Londres, répondit-elle.

— D'où les baleines sur vos bottes ? fit Alex à voix basse.

Que s'était-il passé là-bas pour qu'elle rentre en Angleterre s'installer dans la maison délabrée d'un domaine à l'abandon ? La souffrance qu'il avait vue dans ses yeux avait-elle un rapport avec son retour ?

— Vous accepteriez de passer quelques nuits ici, Alex ? demanda le policier.

— Moi ? dit-il, stupéfait, et guère enchanté par cette idée.

— Messieurs, je n'ai pas besoin d'un protecteur, protesta Kiki. Je suis parfaitement capable de m'occuper de moi. Et j'ai un portable pour appeler la police si quelqu'un pénètre dans la propriété.

Foot poussa un soupir.

— Il nous faut au moins vingt minutes pour arriver. Je ne veux pas vous inquiéter, mais il peut se passer beaucoup de choses durant ce laps de temps.

Alex s'impatientait, ils avaient perdu assez de temps.

— Je peux rester jusqu'à ce que tout danger soit écarté. Espérons que ces voyous iront ailleurs quand ils verront que nous avons découvert leurs magouilles.

— Bien, dit le policier, manifestement satisfait. Content que ce soit réglé. Je dois regagner le commissariat, maintenant.

— Mais..., bredouilla Kiki.

— Je vous tiens au courant. Je crains que nous ne sachions jamais qui est derrière tout ça, mais ne vous inquiétez pas. Vous pouvez faire confiance à Alex pour vous protéger.

Ray vint les rejoindre.

— Plus tôt nous conduirons ces pauvres chiens au cabinet, mieux ce sera. Ils ont besoin d'un bain chaud et d'un bon repas. Dès que je les aurai déposés, je me mets en quête d'un chenil pour la nuit.

— Je vais faire vérifier les sites de chiens perdus, au cas où ils auraient été volés à leurs propriétaires, dit Alex.

Kiki lui posa la main sur le bras, et il regarda ses doigts pâles sur sa manche comme s'il sentait leur chaleur.

— Vous n'avez pas besoin de rester...

— Mademoiselle Brown, quand je propose mes services, je vais jusqu'au bout. Même si ça n'a rien d'agréable.

3

Kiki aspirait à être seule pour s'abandonner à la mélancolie et se détendre, et voilà qu'on la forçait à partager son nouveau foyer avec un invité indésirable.

Elle aurait dû rester en Alaska. Voir quotidiennement un ex-fiancé obsédé sexuel n'était rien comparé à une cohabitation, même brève, avec un rustre inconnu. Au moins, là-bas, on l'aurait laissée tranquille. Personne n'aurait cherché la compagnie d'une femme qui avait publiquement rejeté un type du coin, aussi goujat fût-il.

Dans son malheur, elle avait de la chance car, après avoir récupéré la clé de la demeure, elle s'était aperçue que celle-ci n'était pas aussi délabrée que sa marraine l'avait laissé entendre. Quelques années auparavant, elle la louait encore à des vacanciers les mois d'été, et si elle avait laissé le jardin à l'abandon, elle faisait régulièrement nettoyer la maison.

La pauvre femme avait été horrifiée d'apprendre l'affreuse découverte que Kiki avait faite dans la grange.

Kiki alla acheter des provisions et, regagnant Fingle Lodge en fin d'après-midi, elle fit le ménage, puis s'installa dans son nouveau logis et, pas vraiment détendue à la perspective de voir débarquer son invité forcé, commença à cuisiner.

Alex Morsi était le contraire d'une agréable compagnie. Borné, autoritaire, il l'empêchait de se concentrer avec sa ténébreuse séduction et son caractère querelleur. Plus vite elle le convaincrait qu'elle n'avait pas besoin d'un garde du corps, plus tôt elle commencerait sa nouvelle vie.

Ils n'avaient rien en commun, en dehors de leur métier. Et elle soupçonnait le Dr Morsi de se considérer très supérieur à une modeste infirmière vétérinaire.

Un coup sonore à la porte la fit sursauter. Elle lâcha la louche qui tomba dans la casserole et lui aspergea les doigts de soupe de carottes brûlante. Elle jura et ramassa un torchon.

Suçant la brûlure, elle s'engagea dans le couloir et s'essuya les mains avant d'ouvrir la porte.

Alex Morsi se tenait sur le seuil, portant un sac de voyage d'une main, une cage de l'autre. Il portait une capuche noire sous un blouson de motard en cuir élimé. Son jean délavé mettait ses longues jambes en valeur, et des bottes noires éraflées complétaient sa tenue, décontractée mais élégante. Il savait s'habiller.

Elle regretta d'avoir gardé la salopette rose sale et le grand pull gris qu'elle avait mis pour faire le ménage. À côté de Mr Top model, elle avait l'air d'une clocharde.

Résistant à l'envie de lui claquer la porte au nez, elle s'effaça pour le laisser entrer.

— Vous avez amené de la compagnie ?

— Nix est un lapin bélier nain. J'espère que ça ne vous gêne pas ? Ce n'est pas un bavard, il se contente d'agiter le nez et de taper du pied. Il adore les feuilles de laitue et évite le chou, sur les conseils avisés de son docteur.

Le trait d'humour faillit arracher un sourire à Kiki, mais pas question de le laisser croire qu'elle s'était radoucie.

— Je serai franche. Je ne veux pas de vous ici. Mais puisque vous êtes là, je m'accommoderai d'une situation que j'ai acceptée à contrecœur.

Les commissures de la bouche d'Alex frémirent, ses yeux bruns pétillèrent.

— Je ne me rappelle pas que vous ayez accepté. En revanche, vous avez protesté.

— À juste titre, répondit-elle, croisant les bras. On n'est plus au Moyen Âge, une femme peut se débrouiller seule.

— Je ne le conteste pas, mais Nix et moi n'avions rien de prévu pour la soirée, répondit-il calmement. Et j'ai toujours voulu voir l'intérieur de cette maison. Je me promène parfois dans le coin en me demandant pourquoi elle est inoccupée.

L'irritation de Kiki baissa d'un cran.

— Elle contient trop de douloureux souvenirs pour ma marraine. Son mari et elle y ont vécu trois ans, et depuis qu'il est mort près d'ici dans un accident de bateau, elle n'a plus voulu y revenir. Elle dit que son cœur restera toujours dans le Dorset, même si elle vit dans le Kent.

— C'est triste.

— D'autant qu'elle ne s'est jamais remariée. Elle prétend que son cœur est mort avec lui et qu'elle ne pourra plus jamais aimer.

— Dommage qu'un si bel endroit n'ait pas connu l'amour et le rire depuis tant d'années. C'est presque un péché.

Elle le fixa, surprise par ce commentaire.

— Voilà une remarque bien sentimentale.

— De la part d'un type comme moi ? dit-il en haussant un sourcil. Je vous ai fait une horrible impression, hein ?

— Eh bien...

Se vexerait-il si elle lui avouait que le mot « rustre » lui venait à l'esprit chaque fois qu'il ouvrait la bouche ?

— Vous devez penser que vouloir fonder une famille est une prérogative féminine ? Eh bien, sachez que les hommes peuvent aspirer à ces choses, même s'ils répugnent à l'admettre.

— Je sais. C'est juste...

Désirait-il sincèrement fonder une famille ou était-ce seulement une idée romantique ? Bien des hommes prétendaient le vouloir et refusaient d'affronter la réalité quand elle n'était pas conforme à la perfection espérée. Alors ils abandonnaient leur famille et retentaient l'aventure avec une autre femme jusqu'à réaliser leur rêve, indifférents aux cœurs blessés et aux vies brisées qu'ils laissaient derrière eux.

— Vous m'en croyez incapable ? dit-il. Rassurez-vous, vous n'êtes pas la première. Les gens me prennent souvent pour un don juan, simplement parce que cette société futile me juge irrésistible aux yeux des femmes.

— Et vous ne l'êtes pas ? demanda-t-elle, sceptique.

Avec son beau visage, il devait attirer les femmes. Partager un dîner aux chandelles avec Alex Morsi devait en combler plus d'une.

Il secoua la tête en riant.

— Je ne saurais même pas comment m'y prendre. En réalité, je suis trop vieux jeu pour la plupart des femmes.

Elle fronça le nez. La croyait-il naïve au point de le prendre pour un gentil dans un monde de brutes ? Les hommes donnaient une certaine image d'eux-mêmes, mais se montraient sous leur vrai jour dès qu'ils commençaient à s'ennuyer dans une relation. D'après son expérience, ce n'était qu'une question de temps avant que leurs belles paroles se révèlent n'être que des mensonges.

Elle se détourna avec irritation. Qu'importait qu'il soit ou non ce qu'il prétendait être ? Les hommes ne l'intéressaient pas. Elle voulait seulement trouver un poste dans un cabinet vétérinaire de la région et se poser quelque temps.

— Je dois regagner la cuisine. J'ai une casserole sur le feu.

Elle s'engouffra dans l'étroit couloir. La réconfortante odeur de soupe qui flottait dans la maison lui rappela pourquoi elle avait décidé de rentrer en Angleterre. Son terrible mal du pays et son envie de retrouver un environnement familier étaient devenus trop lourds à supporter.

Elle ne s'était jamais sentie à l'aise en Alaska. Comme si son subconscient savait qu'elle n'y serait jamais chez elle. Sans doute son cœur aspirait-il simplement aux vertes prairies et au parfum salé de la côte anglaise.

— Chouette, dit Alex en la rejoignant dans la cuisine.

Son estomac gargouilla.

— Vous avez faim ? demanda-t-elle, souriant malgré elle.

— Un peu. Je n'ai rien avalé depuis le petit déjeuner.

Elle sortit deux bols en faïence d'un vieux placard en pin. Une rangée de meubles similaires s'alignait sous la fenêtre donnant sur le jardin envahi d'herbes folles. Contre un autre mur se dressait un buffet ancien en noyer probablement aussi vieux que la maison.

Elle ne tenait pas à la compagnie d'Alex, mais pas question d'être impolie. Le convier à partager le repas relevait du simple savoir-vivre.

— Il y en a assez pour deux, si vous en voulez.

— Merci. Je peux installer Nix quelque part ?

Elle lui désigna le cellier, près de la porte du jardin.

— C'est vide et propre. Il a besoin de médicaments ? C'est pour ça que vous l'avez amené ?

— Non. Il y a quelques années, une petite fille est venue au cabinet et m'a supplié de le garder parce que ses parents s'étaient séparés, et que sa mère projetait de s'installer en Espagne. Elle avait essayé de lui trouver un foyer, mais Nix n'est pas câlin et il a tendance à mordre, dit-il avec un petit sourire. La fillette lui envoie une carte chaque année pour son anniversaire.

— C'est un lapin domestique ?

Il hocha la tête.

— Il n'aime pas être seul le soir. Ça ne vous dérange pas ?

Elle secoua la tête, surprise que ce vétérinaire hautain cache un cœur tendre derrière son arrogance. Il avait adopté le lapin d'une enfant car personne n'en voulait, et il l'avait amené ce soir pour qu'il ne se sente pas seul.

— Non, pas du tout.

Quelques minutes plus tard, Alex avait installé le lapin dans le cellier, laissant la porte entrouverte pour qu'il puisse les voir pendant qu'ils dînaient.

Glissant deux petits pains tièdes sur la planche en bois usée posée sur la table, elle sortit deux cuillères à soupe d'un tiroir. Le cadre n'avait rien d'un restaurant de luxe et il n'y avait pas de chandelles en vue – grâce à Dieu – mais elle espérait qu'ils iraient au bout du repas sans se quereller.

— Je m'attendais à ce que la maison soit plus délabrée, dit-il en jetant un regard autour de lui, s'attardant sur l'évier de majordome blanc et les robinets en cuivre.

Elle lui fit signe de s'asseoir pendant qu'elle remplissait les bols avec la louche, et il prit place en face d'elle.

— D'après Mme Bush, qui gardait les clés et qui habite le cottage bleu un peu plus loin, ma marraine louait la demeure pour les vacances jusqu'à récemment. Elle a besoin d'une bonne couche de peinture et d'un mobilier plus adapté, mais la construction est solide. Il ne faudra pas grand-chose pour en faire un foyer confortable.

— Vous êtes décoratrice ? demanda-t-il avec curiosité.

Elle éclata de rire.

— Non, je suis infirmière vétérinaire diplômée.

Il posa sa cuillère et la regarda fixement.

— C'est vrai ?

— J'ai travaillé plusieurs années dans un cabinet londonien. Quand j'étais lycéenne, j'y avais fait un stage professionnel de deux semaines, et je les aidais après mes cours et les week-ends. Et après le lycée, j'ai su que je voulais travailler à plein temps avec les animaux. J'adorais ça. Mais j'ai passé l'année dernière en Alaska, où je suis devenue chercheuse.

— Intéressant.

Elle baissa la tête. Intéressante, cette expérience à l'étranger l'avait été. Mais le travail était le seul aspect qu'elle avait vraiment apprécié et qui lui manquait aujourd'hui.

— C'était différent… et surtout motivant.

Il porta une cuillerée de soupe à sa bouche.

— Qu'est-ce qui vous a fait rentrer en Angleterre ?

Elle hésita. Il n'était jamais facile d'avouer un échec, en particulier à un inconnu. Comment expliquer qu'elle s'était fiancée à un homme qui n'était pas pour elle ? Qu'elle avait foncé sans réfléchir et s'était retrouvée piégée dans une relation qu'elle ne désirait pas vraiment ?

— La fin d'une relation, dit-elle, haussant les épaules.

— Sérieuse ?

— On était fiancés. Mais il m'est vite apparu que nous ne partagions pas le même engagement. Et je vois maintenant que c'était voué à l'échec. Mais ça appartient au passé. Et vous ? Vous n'avez pas d'alliance, mais beaucoup d'hommes mariés n'en portent pas.

Il détacha un morceau de pain, éparpillant des miettes croustillantes à la surface de sa soupe.

— Non, je ne suis pas marié. Je ne l'ai jamais été. Vous seriez intéressée par un emploi ?

Le brusque changement de sujet la fit tiquer. Alex Morsi n'aimait pas parler de lui. Curieux. Tous les hommes de sa connaissance adoraient s'appesantir sur leur petite personne.

— À votre cabinet ? demanda-t-elle.

Il acquiesça, les yeux rivés sur son bol.

— J'ai récemment perdu un membre de mon personnel, et une personne expérimentée me serait utile.

— Depuis quand le poste est-il vacant ? demanda-t-elle, trempant un morceau de pain dans sa soupe dont l'arôme aillé associé à la douceur de la carotte la fit saliver.

— Pas longtemps, fit-il, vague.

Elle leva la tête. Il ne lui disait visiblement pas tout.

— Pourquoi ce départ ? demanda-t-elle avant d'enfourner le morceau de pain.

— Cette soupe est délicieuse, dit-il, les yeux baissés. Vous l'avez faite vous-même ?

— Pourquoi ne pas répondre à ma question ? Et pour répondre à la vôtre, oui, la soupe est maison. Pourquoi votre employé est-il parti, Alex ?

Il soupira.

— Il y avait incompatibilité d'humeur entre elle et moi.

— Qui est-ce ?

Il était difficile d'avoir une conversation avec cet homme, et elle n'osait imaginer ce que ce serait de travailler à ses côtés. Son personnel le craignait-il ? Ses employés démissionnaient-ils pour ne plus affronter son attitude hautaine et autoritaire ?

Il s'éclaircit la gorge. Prenant un morceau de pain, il prit son temps pour le beurrer.

— C'est important ? demanda-t-il.

Elle s'adossa à sa chaise. Il lui cachait quelque chose, et cela l'intriguait.

— Ça pourrait l'être.

— D'accord, répondit-il de mauvaise grâce. D'après Anne, cette fille trouvait difficile de travailler avec moi.

Amusée par son malaise, elle ne prit même pas la peine de dissimuler son sourire. Il était abrupt et direct, bien des gens devaient avoir du mal à s'entendre avec lui.

— Vous m'étonnez, docteur Morsi...

— Vous comptez me faire souffrir, hein ? dit-il en lui rendant son sourire.

Elle se troubla, prise de vertige. Il était beau quand il fronçait les sourcils, mais lorsqu'il souriait...

— Vous êtes sûr de pouvoir me confier les animaux ? demanda-t-elle.

Heureusement qu'elle était assise, car ses jambes auraient eu du mal à la porter. Que lui arrivait-il ? Plus elle parlait à cet homme, plus ses hormones s'affolaient

— Je regrette les accusations que je vous ai lancées ce matin.

— Encore heureux, dit-elle, souriant pour adoucir ses mots.

Il rit et continua à manger. Le silence n'était rompu que par le ronronnement du réfrigérateur et le tic-tac de l'horloge. Il régnait une atmosphère paisible dans la pièce.

— À propos de ce travail..., dit-elle au bout d'un moment.

Il posa sa cuillère et la regarda.

Troublée par ses beaux yeux, elle frissonna.

— Je vais y réfléchir, déclara-t-elle, détournant le regard.

— Vraiment ?

Hochant la tête, elle se concentra sur son bol, évitant de lever les yeux tant que son cœur n'avait pas retrouvé un rythme normal.

Alex éteignit la lampe de chevet et s'adossa à la tête de lit capitonnée. Même s'ils avaient passé la soirée sans se disputer, l'irritation initiale de Kiki avait fait planer un sentiment de malaise. Il n'était pas plus ravi qu'elle de passer la nuit là. Son studio au-dessus du cabinet n'était pas luxueux, mais, au moins, il dormait dans un lit double avec un bon matelas.

Rabattant les couvertures, il songea à ce qu'il avait appris sur la femme qui avait fait irruption dans son cabinet ce matin, avec l'impression étrange qu'il s'était écoulé bien plus longtemps...

Infirmière vétérinaire sans emploi, Kiki avait récemment rompu ses fiançailles, ce qui expliquait la tristesse qui émanait d'elle.

Était-ce elle ou son ex qui avait rompu ? Leur relation était-elle vraiment finie ou gardait-elle le secret espoir qu'il viendrait la rejoindre en Angleterre pour renouer avec elle ?

Les yeux grands ouverts sur la nuit, il se gratta le torse. Qui savait ce que les femmes pensaient ou désiraient ? Il n'était pas expert en la matière. Les rares relations qu'il avait eues ces dernières années n'étaient jamais allées plus loin qu'un dîner et des rapports sexuels sans lendemain.

Nix remua dans sa cage, content de dormir après avoir galopé plus d'une heure dans le salon... Quand le traître n'était pas blotti sur les genoux de Kiki, doux comme un agneau, contrairement à ses habitudes.

Alex se tourna vers le mur séparant leurs chambres, situées à l'arrière de la demeure. Kiki dormait-elle ou, comme lui, pensait-elle aux événements de la journée ?

Il grogna, refusant de l'imaginer au lit. Dès le lendemain, il trouverait un prétexte pour partir et chercherait quelqu'un pour le remplacer. Sa raison lui soufflait que la fréquentation de cette femme ne pouvait que lui apporter des ennuis.

Soudain la porte s'ouvrit à la volée, et l'objet de ses pensées surgit dans la pièce.

— Vous avez entendu ce bruit ?

Il se redressa, fasciné par le spectacle qui s'offrait à lui. La lumière du couloir dessinait la silhouette de Kiki en courte nuisette rose, et force était de constater qu'elle était tout à fait son genre de femme...

Il déglutit, et son imagination s'enflamma tandis que son regard parcourait ses jambes nues et ses formes exquises sous le voile transparent de la nuisette.

Il remonta les couvertures, mieux valait qu'elle ne voie pas quel effet elle avait sur lui. Il ne manquait plus qu'elle le prenne pour un obsédé sexuel !

Il toussa pour s'éclaircir la gorge, et se détourna à regret.

— Ce sont probablement des souris dans le grenier.

— Non... Dehors, répondit-elle en ressortant à la hâte. Je suis sûre que c'était une voiture.

Il dressa l'oreille, mais n'entendit que les battements précipités de son cœur. Il défiait tout mâle normalement constitué de ne pas être excité par la délicieuse créature qui venait de quitter la pièce. Une réaction normale devant un séduisant corps féminin, après des mois d'abstinence.

Elle reparut et posa les mains sur ses hanches, faisant remonter sa courte nuisette et mettant ses nerfs à l'épreuve.

— Vous êtes encore couché ?

Il ouvrit la bouche, puis la referma. Que dire ?

— Allez... Levez-vous !

Elle essaya d'attraper les couvertures, mais il s'y agrippa, conscient du ridicule de la situation.

— Je peux me lever sans aide, merci.

Elle repartit, éteignant la lumière du couloir et plongeant la maison dans l'obscurité totale. Puis le grincement de la porte du salon se fit entendre.

Jurant entre ses dents, il rabattit les couvertures et s'extirpa du lit. Il ne fallait pas que Kiki s'aperçoive qu'il était incapable de se maîtriser. Au moins, dans le noir, elle ne verrait pas dans quelle fâcheuse posture elle l'avait mis.

Vêtu de son seul boxer-short, il fonça dans le couloir.

— Alex ?

— *Oomph !*

Un mince corps féminin le heurta de plein fouet. Instinctivement, ses mains se refermèrent sur des courbes douces, et il brûla de poursuivre l'exploration.

— Vous allez bien ? demanda-t-il en espérant qu'elle ne sentait pas aussi précisément que lui les moindres courbes de son corps.

Le cri étouffé qu'elle poussa balaya cet espoir. Séparés seulement par un boxer-short et une mince nuisette, leurs corps pouvaient difficilement garder leurs secrets...

— Oui, répondit-elle trop vite d'un ton trop aigu. Je vais bien.

Elle se retourna et disparut de nouveau, telle une nymphe de la nuit venue le torturer, le laissant seul et frustré, avec l'envie de retourner se nicher sous ses couvertures jusqu'au matin.

— Où êtes-vous ? marmonna-t-il.

— Dans le salon... Vite, il y a une voiture dehors.

— C'est peut-être une visite pour votre voisine.

— Nous sommes la dernière maison de la route. Si on va voir Mme Bush, pourquoi venir jusqu'ici ? Surtout en pleine nuit ? La vieille dame doit dormir à cette heure-ci.

Il avança à tâtons dans le noir, heurtant un mur avant que ses yeux s'habituent peu à peu à l'obscurité. Rejoignant Kiki dans le salon, il regarda par la fenêtre. Effectivement, une voiture attendait sur le chemin et une silhouette se dirigeait vers la vieille grange à la lueur de la lune.

Il s'écarta de la fenêtre.

— Restez là.

— Où allez-vous ? demanda-t-elle, faisant craquer le parquet.

— Parler à notre visiteur.

Il courut dans sa chambre chercher son sweat-shirt à capuche, qu'il enfila avant de chausser ses bottes. Il prit son téléphone, qu'il alluma en mode torche, et s'engagea dans l'étroit couloir de la cuisine.

— Vous croyez que c'est prudent ?

Il se retourna et distingua la silhouette de Kiki.

— Prévenez la police et dites-leur que quelqu'un est entré chez vous par effraction.

— Mais... Dois-je venir avec vous ?

— Non. Passez l'appel et restez à l'intérieur.

Il se dirigea vers la porte de derrière. L'intrus allait avoir la réception qu'il méritait. Ce serait la dernière fois qu'il viendrait fouiner à Fingle Lodge.

Déverrouillant la porte, Alex sentit l'air froid de la nuit caresser ses jambes nues. Les gravillons crissant sous ses bottes, il longea le mur de pierre, et il atteignait l'angle du bâtiment quand on lui toucha l'épaule. Tournant sur lui-même, il se trouva devant un visage familier.

— J'ai appelé la police, chuchota Kiki en enfilant son manteau sur sa nuisette, les pieds chaussés de ses bottes en caoutchouc. Ils sont en route.

— Bien. À présent, rentrez, ordonna-t-il.

L'ignorant, elle sortit des gants de laine de sa poche.

— Quel est le plan ?

— Je vais dans la grange, et vous regagnez la maison.

— La grange ? Il faut que je vous accompagne, alors.

Il s'efforça de contenir son irritation. Un individu louche qui n'hésitait pas à maltraiter d'innocents animaux rôdait dans la propriété, et elle refusait d'être raisonnable !

— Kiki, on n'est pas en excursion, là. Le type qui a enfermé les chiens va s'apercevoir qu'on les a pris.

— Sauvés.
— Comment croyez-vous qu'il va réagir ? fit-il d'un ton sévère.
— Ou elle... Ils vont être furieux, c'est sûr.
— Exactement.
— Mais on l'est aussi. Montrons-leur à quel point.
Il l'attrapa par le manteau et lui glissa son téléphone dans la main.
— Prenez-le. Si je dois sauter sur ce type, je ne veux pas qu'il se casse dans la bagarre.
Ils s'approchèrent de la grange et se faufilèrent à l'intérieur. La clarté de la pleine lune illuminait les lieux grâce à une grande ouverture dans le toit, par laquelle on descendait jadis le foin. L'odeur de terre humide et de renfermé piqua les narines d'Alex, qui réprima une envie d'éternuer.
Scrutant l'espace, il vit que la porte de la pièce où les chiens avaient été enfermés était ouverte. Des grognements et des pas traînants se faisaient entendre à l'intérieur.
Kiki donna un coup de coude à Alex.
— Si je ferme la porte, chuchota-t-elle, vous pourrez la bloquer avec quelque chose ?
Il acquiesça. Il avait vu des planches contre le mur.
— À trois, murmura-t-elle. Un, deux, trois...
D'un même élan, ils se précipitèrent et claquèrent la porte, piégeant l'intrus à l'intérieur. Alex coinça une grosse planche contre la poignée pour empêcher toute fuite.
— On a réussi !
Elle lui sauta au cou, se collant contre lui. Il sentit le parfum floral de son shampooing, et sa douceur chaude et si féminine éveilla en lui une faim étrange, inconnue.
À cet instant, le mugissement d'une sirène de police se fit entendre, étouffant les cris qui venaient de la pièce, mais ils ne bougèrent pas. Il resserra ses bras autour d'elle.
— Kiki ?
— Oui, Alex ?
— Ce serait déplacé si je vous embrassais ?

4

— Tu es vraiment le roi des imbéciles, Morsi, marmonna Alex en serrant le volant de sa voiture à s'en faire mal.

Quelle mouche l'avait piqué pour qu'il lâche cette absurde suggestion sortie de nulle part ?

Il ravala un rire amer. Un baiser ? Vraiment ? Quel Casanova. Il n'avait rien à envier à ce vieux chat de Ronny.

Il n'avait pas eu besoin de voir le visage de Kiki pour constater à quel point cette idée la dégoûtait ; elle s'était arrachée à lui avec une rapidité bien assez éloquente.

Une voiture le dépassa, et le bruit du pot d'échappement le tira de ses pensées. Il foudroya du regard les phares qui s'éloignaient dans la nuit. Mais il était seul responsable de son malaise.

À présent il avait juste envie de retrouver son lit et de dormir. D'oublier tout le reste. Depuis que Kiki Brown était entrée dans sa vie, tout son monde était sens dessus dessous.

Il glissa la clé dans la serrure et pénétra dans son studio. Il frissonna en ramassant l'enveloppe bleue sur le paillasson. Reconnaissant l'écriture de son associé, il la fourra dans sa poche. Cela attendrait le lendemain.

Il gravit les marches menant à son petit espace fonctionnel et soupira en se remémorant les derniers événements.

Il n'avait pas traîné, après que la police avait embarqué l'intrus. Prenant la cage de Nix et son sac de voyage, il s'était excusé et avait filé. Il n'avait plus de raison de rester.

En haut des marches, il s'arrêta soudain. À la lumière des

réverbères qui filtrait à travers les voilages du séjour, il sentit que quelque chose clochait.

Il fit un pas et s'immobilisa en captant un son incongru. Pourquoi entendait-il de l'eau couler ?

Il chercha l'interrupteur à tâtons et alluma le plafonnier. D'abord ébloui par la lumière artificielle, il attendit quelques secondes et fixa la moquette bon marché sous ses pieds.

Soulevant le pied gauche, il l'abaissa lentement.

Un bruit de succion.

Il leva le pied droit.

Même chose.

Posant la cage de Nix, il s'accroupit et palpa la moquette. Elle était trempée.

Il avança. Des morceaux de plâtre étaient éparpillés devant la télévision et la bibliothèque, et l'eau ruisselait d'un gros trou dans le plafond. Levant les yeux vers le grenier, il vit qu'elle giclait d'une grande cuve en métal. Le ballon d'eau chaude avait éclaté et détruit une partie du plafond...

Il jura. Quelle catastrophe cette nuit lui réservait-elle encore ?

Il sortit son portable, appela le plombier du cabinet et attendit. Après plusieurs sonneries, il laissa un message et jeta rageusement son téléphone, qui atterrit sur le bureau.

Il alla fermer le robinet d'arrivée d'eau et sortit du placard la shampouineuse, encore dans son carton d'emballage, que sa tante lui avait offerte pour Noël.

Mais avant de s'occuper de la moquette détrempée, il devait installer Nix dans son clapier et descendre voir si le plafond du cabinet n'était pas endommagé.

Dix minutes plus tard, il était de retour chez lui. Heureusement, les sols étaient en béton ; il n'y avait pas de dégâts au rez-de-chaussée.

Il ouvrit le carton de la shampouineuse et fut soudain submergé de lassitude. Il se laissa choir sur le canapé et se prit la tête dans les mains. Chaque muscle de son corps semblait peser une tonne. Devrait-il donc toujours affronter les aléas de la vie sans aide, sans soutien ? Sans personne à qui parler en dehors de ses collègues et des animaux qu'il soignait ? Gérer les tracas quotidiens sans personne avec qui partager ses soucis ?

Il se massa le crâne. Était-ce égoïste de vouloir trouver quelqu'un en rentrant chez soi après une dure journée ? Quelqu'un qui comprendrait son travail et ne se plaindrait pas s'il était appelé en pleine nuit pour une urgence ? Qui, quand il rentrerait à l'aube, l'accueillerait avec une tasse de thé chaud et un sourire endormi, même s'il sentait mauvais et était sale comme un peigne ?

Une femme spéciale, qui apprécierait sa compagnie et aurait envie de ses baisers ? Qui aspirerait à ses caresses et crierait son nom au plus fort du plaisir ? Avec qui il partagerait la baignoire et se querellerait pour des raisons idiotes, disputes suivies de réconciliations lors de brûlants ébats ? Une femme qui le désirerait avec la même passion, la même intensité que lui ?

Une personne bienveillante et tendre... Le mirage d'un rêve inaccessible.

Il se frotta le visage ; il se sentait affreusement seul. Pourquoi était-il si facile pour les autres de réaliser leurs rêves alors que lui avait tant de mal à y parvenir ? Pourquoi était-il incapable de saisir les joies que d'autres s'appropriaient sans effort ?

Fermant les yeux, il prit une grande inspiration. Il n'avait pas le temps de s'apitoyer sur son sort. De quoi se plaignait-il ? Il menait une vie agréable. Il en avait rêvé enfant et avait réussi à atteindre ses objectifs en quittant l'Irlande et ses parents. Il aurait dû se réjouir de son existence calme et paisible.

Le jour de son dixième anniversaire, sa mère lui avait prédit, devant tous ses copains d'école et la famille entière, qu'il serait seul toute sa vie. Il se moquait qu'elle ait vu juste. Mais elle proclamait aussi à chacune de leurs rencontres qu'il était le fils du diable...

Il se leva, sortit la shampouineuse de son emballage, et fronça les sourcils devant les suceurs et les tuyaux. Dédaignant la notice, il entreprit d'assembler les différentes pièces. Plus tôt il réglerait son problème d'eau, plus vite il dormirait. Il penserait à son enfance pourrie un autre soir.

Au moins, il avait un souci de moins. Après son comportement, Kiki Brown n'accepterait jamais son offre d'emploi. Cela lui épargnerait l'embarras de revoir cette trop belle et exaspérante jeune femme...

Le lendemain matin, Kiki, plantée devant l'entrée du cabinet vétérinaire, se demandait si elle ne commettait pas une grave erreur.

Comment accepter le poste alors que son patron avait voulu l'embrasser et s'était enfui avant qu'elle ait pu lui expliquer la raison de son refus ?

Elle grimaça. Elle se sentait tellement coupable. Elle avait réagi comme s'il était contagieux ! Pas étonnant qu'il se soit enfui en bredouillant des excuses, emportant son lapin avec lui.

Une ado timide aurait eu plus de tact qu'elle. Il n'avait probablement jamais rencontré de femme aussi inexpérimentée sexuellement qu'elle. Une authentique vierge coincée, comme la qualifiait son ex quand elle repoussait ses avances envahissantes sous prétexte qu'ils avaient décidé d'attendre le mariage pour consommer leur union.

Elle soupira. Était-il vraiment surprenant qu'il l'ait trompée ? Quelle femme de trente-deux ans n'avait pas eu au moins un ou deux partenaires sexuels ? Elle avait eu des propositions et avait parfois été tentée, mais quelque chose l'avait toujours empêchée de se donner à un homme. De lui confier son cœur et son corps. De s'en remettre à lui.

Pour elle, les hommes étaient tous décevants. La dureté insensible de son père quand il avait quitté sa mère pour une femme plus jeune et son attitude odieuse pendant le divorce n'étaient qu'un exemple parmi d'autres qui étayaient la conviction de Kiki que les hommes étaient foncièrement malhonnêtes, déloyaux, et pathologiquement infidèles.

Refusant de s'attarder sur ces réminiscences, elle se recentra sur Alex Morsi. Le souvenir de la question qu'il lui avait chuchotée la veille lui arracha un frisson, intense mais délicieux. Car même si elle s'était esquivée, elle avait eu très envie de se plaquer contre lui pour l'embrasser avec fougue.

Cette prise de conscience la troublait plus encore que la requête d'Alex. À peine remise de la rupture de ses fiançailles, elle, Kiki Brown, avait aspiré à poser ses lèvres sur celles d'Alex Morsi pour s'abandonner à un baiser torride ! Elle avait voulu, sans hésitation, sans se soucier des conséquences, se donner à un homme qu'elle n'aimait même pas.

Avec un grognement, elle se massa le front pour calmer la migraine qui l'avait tourmentée toute la nuit. Elle avait flotté entre somnolence et délicieux fantasmes. Des fantasmes qui prouvaient qu'elle était une femme dépravée à la moralité douteuse.

Car enfin, aucune femme honnête ne se compliquait la vie en fantasmant sur un inconnu juste après avoir annulé son mariage avec un autre homme. Même si elle avait aimé être dans les bras de cet étranger et apprécié le contact de son corps dur à demi nu contre le sien…

Tant pis si ses bras forts lui avaient donné la sensation d'être fragile et en sécurité pour la première fois de sa vie. Si son souffle chaud à son oreille l'avait fait frissonner et avait affolé son cœur.

Tout cela n'avait pas d'importance, parce qu'elle était la raisonnable et pragmatique Kiki Brown. Elle avait dévoré tous les livres sur les mille et une façons d'aller de l'avant après une rupture, et embrasser un autre homme quelques semaines après une longue relation, même médiocre, figurait en tête de liste des choses à éviter à tout prix. Elle devait se recentrer sur elle, découvrir ses besoins, penser à son bien-être.

Ces ouvrages conseillaient d'attendre avant de commencer une nouvelle relation. Le hic, c'était que sa rupture ne lui avait pas brisé le cœur, car elle n'avait jamais donné le sien à un homme, pas même à son fiancé.

La vibration de son portable l'arracha à ses pensées. Elle avait un SMS d'une amie d'Alaska qu'elle avait oublié d'appeler la veille à cause de cette histoire de chiens.

Son sourire s'envola tandis qu'elle découvrait le message. Elle le relut lentement. Puis une troisième fois, croyant à une plaisanterie.

Mais cette amie n'avait aucun sens de l'humour. C'était donc vrai. Son ex avait épousé la femme dans les bras de laquelle Kiki l'avait surpris : sa voisine, qui s'habillait avec la subtilité d'un travesti, sans aucun sens du style.

Kiki remit le téléphone dans sa poche et déglutit. Seigneur, et si son amie lui envoyait des photos de la noce ?

Ressortant son portable, Kiki la pria d'éviter de lui parler du couple et de lui envoyer des photos. Son ex et leur relation appartenaient au passé, une erreur de jugement qu'elle finirait par oublier.

Elle reporta son attention sur le cabinet vétérinaire. Alex Morsi prétendait être un type bien, mais elle en doutait. Sous cette ténébreuse beauté se cachait le véritable Alex, qui ne tarderait pas à montrer sa vraie nature.

Elle comptait accepter son offre de travail, mais elle lui ferait comprendre qu'elle n'accepterait aucune proposition déplacée. Elle refusait de céder à ses bas instincts. Ils ne partageraient qu'une relation professionnelle et platonique. Plus de défaillances. Plus d'échecs.

Elle n'avait pas besoin d'un homme pour se construire un avenir heureux. Elle ne deviendrait pas comme sa mère, qui avait gâché son existence à attendre un homme qui ne voulait plus d'elle et avait allègrement refait sa vie.

Avec une détermination nouvelle, Kiki inspira profondément et pénétra dans le cabinet. Elle s'arrêta en trouvant le hall d'accueil désert.

— Il y a quelqu'un ?

Elle entendit des rires à l'arrière du bâtiment, et patienta quelques secondes.

— Ohé ? Il y a quelqu'un ? répéta-t-elle plus fort.

Toujours pas de réponse, mais elle perçut des chuchotements. Quelqu'un aurait dû être à l'accueil. Et s'il y avait une urgence ?

Elle scruta le comptoir en quête d'une sonnette, mais ne vit qu'une caisse enregistreuse et des affiches de recherche de chiens perdus.

Au fond, des gloussements retentirent. Curieuse, elle contourna le comptoir et, prenant un petit couloir, tomba sur des femmes qui, groupées devant une porte ouverte, observaient quelque chose. Elle s'approcha en toussotant.

— Excusez-moi ?

Une jeune fille aux cheveux verts se retourna en souriant.

— Je suis à vous dans un instant. J'admirais la beauté inattendue du spectacle…

Kiki fronça les sourcils. Elle ne voyait qu'un mur jaune derrière la fille. Rien de remarquable.

— Est-il possible de parler à Alex Morsi ?

— Il est un peu occupé pour le moment, dit une femme en ricanant.

— Dois-je attendre à la réception ? demanda Kiki.

Personne ne répondit, et la moutarde lui monta au nez. Qu'est-ce que c'était que ce cabinet ?

— Il n'y a personne à l'accueil et je me demandais si le cabinet était ouvert.

La fille aux cheveux verts hocha la tête avec agacement.

— On vient dans une minute.

Kiki s'approcha, intriguée par la cause d'un comportement si peu professionnel. Les femmes s'écartèrent et elle vit l'intérieur de la pièce. Couché sur le côté, un homme dormait sur un brancard, torse nu, le bas du corps couvert d'un drap.

Le souffle coupé, elle promena lentement le regard sur la hanche sexy d'Alex et le long de ses côtes, s'arrêtant sur son épaule. Une toison brune moussait sur son torse et son ventre plat, et un piercing attirait l'attention sur son mamelon.

Alex incarnait la beauté masculine dans toute sa splendeur. Elle ne résista pas à l'envie de le contempler.

— Il y a une éternité que je n'ai pas admiré un aussi beau mâle, dit Anne, la femme qu'elle avait croisée la veille.

Kiki essuya ses paumes moites sur son pantalon.

— Pourquoi il dort là ? demanda-t-elle à voix basse.

— Il m'a appelée hier soir pour me dire que le ballon d'eau chaude de son appartement avait éclaté. J'imagine qu'il n'a pas voulu rester tant que ça n'avait pas séché.

— On ne devrait pas le réveiller ? demanda Kiki. Je n'aimerais pas qu'on bave devant moi à mon insu.

— Et vous avez raison, dit Anne en souriant. Mais peu d'entre nous ressemblent à des apollons dans leur sommeil...

Alex remua, comme s'il se sentait observé. Il grogna, et ses paupières ourlées d'épais cils noirs battirent plusieurs fois avant de s'ouvrir. Pendant quelques secondes, il les regarda fixement en silence, puis se dressa d'un bond.

— Qu'est-ce que... ?

Troublée par sa voix rauque, Kiki sentit des frissons lui parcourir tout le corps. Comment allait-elle rester distante et compétente en présence de cet homme alors que son timbre de voix si sensuel la faisait déjà trembler comme une feuille ?

— On ne voulait pas vous réveiller, dit Anne d'un ton d'excuse. Vous étiez trop mignon.

Il foudroya l'assistance du regard.

— Au travail, mesdames !

Le groupe se dispersa, il ne resta plus que Kiki et Anne.

— Kiki ? fit Alex.

Se forçant à détourner les yeux de son corps de dieu grec pour regarder son visage, elle esquissa un sourire gêné.

— Je... Je suis venue vous parler du poste... que vous m'avez offert hier, bafouilla-t-elle. Mais si le moment est mal choisi, je peux revenir plus tard.

Anne se tourna vers elle.

— Je peux peut-être faire votre entretien d'embauche.

Hochant la tête, Alex, inconscient de son charme ravageur, passa les mains dans ses boucles brunes.

— Volontiers. Kiki est infirmière vétérinaire diplômée.

— Vous pouvez commencer quand ? demanda Anne.

Kiki haussa les épaules.

— Immédiatement ?

— Bonne réponse. Vous savez faire des soins dentaires à un chat ?

— Je l'ai déjà fait plusieurs fois. Vous voulez mon CV ?

— Alex veut que vous travailliez ici, c'est tout ce que j'ai besoin de savoir. Vous devez avoir de sacrées références.

Kiki ne saisit pas bien ce qu'elle entendait par là. Elle sortit son CV de son sac et le lui tendit.

— Je pense que vous devriez le lire quand même.

— Vous et moi allons bien nous entendre, je le sens, dit Anne en souriant. Suivez-moi, je vais vous trouver une tenue.

Avant de sortir, Kiki regarda Alex encore mal réveillé.

— Alex ?

— Oui, Kiki ?

— Vous avez un tatouage très intéressant sur le bras.

Il s'empourpra, ce qui ajouta à sa séduction.

— Merci...

Elle sortit en riant. Cet homme était plein de contradictions. Mais un homme avec un lévrier noir tatoué sur le bras ne pouvait pas être si mauvais que ça.

5

Par-dessus son masque chirurgical, Alex fusilla du regard la femme qui s'agitait allègrement en salle d'opération. Si Anne n'arrêtait pas de sourire bêtement et de fredonner, il allait la virer. Et il lui suturerait la bouche pour la faire taire.

Il s'était douché, habillé, et il avait à peine avalé une barre de céréales que cette femme agaçante faisait irruption dans son bureau en brandissant le CV de Kiki pour lui annoncer qu'elle avait trouvé sa nouvelle infirmière en chirurgie.

Alex détestait le changement. Son infirmière chef aurait dû le savoir, après tant d'années de collaboration. Il avait surtout horreur qu'on se passe de son avis avant de modifier les choses. Surtout quand cela concernait une femme qu'il préférait éviter. Mais par la faute d'Anne, il était condamné à travailler auprès de Kiki, qu'il le veuille ou non.

Les mâchoires serrées, il ignora les deux femmes qui s'affairaient autour de lui et prit un scalpel. *Pourquoi* avait-il offert un poste à Kiki ? L'embauche du personnel était du ressort d'Anne, mais pendant le dîner, la veille, il avait parlé sans réfléchir, se fourrant dans cette situation calamiteuse par sa propre stupidité.

Et où cela l'avait-il conduit ? Ici, où il était en train de retirer une grosse masse sous-cutanée de la patte arrière d'un colley en remettant sa santé mentale en question.

Il se comportait comme un imbécile chaque fois qu'il passait plus de quelques minutes en compagnie de sa nouvelle infirmière. Elle portait la blouse chirurgicale bleue, la charlotte et le masque réglementaires avec l'allure d'un mannequin en lingerie sexy, éveillant en lui des sensations des plus importunes dans le cadre du travail.

Il devait se ressaisir. Il avait déjà fréquenté de jolies femmes, une de plus ne l'affecterait pas. S'il restait concentré sur son job, il remarquerait à peine sa présence.

Ouais. Ça semble marcher du tonnerre !

Malgré l'équipement chirurgical, l'éclairage scialytique et les odeurs chimiques, elle imprégnait la pièce d'une féminité troublante, et il détestait cela. Dieu, qu'il détestait cela !

Il voulait retrouver la calme monotonie de sa routine quotidienne. Il haïssait ses pensées chaotiques, ses questions, ses doutes. Il se moquait de ce que pensait ou faisait Kiki, une employée comme une autre. Et elle se lasserait vite de ses manières. Les femmes s'en lassaient toujours.

— Thorne travaille demain ? demanda Anne. Sur le tableau de service, il figure dans l'équipe de l'après-midi.

Alex positionna le scalpel et fit une incision rectiligne au-dessus de la grosseur avant de répondre.

— Il doit prendre le dernier ferry de l'île de Wight ce soir, si le temps le permet.

Son associé était allé rendre visite à sa femme, mais Alex le soupçonnait surtout de l'éviter. La lettre reçue de lui la veille stipulait clairement qu'après cinq ans de collaboration Thorne voulait mettre fin à leur partenariat et partir vers d'autres horizons.

Alex s'y attendait un peu depuis qu'il avait appris la liaison désastreuse de Thorne avec une femme de la région. Les potins circulaient vite dans une petite ville et ils avaient rapidement franchi les portes du cabinet.

— Vous savez comment s'est passé son voyage ? dit Anne.

— Thorne West est mon associé, dit-il à Kiki, manifestement perplexe. Il est en congé depuis deux jours.

— Il vit dans l'île ? demanda-t-elle. J'ai une cousine qui y passe tous les étés. Elle adore l'endroit.

— Non, répondit-il, il passe la plupart de son temps ici, mais sa femme gère une ferme dans l'île de Wight. Son couple traverse une mauvaise passe et il a pris quelques jours pour régler leurs problèmes.

— Son mariage est condamné car sa femme refuse de quitter ses chèvres et ses vaches, dit Anne avec mépris. Thorne aurait plus de chances de la retenir s'il avait des cornes, comme ces taureaux de concours qu'elle élève.

Alex ne le contesta pas. Le couple avait eu des hauts et des bas, mais ces temps-ci, ils semblaient baisser les bras.

— C'est à se demander si ça vaut la peine de se marier, dit Kiki en rencontrant le regard d'Alex.

Il crispa les doigts sur le scalpel, mieux valait traiter par le mépris le trouble qui s'emparait de lui chaque fois que leurs regards se croisaient. À son âge, il aurait dû être capable de maîtriser les réactions de son corps.

— Et si l'amour existe vraiment, fit-elle.

Il comprenait son scepticisme. Tant d'années passées à supporter les disputes de ses propres parents l'avaient longtemps dégoûté du mariage. Leur union n'avait été qu'un combat entre deux volontés adverses, une suite de piques empoisonnées, chacun étant plein de haine pour l'autre et pour le fils qui les avait involontairement enchaînés l'un à l'autre.

— Oh ! ça peut en valoir la peine, quand deux personnes sont prêtes à travailler sur la relation, répliqua Anne. Mais les unions longue distance sont vouées à l'échec. Une femme veut un homme contre lequel se blottir la nuit. Sur qui s'appuyer, et à qui se plaindre quand elle a eu une mauvaise journée. Un compagnon, pas un partenaire qui vient lui rendre une petite visite quand il se sent coupable ou a besoin d'argent. Et Lise est très douée pour manipuler Thorne quand elle a envie de le faire souffrir.

— Elle n'est pas si mauvaise, protesta Alex.

Anne ne connaissait pas toute la vérité derrière le mariage de Thorne, elle ignorait ses nombreuses aventures. Épouser très jeune un homme extraverti, ambitieux et plus âgé qu'elle avait dès le début créé des problèmes à la timide Lise. Ils avaient simplement épousé la mauvaise personne. Comme beaucoup de couples malchanceux.

Il se recentra sur l'opération et prit son temps pour séparer la grosseur des tissus voisins. En silence, Kiki et lui travaillèrent jusqu'à ce que la masse excisée finisse dans un flacon destiné à l'histopathologie. Kiki débarrassa la table d'opération des instruments et des compresses sanglantes, après les avoir comptées. Ses gestes étaient sûrs et précis, elle connaissait son métier.

— J'ai cru comprendre que vous aviez besoin d'un volontaire samedi matin ? demanda-t-elle.

Ne sachant que dire, Alex referma et pansa la blessure. Il devait examiner plusieurs chevaux dans un haras de la région. C'était plus facile pour un vétérinaire d'y aller le week-end qu'un jour de semaine.

— Je serai heureuse de vous aider, si les autres ont des projets ce week-end, dit-elle comme il ne répondait toujours pas.

Il la dévisagea, cherchant un prétexte pour décliner sa proposition. Il pouvait travailler avec elle au cabinet en présence des autres employés, mais être seul avec elle lui semblait dangereux. Elle le perturbait, ce qui faisait d'elle une menace. Il perdait tout son bon sens, et l'attirance prenait le dessus, le transformant en ado chamboulé par ses hormones.

— Un employé du haras peut m'aider, si besoin est, dit-il.

— Vous ne voulez pas de mon aide ? demanda-t-elle, les sourcils froncés, en continuant à ranger.

— Bien sûr qu'il a besoin de vous, dit Anne du fond de la salle. Ils sont toujours débordés au haras, le week-end, entre les propriétaires et les acheteurs potentiels qui viennent voir les chevaux. Et puis, je sais qu'ils veulent qu'Alex jette un coup d'œil à ce bon vieil Horace.

Alex poussa un grognement. Ce cheval était un cauchemar pour un vétérinaire. Hargneux et difficile à dresser, il était hélas aussi l'animal préféré de la fille aînée du propriétaire.

— Ce ne sera pas nécessaire, dit-il avec irritation.

Anne l'ignora et se dirigea vers la porte.

— Il sera ravi de votre aide, Kiki. Je vous inscris sur le tableau pour la visite. J'ai l'impression que vous allez être une bénédiction pour ce cabinet. Alex a bien fait de vous engager.

Le sourire effronté qu'elle adressa à Alex avant de sortir lui donna des envies de meurtre.

Kiki attendit d'être seule avec Alex pour l'affronter.

— Vous refusez mon aide à cause de ce qui s'est passé hier soir dans la grange ? Si c'est le cas, je peux m'expliquer.

Il leva à peine les yeux avant de reporter son attention sur le colley.

— Pendant une opération, je préfère que la conversation soit centrée sur l'intervention. Tout autre sujet devra attendre que nous ayons quitté le bloc opératoire.

Elle rougit et un silence tendu s'installa. Ainsi, elle n'imaginait rien, Alex *avait* un problème avec elle. Elle l'avait soupçonné avant même qu'ils soient au bloc. Il s'était montré courtois et poli devant les autres, pendant qu'ils passaient leur tenue et se lavaient les mains, mais à présent qu'ils étaient seuls, la tension était palpable.

— Je ne vous crois pas, dit-elle doucement.

Il se raidit, mais inclina la tête.

— Libre à vous, mademoiselle Brown.

— Oh ! cessez d'être aussi...

Elle se détourna en soupirant. Ce type aurait rendu folle la plus posée des femmes. Il lui avait demandé s'il pouvait l'embrasser et elle avait hésité avant de répondre ? La belle affaire ! On était loin d'un rejet catégorique.

— Aussi quoi ?

— Aussi pontifiant.

Il n'était pas recommandé d'insulter son patron le premier jour de travail, mais tant pis.

Ne valait-il pas mieux régler le problème avant qu'il s'envenime ? Sinon elle chercherait rapidement un autre emploi. Elle refusait de travailler dans une atmosphère aussi délétère, avec un homme décidé à la tenir à distance pour une mystérieuse raison. Elle n'avait que faire de devenir sa meilleure amie, mais il pouvait se montrer poli quand ils travaillaient ensemble, non ?

— Pontifiant ? répéta-t-il avec une pointe d'accent irlandais rappelant ses origines.

— Oui, Alex, répondit-elle. Vous vous comportez comme un enfant capricieux. Si vous préférez que je ne travaille pas ici, dites-le-moi, j'irai ailleurs. Vous m'avez proposé le poste, vous vous rappelez ?

Arrachant ses gants, il les jeta dans la poubelle.

— Ce n'est pas ça..., dit-il en se raclant la gorge.

Elle ne le laissa pas finir.

— Tout ce que je sais, c'est que depuis mon arrivée ce matin vous semblez ne pas supporter ma présence. Si vous me laissiez m'expliquer pour hier soir, au lieu de vous hérisser comme un chat hargneux...

— Je suis juste... mal à l'aise.

Il ne pouvait pas être plus clair : il regrettait de lui avoir demandé la permission de l'embrasser. Comment expliquer autrement son attitude désagréable ? Redoutait-il qu'elle décide de l'enlacer devant tout le monde ? Qu'elle essaie de le séduire dans une salle de consultation ?

— Mal à l'aise avec moi ? demanda-t-elle.

— Je ne sais pas comment me conduire avec vous. Mais comme nous allons travailler ensemble, nous devrions peut-être oublier que je vous ai demandé...

— ... Si vous pouviez m'embrasser ? dit-elle avec une méchanceté perverse. Et que vous m'avez serrée contre votre corps à demi nu ?

Il s'éclaircit la gorge.

— Oui...

— Bien. Car avant que vous en parliez, je n'y attachais pas d'importance, et franchement, j'avais presque oublié.

Satisfaite de la désinvolture avec laquelle elle avait menti, elle poursuivit le nettoyage de la salle. Il n'avait pas besoin de savoir que toute la nuit elle avait revécu cet instant encore et encore, jusqu'à gémir de frustration et vouloir le rejoindre pour exiger le baiser proposé.

— C'est vrai ? dit-il, les sourcils froncés.

Elle réprima un sourire. Il n'aimait pas entendre que ses tentatives d'approche n'étaient pas inoubliables.

— Si vous voulez oublier ce qui s'est passé – ou plutôt ne s'est *pas* passé —, dit-elle, vous n'avez qu'à être vous-même quand nous sommes dans la même pièce. Sinon les gens vont remarquer quelque chose et commencer à jaser.

— Vous croyez que je devrais ? dit-il sans conviction.

Elle ne put s'empêcher de rire. Il était d'une timidité rafraîchissante, touchante. Non qu'il fût faible ou terne. Chaque fois qu'il oubliait sa réserve, la passion qui couvait en lui devenait manifeste. Et les deux facettes de sa personnalité étaient tellement intrigantes. D'un côté l'Alex raisonnable et détaché, de l'autre l'Alex fougueux avec un piercing au mamelon.

— Je vous jure que mon hésitation n'avait rien à voir avec vous ou votre requête, dit-elle pour être bien comprise. Alors, je vous accompagne samedi au haras ?

— J'apprécierais. Merci.

La porte s'ouvrit et Anne reparut pour emporter le chariot du colley, ce qui mit fin à la conversation. Kiki se tourna vers les instruments utilisés et continua à ranger.

— Alex, Leah a téléphoné à toutes les pensions, à tous les hôtels du coin, il n'y a aucune chambre libre, dit Anne. Elles sont toutes prises à cause du festival du livre cette semaine.

Il arracha son masque.

— Pas une seule ?

— Pas une. Votre cumulus n'aurait pas pu choisir pire moment pour vous lâcher. Si ma fille n'était pas revenue de Nouvelle-Zélande pour les vacances, vous auriez pu loger chez nous. Mais elle et ses deux amies occupent le lit d'appoint et les deux canapés du séjour.

Il écrasa le masque dans son poing serré.

— Bah, je dormirai quelques nuits de plus sur ce brancard.

Concentrée sur sa tâche, Kiki faisait la sourde oreille. Les arrangements d'Alex ne la concernaient pas.

Mais l'installation n'avait pas l'air confortable, lui susurra sa conscience, et elle revit ses pieds dépassant de la civière. Et un mince drap de coton était peu adapté aux nuits fraîches de cette époque de l'année.

— Leah vous propose le canapé de ses parents, dit Anne.

— Ah ? répondit-il avec une grimace.

— C'est mieux que rien.

— J'en doute. Je me contenterai du brancard. Au moins, je n'aurai pas à le partager avec des membres de sa famille.

— Qu'est-ce qui ne va pas chez eux ? demanda Kiki.

— Tout, répondirent en chœur Alex et Anne.

— Dieu sait ce qui arrivera si je passe la nuit là-bas…

— Ils pourraient vous prendre en otage et ne jamais vous libérer, fit Anne avec un gloussement.

— Leah est une fille adorable, mais ses parents sont très envahissants. C'est parfois flippant.

— Je lui dirai que vous avez trouvé un logement pour les prochaines semaines. Mais arrangez-vous pour qu'on ne vous surprenne pas en train de dormir ici.

— D'accord, répondit-il avec soulagement.

Kiki refusait d'écouter la petite voix intérieure qui essayait de la culpabiliser. Alex avait admis ne pas être à l'aise en sa compagnie ; l'inviter à vivre sous le même toit qu'elle, même peu de temps, risquait de faire empirer les choses.

En outre, elle aimait être seule. Elle n'avait vécu avec personne depuis la mort de sa mère, cinq ans plus tôt. La perspective de se trouver nez à nez avec lui au détour d'un couloir la déstabilisait. Et si elle voulait se promener en slip ? Ce n'était pas dans ses habitudes, mais ça pouvait arriver.

Non, décidément, Alex Morsi n'était pas son problème. C'était un adulte capable de prendre soin de lui. Il pouvait passer quelques nuits à la dure.

Mais il t'a proposé un emploi quand tu en avais besoin, lui rappela la petite voix.

Elle se concentra sur son travail. Oui, il lui avait offert un poste, mais il le regrettait visiblement déjà. Cependant, il était resté avec elle pour qu'elle ne soit pas agressée par le criminel qu'ils avaient attrapé ensemble.

Une personne bien aurait au moins proposé une chambre de dépannage. Cela prouverait à Alex qu'elle ne lui portait pas un intérêt personnel. Et elle aurait ainsi la démonstration qu'elle pouvait ignorer cette stupide attirance, tout en renforçant leur lien professionnel. Il suffirait qu'ils voient quelques jours la tête fripée de l'autre au réveil pour oublier leur baiser manqué.

— Le lit de ma chambre d'amis est à vous, si vous voulez, fit-elle avant que son bon sens l'en dissuade. On devrait pouvoir se supporter jusqu'à la fin de vos travaux.

Il hésita, scrutant son visage.

— Parfait ! s'écria Anne. C'est infiniment préférable au canapé des envahissants parents de Leah.

Il sourit, partagé entre le soulagement et l'inquiétude.

— Merci. C'est génial. Pour Nix, bien sûr.

— Bien sûr, dit Kiki. Comme ça, nous n'aurons pas à réunir de rançon pour vous récupérer sain et sauf.

Elle le regarda quitter la pièce avec Anne et le chien. Les mains crispées sur le chariot d'instruments, elle attendit que son cœur ait retrouvé un rythme normal.

Elle allait sans tarder se mettre en quête d'un nouvel emploi. Car si les sourires d'Alex continuaient à lui tourner la tête, une semaine entière de ce régime au travail *et* à la maison la détruirait à coup sûr.

Et c'était inacceptable à ce stade. Sur ce point, ces stupides livres de développement personnel étaient formels.

6

Kiki s'accouda à la clôture et garda les yeux fixés sur Alex qui tenait en longe la jument alezane et la faisait tourner dans la carrière du haras de Merryhome. Le sable blanc volait sous les sabots de l'animal, dont les muscles se mouvaient avec grâce tandis qu'il avançait au pas, puis au trot.

Le personnel du haras avait décelé une claudication chez la jument Brandy. Voulant l'observer en mouvement, Alex avait demandé à Kiki de la faire trotter sur terrain dur pour déterminer quelle jambe posait problème ; il évaluait désormais Brandy sur terrain meuble.

Une bourrasque glaciale balaya la carrière, faisant frissonner Kiki. Elle se pelotonna dans son manteau et pria pour que la pluie qui menaçait attende qu'ils aient fini d'examiner les chevaux. Mais le gris métallique du ciel n'augurait rien de bon.

— C'est une belle jument, n'est-ce pas ?

Kiki tourna la tête vers l'homme aux cheveux gris. À en croire le logo du haras sur son pull vert, il travaillait là.

Elle hocha la tête en souriant.

— Elle semble docile.

— Vous ne voulez pas l'acheter ? Elle est douce, et très intelligente. Et rapide au saut d'obstacles. Un vrai trésor. Hélas, l'ex de ma fille l'oblige à la vendre.

— Je suis là pour travailler, pas pour évaluer les chevaux.

— Vous travaillez avec Alex ? Je vous prenais pour sa petite amie.

Elle reporta son attention sur la carrière. La petite amie d'Alex ? Ils n'étaient même pas amis. Mais elle espérait qu'ils le seraient quand il regagnerait son appartement, d'ici une ou deux semaines. Il lui avait fait comprendre dès le premier jour qu'elle ne l'intéressait pas, et cela lui convenait parfaitement. Une amitié était plus facile à gérer.

— Je l'assiste le week-end, dit-elle en agrippant la clôture glacée de ses mains gelées. Je suis nouvelle.

En ce moment pourtant, elle regrettait de s'être portée volontaire. Elle s'était réveillée avec une migraine et un rhume carabinés, et cette exposition au vent glacial n'arrangeait rien. Elle ne sentait plus ses pieds depuis dix minutes et ses joues prenaient le même chemin. L'hiver s'accrochait, refusant de céder la place au printemps.

— Je m'appelle Fred. Je suis le propriétaire. Vous ne voulez pas adopter un chien ? L'épagneul de ma femme a eu six chiots. J'en ai déjà casé quatre, il m'en reste deux.

Elle adorait les animaux mais sa vie désorganisée l'empêchait de prendre ce genre de responsabilité, d'autant qu'elle ignorait si elle serait encore là dans quelques mois. Elle s'était engagée à remettre la maison en état, mais qui savait ce qu'elle ferait ensuite ? En attendant, elle préférait ne pas prendre d'animal domestique. Elle adorait Fingle Lodge, mais sa marraine voulait le vendre, et Kiki ne pouvait pas payer un dépôt de garantie avec son salaire.

— Non merci.

— Alors, quel est le verdict ? demanda Fred, tournant son attention vers Alex qui venait vers eux.

Impatiente de retrouver l'abri de l'écurie, la jument trottinait à ses côtés. Kiki aurait aimé en faire autant et plonger dans un gros tas de paille pour se réchauffer.

— Elle boite au trot, répondit Alex en flattant l'encolure de Brandy. Et son antérieur droit est chaud et enflé.

— On la soigne comme d'habitude ?

Alex acquiesça et tendit la longe à un palefrenier.

— Pour commencer. S'il n'y a pas d'amélioration d'ici quelques jours, appelez le cabinet, je reviendrai la voir.

— Très bien, dit Fred. Je parlais à votre amie...

Kiki ouvrit la bouche pour protester, mais une violente quinte de toux la plia en deux pendant plusieurs minutes, sous le regard inquiet d'Alex.

Elle se redressa et se moucha.

— C'est un rhume. Leah a beaucoup éternué hier et Anne avait mal à la gorge. Elles m'auront passé leurs germes.

— La grippe fait des ravages cette année, dit Fred. Elle peut être mauvaise. Plusieurs de mes employés l'ont attrapée.

— Ce n'est qu'un rhume, dit Kiki, réprimant avec peine une forte envie de tousser.

Alex fronça les sourcils.

— Vous êtes sûre que ça va ? On a encore plusieurs chevaux à voir, et il gèle. Si vous voulez rentrer, je peux vous appeler un taxi.

Elle refusa, et, à sa grande consternation, le picotement de sa gorge déclencha une nouvelle quinte de toux.

— Je vais bien... franchement.

— Je n'aime pas cette toux, dit Alex.

Elle crut qu'il allait sortir son stéthoscope et l'examiner en plein milieu de la carrière. S'il s'approchait, elle lui enfoncerait son instrument dans la gorge. Sa toux était effectivement caverneuse, mais un rhume ridicule ne l'empêcherait pas de faire son travail.

— Vous vous souciez de ma santé, ou vous craignez que je vous refile mes microbes ?

— Je suis rarement enrhumé, répondit-il, hautain. J'ai un bon système immunitaire. Je ne suis jamais malade.

— Quelle chance vous avez, dit-elle, sarcastique.

— Il est temps d'aller voir Horace, dit Fred, amusé par leur joute. À moins que vous préfériez le voir en dernier ?

Alex grimaça.

— Qu'est-ce qui ne va pas chez ce vieil Horace ?

Fred parut préoccupé.

— Il n'est plus lui-même depuis hier. Il commence à vieillir, et ma fille aînée serait bouleversée s'il lui arrivait quelque chose. Elle a gagné son premier gymkhana avec lui. C'est un peu la mascotte du haras.

— Un problème particulier ?

— Non, j'ai juste l'impression qu'il ne va pas bien. Il a refusé de manger ce matin, ce qui ne lui ressemble pas. Il a renversé son seau à chaque tentative. Un vrai ronchon.

— J'ai appris à me fier à vos intuitions, au fil des ans. Mais je vais avoir besoin de mes dix doigts, alors occupons-nous des autres chevaux avant qu'Horace me les arrache. Prête, Kiki ? demanda Alex, l'air soucieux.

Elle hocha la tête. Elle agita les doigts pour faire circuler le sang dans ses extrémités glacées et tira sur son bonnet gris à pompon pour bien couvrir ses oreilles.

— Allez à l'écurie, Alex, suggéra Fred. Pendant ce temps, je vais préparer le remède spécial de ma mère pour cette jeune dame, histoire de la réchauffer. C'est parfait pour la grippe.

Le geste la toucha. Une boisson chaude calmerait sûrement les frissons et les tremblements irrépressibles qui la secouaient.

— C'est juste un rhume, dit-elle pourtant.

— Ça marche aussi pour les rhumes, lui confia Fred.

Comme il s'éloignait, Alex jeta un regard inquiet à Kiki.

— Vous avez mauvaise mine. Vous tenez à rester ?

— Ça va aller. Il y a des années que je n'ai pas travaillé avec des chevaux. Et puis j'ai hâte de connaître Horace. Ça a l'air d'être un sacré numéro.

— Un vrai démon, oui.

Éclatant de rire, elle fourra les mains dans ses poches en frissonnant.

— À ce point-là ?

— J'ai des cicatrices pour en témoigner. Faites attention à vous. Ce cheval n'est pas sexiste, il mord tout le monde, homme ou femme.

— Je suis vraiment mal fichue, avoua Kiki.

Elle s'éloigna de la camionnette en titubant sur le sentier qui menait à la demeure. Ses bottes clapotaient dans les flaques. L'herbe gorgée de pluie exhalait une odeur de terre et de moisi qui imprégnait l'air de l'après-midi.

Alex la suivit, conscient qu'il devait lui en coûter de l'admettre. La maladie avait eu raison de son courage et de sa détermination.

Elle avait essayé de le cacher, mais, les heures passant, son enthousiasme s'était éteint, jusqu'à ce que ses jambes ne la portent plus et qu'elle ait du mal à tenir les chevaux pendant les examens.

Alex la rattrapa et lui prit le bras pour l'aider à atteindre la porte d'entrée. Elle ne protesta même pas.

— Je le sais, tête de mule, dit-il.

Avec un soupir, elle posa la tête contre son épaule, sans réaliser ce que son geste avait de déplacé.

Glissant un bras autour de sa taille, il baissa la tête jusqu'à ce que leurs joues se touchent. Il ferma les yeux et huma son parfum de fruits mêlé à des relents d'écurie.

— Je suis une professionnelle, docteur Morsi, murmura-t-elle. Comme vous. Je peux travailler même quand je suis malade. Mais là, je me sens un peu...

Il se retint de sourire pour ne pas l'offenser.

— ... Souffrante ? Mal en point ? À l'agonie ?

S'abandonnant contre lui, elle nicha le visage dans son cou, et il sentit son nez gelé et sa bouche froide contre sa peau tiède. La sensation lui plut, et en même temps, il sut que c'était une erreur.

— Oui à chacune des questions. J'ai l'impression que mon crâne va exploser en mille morceaux..., marmonna-t-elle.

L'aidant à éviter une pierre, il l'attira plus près, pris d'une soudaine envie de la protéger. Il ne manquerait plus qu'elle se foule une cheville...

— Une vacherie, cette migraine, dit-il.

— Hum... Mais *vous* la supporteriez probablement.

— Je ne supporte rien ni personne, répondit-il, s'effaçant pour la laisser pénétrer dans la maison.

Il la guida vers l'arrière de la demeure. Dès qu'elle aurait retiré ses vêtements humides, il la mettrait au lit où elle pourrait dormir au chaud le reste de la journée.

— Et votre famille ? demanda-t-elle en posant la main sur son bras. Vous vous entendez sûrement avec eux...

Il eut un sourire amer. Une réaction familière quand il pensait aux siens.

— Pas vraiment. Une année de migraines est une partie de plaisir comparée à une journée avec mes parents.

Elle se tourna vers lui et ses seins doux le frôlèrent. Encerclant sa taille, elle appuya le front contre son torse.

— Vous êtes très confortable...

— Vous serez encore mieux au lit, dit-il doucement.

Il sentait le désir enfler en lui. Il aimait la sentir contre lui, et sa détermination à garder une relation platonique avec elle commençait sérieusement à faiblir.

Il chuchota à son oreille :

— Il est temps d'aller se coucher.

— Ce n'est pas drôle d'avancer comme ça, dit-elle d'un ton plaintif. Je peux marcher à reculons, vous savez. Mais vous avez peut-être envie d'une samba ?

Il rit, soulagé qu'elle s'écarte. Quelques secondes de plus et elle aurait perçu la réaction de son corps de façon tout à fait palpable.

— Vous êtes malade, nous danserons un autre jour.

— Vous avez déjà essayé de danser la samba, Alex ? Et la valse ? demanda-t-elle, se retournant pour lui faire face. Si on gagnait ma chambre en valsant ?

Il sourit, amusé par l'absurdité de la conversation. Trempée jusqu'aux os, malade et ivre, Kiki Brown était absolument adorable.

— Non aux deux questions.

— Vous devriez essayer. Avec la bonne personne, c'est vraiment chouette. Si jamais vous avez envie de danser, dites-le-moi, et je vous le prouverai.

Danser était la dernière chose qu'il voulait faire avec elle. La tenir contre lui mettait suffisamment ses nerfs à l'épreuve.

— Vous avez bu beaucoup de ce grog que Fred vous a préparé ? demanda-t-il.

— Plusieurs grandes tasses. Je ne pouvais pas refuser, il était si gentil. Il jure que le remède de sa mère est très efficace. Du reste, les palefreniers étaient d'accord, mais je ne sais pas trop pourquoi ils riaient...

Refoulant un fou rire, il prit son visage entre les mains et repoussa du doigt les mèches collées à ses joues.

— Le remède de sa mère est du rhum, Kiki.

Elle battit des paupières, le regard troublé.

— Du rhum ? Quel genre de rhum ?

— Le genre alcoolisé.

— Je me demandais pourquoi ça avait un drôle de goût... Je

croyais que c'était quelque horrible tisane. Vous croyez que je ne suis pas malade, mais soûle ?

Il la poussa doucement devant lui.

— Je pense que vous êtes pompette *et* malade. Au lit !

Elle s'alourdit contre lui.

— Je parie que vous dites souvent ça aux filles, docteur Morsi.

Il posa les mains sur ses hanches pour l'empêcher de tituber.

— En fait, vous êtes la première.

Elle s'arrêta et refusa d'avancer.

— Êtes-vous en train de dire que vous n'avez jamais aidé une femme à moitié ivre ou malade à se coucher ? Jamais ?

— Oui.

— Je crois que j'aime être votre première, dit-elle, consentant à avancer. Je me sens spéciale, de savoir que vous n'avez jamais fait ça pour une autre.

— Je m'en réjouis.

Il s'efforça de ne pas visualiser ce qu'il aimerait faire d'autre pour elle. Les après-midi pluvieux étaient parfaits pour faire l'amour dans la tiédeur d'un lit douillet. Il aurait aimé lui retirer lentement ses vêtements humides et sécher chaque parcelle de peau sous la caresse de ses lèvres...

Il ouvrit la porte de la chambre de Kiki. Le grand lit en bois couvert d'une couette fleurie prenait presque toute la place. Un vieil ours en peluche trônait sur un coussin, son pelage usé témoignant des nombreux câlins reçus. Des vêtements étaient accrochés à la porte de la penderie ouverte, et un soutien-gorge rose fuchsia pendait à la poignée.

Il fit asseoir Kiki sur le lit. Ouvrant son manteau, il l'aida à l'enlever et le posa sur le tapis. Il le mettrait plus tard à sécher sur un cintre. Le bonnet détrempé de Kiki rejoignit le reste.

— Vous allez me déshabiller ? demanda-t-elle.

Il déglutit. Il se contenterait d'enlever la première couche et la laisserait terminer. C'était plus prudent.

— Je ne crois pas, non.

— Vous n'aimeriez pas être le premier à le faire ?

Une botte à la main, il se figea, ne sachant que répondre. Le premier à la mettre au lit ? À la déshabiller ? À la voir nue ? Il sentit sa bouche se dessécher.

— Je suis sûr que votre ex l'a déjà fait, Kiki.

Les épaules de Kiki s'affaissèrent et elle soupira.

— Non.

Comment un homme fiancé à une aussi belle femme pouvait-il ne pas vouloir découvrir sa peau délicate sous sa couche de vêtements ? Ils avaient dû avoir des relations intimes pendant leurs fiançailles, non ?

— Il ne l'a pas fait ? dit-il, incrédule.

Elle s'allongea sur le lit.

— Non. Il voulait, mais pas moi.

Alex s'assit à côté d'elle, et scruta son visage.

— Vous ne l'avez pas laissé vous déshabiller ? Jamais ? Combien de temps avez-vous été fiancés ?

— Cinq mois. Nous avons été ensemble sept mois en tout. Et il ne me plaisait pas tant que ça. Tragique, non ?

Il la regarda fixement, ne sachant que dire. Pourquoi une personne drôle et affectueuse comme Kiki avait-elle été fiancée à un homme qui ne l'attirait pas ?

— Mais vous projetiez de vous marier ?

— Oui.

Cette idée déplaisait fortement à Alex. Même si c'était irrationnel et ridicule.

— Vous l'aimiez ? demanda-t-il.

Fermant les yeux, elle se massa le front.

— Seigneur, non. Pas d'amour. Je l'aimais bien au début, mais dès que j'ai accepté de l'épouser, j'ai commencé à le trouver agaçant. Il n'arrêtait pas de me dicter ma conduite. Il a fait les réservations pour l'église et la réception la semaine qui a suivi, et a acheté ma bague de fiançailles sans moi. Il me l'a tendue alors que j'étais en train de vider la poubelle !

Elle ouvrit les yeux et se tourna vers lui.

— Entre nous, elle était vraiment moche. Je déteste les émeraudes. Je préfère les saphirs et les rubis... Il avait une liaison, vous savez.

Les pièces du puzzle se mettaient en place, et chaque nouvelle révélation serrait un peu plus le cœur d'Alex. Cette femme adorable et amusante méritait mieux que des bijoux tape-à-l'œil, de l'infidélité et une relation sans amour.

— C'était un imbécile, murmura-t-il en lui caressant la joue.

— Il a eu de nombreuses liaisons, dit-elle avec lassitude. Je l'ai appris et je me suis sentie insultée. Curieusement, après qu'il fut sorti de ma vie, les gens ont prétendu qu'ils étaient au courant. Ils semblaient même en tirer un certain plaisir.

Alex éprouva une bouffée de haine pour cet homme et ces individus méprisables.

— Vous avez dû souffrir ?

— C'est surtout mon orgueil qui en a pris un coup. En réalité, j'étais contente d'avoir un bon prétexte pour rompre nos fiançailles. Je m'étais comportée comme une idiote en acceptant de l'épouser, tout ça à cause de cette histoire d'horloge biologique avec laquelle on me bassinait. Je crois que j'ai eu peur de ne pas pouvoir avoir d'enfants si j'attendais trop.

— C'est vrai que vous ne l'aimiez pas ?

— C'est pour ça que je lui ai dit oui. Je ne voulais pas finir comme ma mère. Seule et brisée. Mon père nous a quittées quand j'avais treize ans. Il avait une aventure avec une femme de la ville qu'il a mise enceinte. Ma mère ne pouvait plus avoir d'enfants et il a essayé d'avoir le fils dont il rêvait. Il a fait sa valise, vidé le compte bancaire, et nous a oubliées.

— Mais vous étiez sa *fille*.

— Les filles ne valent pas grand-chose, d'après mon père. Ce sont les fils qui transmettent le nom, n'est-ce pas ?

— Il ne vous a jamais rendu visite ?

— Non, répondit-elle, le regard lointain. Je suis allée chez lui une fois, après l'école. Le jour de mes quatorze ans. Ma mère m'avait offert un superbe vélo d'occasion, je l'ai enfourché pour me rendre chez lui et j'ai frappé à la porte. Je n'attendais rien de lui, je voulais juste le voir. J'entends encore le crissement des cailloux sous mes pieds alors qu'il me traînait dans l'allée pour me pousser dans la rue, et le claquement métallique de la serrure quand il a verrouillé le portillon derrière moi. Il m'avait agrippé le poignet si fort que j'ai eu des bleus pendant des semaines.

— Il vous a jetée dehors le jour de votre anniversaire ?

— Il ne voulait pas que sa nouvelle femme me voie, et que son avenir soit terni par les secrets de son passé. Il voulait oublier notre existence, à ma mère et à moi.

— Le salaud...

— Oui, fit-elle avec un pâle sourire en posant la main sur sa joue. Vous voyez, Alex, j'ai appris très jeune que l'amour n'était qu'une fable dont les gens se servent pour justifier leur comportement exécrable et blesser les autres. Le grand amour n'est qu'un mythe ridicule.

— Vous ne croyez pas du tout en l'amour ?

— Non. C'est pour ça que j'ai pensé que ça marcherait si j'épousais un homme que je n'aimais pas. Il ne pouvait pas me blesser vraiment s'il ne possédait pas mon cœur...

— Mais ça n'a pas fonctionné ? dit-il, triste pour elle.

— Parce que mon ex s'entêtait à coucher à droite et à gauche. Je ne veux pas de l'amour d'un homme, mais j'exige qu'il me respecte et me soit fidèle. La prochaine fois, je veillerai à choisir quelqu'un qui croit en la monogamie.

— Pourquoi ne pas rester célibataire ?

— Parce qu'on se sent seul sans personne avec qui partager les jours heureux, les instants de joie. Je veux faire partie de *quelque chose*, même si ce n'est pas parfait.

Elle ferma les yeux. Elle était si adorable, avec ses cheveux hirsutes et son nez rouge, qu'il dut se faire violence pour ne pas la prendre dans ses bras et lui faire oublier son passé.

Il sourit, déconcerté par cette pulsion. Aucune femme n'avait eu cet effet sur lui, et il se sentait désemparé, partagé entre l'envie de partir et le désir de s'allonger près d'elle pour tenter de panser son cœur blessé.

— Il faut vous reposer, maintenant, dit-il tout bas.

Il lui retira son pull, son jean, et s'en tint là.

— Vous êtes plein de zèle, dit-elle comme il remontait la couette sur elle. Vous allez aussi me border ?

Il s'écarta, mais elle lui saisit la main de ses doigts glacés. Il les serra avant de les glisser sous la couette. Pendant qu'elle dormirait, il irait lui acheter une bouillotte.

— Vous voudrez encore m'embrasser, Alex ?

Il savait qu'il n'y survivrait pas. Comme lui, Kiki était marquée par son enfance. Partager avec elle plus qu'une amitié serait forcément désastreux.

— Non, dit-il avec un sourire forcé. Je sais tirer les conséquences de mes erreurs.

— Dommage... Cette fois, j'aurais pu dire oui.

Une vague de désir inattendu le submergea.

— Je crains qu'entre nous les occasions manquées soient préférables. On risque moins d'être déçus.

— Mais c'est moins drôle, fit-elle d'un ton railleur.

— Je ne suis pas drôle, Kiki. Je suis ennuyeux et conventionnel.

Elle sourit avec malice.

— Je pourrais vous initier... Sous votre apparence sage, il y a un lévrier fougueux qui ne demande qu'à bondir pour cavaler autour de la pièce, je le sens.

Il éclata de rire.

— Il est là, bien caché, dit-elle, insistant, le doigt pointé sur son torse. Vous ne croyez pas qu'il a besoin de se défouler ?

Penché au-dessus d'elle, il scruta ses yeux bleus en quête de réponses. Cela valait-il la peine de tenter le diable, ou était-il préférable d'en rester là ? Rien de bon ne pouvait sortir de tout cela. Ils étaient beaucoup trop différents.

— Je préfère apprendre tout seul, dit-il d'une voix rauque.

— Vous n'avez jamais envie de vous abandonner à vos émotions au lieu de laisser votre raison gouverner votre vie ?

— Pas si vous risquez de m'éternuer ou de me tousser à la figure, répondit-il en se redressant. Il est temps de dormir.

— Je ne ferais jamais ça, ce serait dégoûtant, répondit-elle avec un soupir.

Il glissa un mouchoir propre sous son oreiller.

— Je suis d'accord.

— Je vous le redemanderai peut-être quand je n'aurai plus de microbes, murmura-t-elle en fermant les yeux.

Il espérait que non, car il doutait de pouvoir résister.

Il repoussa une mèche humide de son front.

— Dormez, ma douce.

Une demi-seconde plus tard, de légers ronflements troublaient le silence de la pièce. Assis dans le fauteuil près de la fenêtre, Alex regarda Kiki dormir. S'il n'y prenait pas garde, il finirait par commettre une erreur qu'il regretterait toute sa vie.

Kiki Brown ne faisait pas partie de son avenir. Il était inutile de se bercer d'illusions.

7

Assise au bord du lit, Kiki essayait de capter les paroles murmurées dans la chambre voisine. Cinq minutes plus tôt, la sonnerie rock du portable d'Alex avait fait voler en éclats le silence du petit matin.

Elle était déjà réveillée. En quelques jours, elle avait fait provision de sommeil pour des semaines, et elle aimait passer les premières heures de l'aube à penser à l'homme qui dormait dans la pièce voisine. Alex Morsi, son employeur et colocataire, qui lui embrouillait l'esprit et semait le doute dans ses certitudes bien ordonnées.

Un coup d'œil au réveil lui apprit qu'il était 6 heures. Trop tôt pour un coup de fil amical. L'interlocuteur d'Alex devait avoir une bonne raison de l'appeler. Les appels urgents arrivaient directement au cabinet où Thorne – rentré depuis peu – assurait la garde de nuit jusqu'à 8 heures.

Peut-être un parent appelait-il Alex d'Irlande pour lui annoncer une mauvaise nouvelle ? Mais pourquoi téléphoner si tôt alors qu'on pouvait le joindre à son travail ? C'était peut-être un ami qui avait besoin d'un service ? Ou une ex qui voulait bavarder en oubliant égoïstement qu'à cette heure matinale il était encore au lit. Hypothèse détestable...

Mais qu'importait, après tout. Alex et elle étaient amis, rien de plus. Et elle se moquait qu'une de ses ex lui téléphone pour évoquer le bon vieux temps.

Les filles du cabinet affirmaient qu'il ne sortait avec personne, mais elles pouvaient se tromper. Ce n'était pas parce qu'il était discret sur sa vie amoureuse qu'il n'avait pas quelqu'un dans sa vie. À qui il tenait. Avec qui il voulait construire une relation. Une inconnue qui n'était assurément *pas* une petite blonde sentimentalement inapte.

Mais si cette femme existait, Alex ne se serait-il pas plutôt installé chez elle au lieu de loger à Fingle Lodge ?

Agacée par le tour pris par ses pensées, Kiki changea de position sur le matelas. La vie privée d'Alex ne la regardait pas. Même si l'appeler aux aurores était d'après elle une marque d'impolitesse et un manque de considération. Alex réalisait des opérations délicates et sauvait des vies. Il travaillait dur et avait besoin de repos.

Elle brûlait de foncer dans sa chambre pour lui arracher le téléphone et dire au malotru qu'il dérangeait son patron.

Elle dressa l'oreille, maudits soient les épais murs de la maison qui l'empêchaient d'entendre la conversation. Était-ce un faux numéro ? Mais dans ce cas, Alex aurait déjà raccroché.

Elle retomba lourdement sur le lit. Qu'est-ce qui lui arrivait ? Pourquoi était-elle à ce point obsédée par cet homme ?

Pendant une semaine, il avait été aux petits soins pour elle après que son prétendu rhume s'était avéré être une bonne grippe qui l'avait clouée au lit, déprimée et percluse de douleurs. Et maintenant, elle éprouvait le désir de le protéger des casse-pieds et des gêneurs. Cela n'avait aucun sens. Bien sûr, elle était sensible à la beauté d'Alex, dont elle aurait volontiers exploré le corps en détail, mais elle était déconcertée par les émotions inédites qu'il éveillait en elle.

Certes, il lui avait apporté une bouillotte rouge en forme de cœur et l'avait régulièrement approvisionnée en paracétamol, jus de fruits et bouillon de poule. Il l'avait aussi aidée à gagner la salle de bains quand ses jambes faibles ne la portaient plus. Et elle lui était reconnaissante de ces délicates attentions.

Mais cette envie de le protéger était irrationnelle, absurde. Elle comptait rester célibataire durant son séjour dans le Dorset, et cette obsession était inadmissible.

Roulant sur le dos, elle contempla le plafond. Malgré la gentillesse d'Alex et ses égards des derniers jours, elle sentait qu'il gardait ses distances. Probablement à cause des confidences qu'elle lui avait faites cet après-midi pluvieux, à leur retour du haras.

Ils n'en avaient pas reparlé, mais leur relation amicale amorcée au travail était devenue guindée, et le malaise régnait dans la maison. Ils dînaient ensemble, mais il se retirait souvent dans sa chambre dès qu'ils avaient fini la vaisselle.

La voyait-il différemment maintenant qu'elle lui avait avoué ne pas vouloir d'un vrai mariage ? Trouvait-il bizarre qu'elle refuse tout lien affectif avec un homme ?

Son ex avait accepté sans faire d'histoires sa réticence à s'engager sentimentalement. Mais cette relation n'avait pas été une réussite, il fallait l'admettre.

Depuis qu'elle s'était confiée à Alex, son attitude et son comportement avaient changé. Comme s'il n'avait plus envie de tisser une véritable amitié avec elle.

Elle soupira au souvenir de son sourire, quand elle lui avait demandé s'il voudrait encore l'embrasser. Elle n'avait attendu que cela, mais bien sûr l'alcool et la fièvre n'y étaient pour rien.

L'idée de sa bouche sur la sienne embrasa son corps. Elle le désirait mais ne ferait rien pour l'avoir, elle aspirait à une relation basée sur la camaraderie et Alex méritait de rencontrer une femme qui l'aime sincèrement. Ce ne serait pas elle, qui refusait de mettre son cœur en danger.

Elle remonta la couette sur elle en grognant. À l'évidence, son cerveau ramolli par la grippe avait affecté son jugement déjà discutable concernant cet homme. Alex avait clairement montré qu'il ne s'intéressait à elle que comme collègue et colocataire. Et il ne s'était rien passé entre eux.

Pourtant…

Il ne lui était pas indifférent quand il était présent, et son détachement s'évanouissait alors comme par magie, la faisant remettre en question les fondements de sa vie.

Roulant sur le côté, elle enfouit son visage dans l'oreiller de plumes. Mais le parfum de la lessive et du lit tiède ne put la distraire de ses pensées. Elle aurait dû l'embrasser. Agir avec l'impulsivité qui la saisissait souvent quand ils étaient ensemble. Un petit baiser, juste pour satisfaire sa curiosité.

Elle roula sur le dos, enroulant la couette autour de son corps. Les baisers d'Alex étaient probablement détestables, tout en salive, chocs de dents et coups de langue baveuse. Pas vraiment excitants. Autant éviter cette terrible déception.

D'un autre côté, il embrassait peut-être comme un dieu, ensorcelant les femmes sous la caresse magique de ses lèvres et de sa langue, et les laissant pantelantes de désir...

Elle gémit et se mit en position fœtale pour apaiser le désir qui pulsait dans son ventre. Pourquoi se tourmenter en rêvant de ses baisers alors qu'il n'avait aucune envie d'elle ?

Derrière le mur, la voix grave d'Alex se tut, et elle l'entendit ouvrir l'armoire. Repoussant la couette, elle dressa l'oreille, attendit, puis se leva et gagna la porte à pas de loup. Elle l'ouvrit, et le parquet du couloir craqua.

— Alex ?

Il portait un jean délavé et un pull rouille, et ses cheveux étaient hirsutes. Il s'immobilisa, l'air coupable.

— Qu'est-ce qui ne va pas ? demanda-t-elle, frissonnant dans l'air frisquet du matin et serrant les bras autour d'elle pour dissimuler son corps sous la chemise de nuit légère.

Il s'approcha.

— Pardon. La sonnerie de mon téléphone vous a réveillée ?

— J'étais déjà réveillée.

— Des problèmes de sommeil ?

Elle haussa les épaules.

— Au contraire, j'ai trop dormi. Mon horloge interne est déréglée, et ça m'énerve de rester au lit à ne rien faire.

Elle se mit à trembler. Comment réagirait-il si elle se jetait à son cou ? Si elle prenait son beau visage dans les mains et baisait passionnément ses lèvres sensuelles ? Résisterait-il ? Déclinerait-il poliment ses avances ?

— Vous êtes en convalescence, il faut vous ménager.

— Vous partez ? demanda-t-elle, curieuse. Il n'est pas un peu tôt ?

Il fourra les mains dans ses poches.

— On a besoin de moi au cabinet.

Elle réprima un sourire de soulagement. Pas de rencontre clandestine avec une quelconque dévergondée, donc. Aucune femelle ne l'attendait en embuscade, sauf peut-être si elle avait quatre pattes et une queue.

— Un souci ? demanda-t-elle, regrettant de ne pas avoir enfilé son peignoir.

Il se tenait à moins d'un mètre. Un seul pas, et son corps baignerait dans sa délicieuse chaleur virile. Les pointes de ses seins se durcirent à la pensée de son souffle frôlant la peau nue de son décolleté, de ses longs doigts remontant lentement le long de sa jambe...

Elle se força à rencontrer son regard. Son beau visage était marqué par la fatigue et elle maudit l'importun qui avait troublé son repos.

— Thorne a appelé, dit-il. Sa femme a été hospitalisée, il doit partir immédiatement pour l'île de Wight. Je vais le remplacer pour surveiller nos patients en observation.

— Je m'habille et je vous accompagne.

Il posa une main tiède et douce sur son poignet.

— Vous n'êtes pas obligée.

— Vous ne voulez pas que je vienne ?

— Ce n'est pas ça...

C'était ça. Elle le voyait dans ses yeux. Il ne tenait pas à sa compagnie. Quelle faute avait-elle donc commise pour qu'il la repousse ? Avait-elle dit quelque chose sous l'emprise de la fièvre ? Éprouvait-il du dégoût pour une femme capable de se marier sans amour ?

— Je vous ai offensé, Alex ? Ce que je vous ai dit l'autre jour a pu changer votre opinion de moi. Après tout, la plupart des femmes rêvent de trouver le partenaire idéal...

Les doigts qui encerclaient son poignet se crispèrent.

— Je ne vois pas où vous voulez en venir.

— Non ?

— Non, répondit-il, soutenant son regard.

— Vous me trouvez égoïste de vouloir me marier sans amour ? demanda-t-elle, pas très sûre d'avoir envie de connaître la réponse.

Il la lâcha, mais ne détourna pas les yeux.

— Ce que vous attendez de la vie ne me concerne pas.

Elle hocha la tête, déçue.

— En effet. Mais je sens que c'est différent entre nous...

— Vous croyez qu'un mariage sans amour est plus facile et

plus heureux qu'une union fondée sur le sentiment amoureux, l'interrompit-il, péremptoire.

— Effectivement, répondit-elle.

Elle avait eu maintes preuves que l'amour était une perte de temps et d'effort.

— Un mariage sans amour s'appelle une amitié, dit-il.

— Et alors ? Le mariage n'est-il pas basé sur l'amitié ?

— Si, mais il n'y a pas que ça.

— Pourquoi ?

— L'amitié est synonyme de confort et de sécurité.

Enfant, elle avait brièvement connu la sécurité avant que son père l'emporte avec lui, et aujourd'hui, elle aurait aimé retrouver ce sentiment rassurant. Alex avait sûrement une famille heureuse, des parents aimants. Il ignorait ce que c'était qu'être renié, abandonné. Il n'avait pas entendu sa mère sangloter la nuit, ni vu un abîme de solitude dans ses yeux tristes. Il n'avait pas connu la souffrance de savoir que son amour ne suffisait pas à rendre sa mère heureuse.

— Il n'y a pas de mal à se sentir en sécurité, dit-elle.

— Le sentiment de sécurité nous protège du mal et de la peur. C'est un ami familier qui n'exige rien de nous, tout le contraire de l'amour.

— L'amour fait mal et détruit. Il vole notre bonheur, nous prend tout, et laisse en nous un grand vide.

— Ça arrive, répondit-il. Mais c'est aussi une émotion brûlante, passionnée, qui nous galvanise et donne vie à notre existence, réveille notre âme.

— L'amour peut blesser à jamais.

— L'amitié aussi. Mais en combinant l'amitié et l'amour, on a une chance d'atteindre le vrai bonheur.

— Alors vous croyez en l'amour ?

Ils avaient des convictions opposées, et elle se rendait compte avec amertume qu'ils ne seraient jamais d'accord.

— J'en ai envie, répondit-il.

Elle se tourna vers sa chambre. Il n'y avait rien à ajouter.

— Accordez-moi quelques minutes, le temps de m'habiller. Je vais mieux et je ne suis plus contagieuse. Et je m'ennuie à mourir.

Si vous ne m'emmenez pas, je vais arracher l'horrible papier peint du salon, je risque même de casser l'affreuse cheminée carrelée !

Il esquissa un sourire et soupira.

— D'accord, mais je garderai un œil sur vous. Je vous retrouve dehors dans dix minutes.

Elle alla s'habiller. Reprendre le travail allait lui faire du bien. Elle allait pouvoir se concentrer sur des choses importantes au lieu de se demander à longueur de journée si Alex Morsi embrassait bien. Elle n'aurait plus à s'appesantir sur une triste évidence : celui qu'elle voulait avoir comme ami la prenait pour une idiote froide et insensible.

Alex prit le Westie des bras de sa maîtresse affolée et lui gratta l'oreille.

— Très bien, Boo. Allons soigner ces piqûres d'abeilles.

— C'est vraiment nécessaire ? demanda la sexagénaire qui semblait prête à lui arracher le chien et à s'enfuir en courant.

Alex la dévisagea avec gravité.

— Vous aimeriez avoir un pied enflé et douloureux ?

— Heu, non, dit-elle d'un air piteux.

— C'est pareil pour Boo, madame Church. Les chiens qui gambadent dans les buissons de lavande risquent de se faire piquer. Réjouissons-nous qu'il n'ait que quelques piqûres.

— Il adore le parterre de lavande, dit-elle en caressant son chien. Dès que nous avons le dos tourné, il est dedans à renifler partout. On a compris qu'il y avait un problème quand on l'a entendu glapir.

— Vous devriez peut-être transplanter votre lavande dans un grand pot qu'il ne pourrait pas piétiner.

Alex emporta le petit chien, et Kiki posa une main rassurante sur l'épaule de sa maîtresse, dont le cardigan était couvert de poils de chien.

— Ça va aller, Alex va bien s'occuper de Boo. Si vous vous asseyiez ? Je reviendrai vous voir dès qu'on aura fini.

La femme l'agrippa de ses doigts osseux.

— C'est bizarre, vous savez. Il ne gambade que dans la lavande mauve, jamais la variété rose.

Kiki la fit asseoir en riant.

— Quel âge il a ?

— Quatorze ans. On l'a eu bébé, après la mort de notre fille, et, à sa façon, il nous a aidés à surmonter notre chagrin. Ça ne le gêne pas quand je pleure ou que je n'ai pas envie de sortir. C'est un amour. Je ne sais pas ce qu'on ferait sans lui.

Kiki pressa sa main et la laissa pour demander à Leah de préparer une tasse de thé pour Mme Church.

En gagnant la salle de consultation, elle se demanda si sa mère n'aurait pas dû prendre un chien après le départ de son père. Cela aurait peut-être détourné ses pensées de la trahison de son mari et de la lourde tâche d'élever seule leur fille. Elles avaient passé les années suivantes à déménager d'un petit appartement à un autre sans jamais trouver d'endroit où se fixer, tant sa mère était incapable de se lier d'amitié avec qui que ce fût, pas même avec ses voisins.

Quand elle entra dans la pièce, Alex tenait la patte du chien et examinait délicatement une enflure.

— Comment va-t-il ? Il y a encore des dards ?

— Là, oui. Mais pas dans le cou. Boo est un habitué des accidents en tout genre.

— Vraiment ?

Elle scruta le chien aux yeux bruns malicieux. À son âge, la plupart de ses congénères passaient leur temps à dormir, au lieu de piétiner des plates-bandes pleines d'insectes.

— C'était un chiot la première fois qu'il est venu ici, après avoir été assommé par un gros chou tombé de la table de la cuisine. Mme Church redoutait des dommages cérébraux.

— Un chou ? fit-elle, amusée.

— Il faisait trois fois la tête de Boo et il était très lourd.

— Je n'ose vous demander ce qui lui est arrivé ensuite.

— Si je me souviens bien, il a mangé un rhizome d'iris. Une autre fois, il a grignoté la moitié d'une boîte de paracétamol.

— Seigneur. Il bat haut la main les chats et leurs neuf vies ! Boo est carrément un miraculé.

Alex souleva le petit chien en riant.

— Il est dissipé, goinfre, et bien trop curieux, mais il aide M. et Mme Church à vivre.

— Vous pensez à leur fille ?

— Vous êtes au courant ? demanda-t-il, reposant le chien sur la table.

— Mme Church a mentionné sa mort, sans donner de détails. Elle dit que Boo les a aidé à avancer.

— Leur fille a eu un accident alors qu'elle était en voyage de noces aux Caraïbes. Le véhicule de location était défaillant, et elle n'avait pas attaché sa ceinture. Elle a été projetée à travers le pare-brise.

— C'est affreux, dit Kiki, bouleversée.

— Boo est indéniablement le plus dissipé et le plus gâté de nos patients, mais je suis heureux de le soigner quand Mme Church me l'amène. Il fait plus de bien à ce vieux couple qu'il ne leur fait du mal.

— Je vais le tenir pendant que vous extrayez les dards.

Elle glissa un bras autour du petit chien et lui caressa la tête pendant qu'Alex retirait les dards avec une pince.

— Bon chien, tu vas te sentir beaucoup mieux.

Alex lava les piqûres avec de l'eau tiède, avant de passer une solution diluée de bicarbonate de soude.

Il nettoya le champ et jeta ses gants dans la poubelle.

— Ça va aller, maintenant, dit-il en soulevant Boo. Heureusement, il n'a pas de réaction allergique.

— Je vais prévenir sa maîtresse, dit Kiki en se détournant.

L'intonation de Kiki alarma Alex. Posant Boo par terre, il vint vers elle. Il lui toucha le bras et eut un mouvement de recul quand elle se jeta dans ses bras et enfouit le visage dans son cou.

— Qu'est-ce qui ne va pas ? demanda-t-il en l'enlaçant.

Ses remarques l'avaient-elles offensée à ce point ? Il avait pourtant essayé de mettre les formes. Il ne savait pas réconforter les gens. Il était plus habitué aux mots cruels et aux gifles cinglantes qu'à la gentillesse et au soutien.

— Rien, dit-elle d'une voix à peine perceptible.

Il lui caressa doucement le dos et sourit.

— Le *rien* qui fait pleurer une personne sans raison ?

Elle s'écarta avec un gloussement et essuya ses larmes.

— Pardon, ce n'était pas professionnel. Je suis triste pour la famille de Boo, et vous êtes si gentil, si bienveillant…

— Chut, ne répandez pas ces mensonges. J'ai travaillé dur pour parfaire ma réputation de méchant.

Elle se serra contre lui avec un soupir, mettant les nerfs d'Alex à rude épreuve.

— Ce ne sont pas des mensonges, dit-elle en s'écartant. Vous êtes un homme gentil et vous vous souciez des autres, malgré vos efforts pour faire croire le contraire… Je pensais à ma mère et à sa solitude après le départ de mon père.

Il prit des serviettes en papier au distributeur et les lui tendit maladroitement.

— Elle n'a jamais connu d'autres hommes ?

— Elle a essayé mais ça n'a pas marché, et après un certain temps, elle s'est repliée sur elle-même. Cela fait cinq ans qu'elle est morte, et elle me manque toujours autant.

— Je suis désolé.

Elle s'essuya les yeux et lui adressa un pauvre sourire.

— Je regrette d'avoir pleuré. Je sais combien vous détestez les femmes émotives.

— Qui vous a dit cette ineptie ?

Il prit soudain conscience qu'il voulait la consoler. Si un autre membre de son personnel avait craqué devant lui, il aurait demandé à Anne de s'en occuper, mais, avec Kiki, c'était différent. Il avait envie de l'étreindre pour apaiser sa détresse. De lui apporter son soutien. De murmurer des platitudes à son oreille.

— Ma semaine de travail n'est pas parfaite tant que je ne sèche pas quelques larmes féminines.

Elle rit de bon cœur.

— Vous êtes bon, Alex.

Embarrassé par le compliment, il haussa les épaules.

— Il n'y a pas de mal à pleurer. Vous vous remettez à peine de la grippe. C'est normal d'être émotive.

Penchant la tête, elle le scruta pensivement.

— Alex ?

Il se raidit malgré lui.

— Oui ?

— J'ai envie de vous embrasser, dit-elle, fixant sa bouche.

Pas autant que lui... Tendu, il passa la pointe de sa langue sur ses lèvres en pesant le pour et le contre. Quel mal pouvait causer un petit baiser de rien du tout ?

Beaucoup de mal assurément, mais l'envie l'emportait sur la raison, et le soupir exhalé par les lèvres roses de Kiki, si tentantes, n'arrangea rien. Un puissant désir le poussait à agir avant qu'elle change d'avis. À risquer l'inconnu, pour une fois. À défier la chance.

Mais s'il s'y prenait mal et qu'elle le repousse ? Cela en vaudrait-il la peine ?

— Vous m'avez entendue ? demanda-t-elle, provocante.

Il soupira, et fit appel au peu de bon sens qui lui restait.

— La maladie peut affecter le comportement et pousser à faire des choses qu'on ne ferait pas normalement.

— Ce n'est pas la maladie. C'est du bon vieux désir, Alex.

— Du désir, hein ? murmura-t-il avec le sentiment d'être en équilibre au bord d'un précipice.

Elle se haussa sur la pointe des pieds et posa les lèvres sur les siennes, le suppliant tacitement de réagir à son audace. Et la réticence d'Alex céda avec la violence d'un tsunami.

Toute douceur oubliée, il captura ses lèvres et la plaqua contre lui tandis qu'elle nouait les bras autour de son cou et lui offrait sa bouche.

Il la dégusta, la savoura avidement. À la fois honteux et enflammé. Fasciné et séduit. Elle avait le goût de l'espoir, du fantasme, de l'extase. De tout ce qu'il désirait et ne pourrait jamais avoir. Des rêves qu'il faisait enfant, quand la dure réalité de sa vie familiale devenait insoutenable.

Quand ils se séparèrent, Kiki avait les yeux troubles de désir et les lèvres gonflées, infiniment désirables.

— Il faudra recommencer, dit-il dans une sorte de grognement. On dit que c'est toujours mieux la deuxième fois.

Un aboiement les ramena à la réalité. Ils avaient oublié le petit chien qui était assis par terre, sa patte blessée en l'air.

— Pardon, Boo, dit-elle, s'arrachant aux bras d'Alex et prenant le terrier dans ses bras. Je le ramène à la réception, Mme Church doit s'inquiéter.

Et elle quitta la pièce.

Alex regarda sortir la femme qui d'un baiser venait de chambouler son univers. Un simple baiser qu'il se rappellerait le reste de ses jours, tourmenté par sa perfection absolue… et par le regret qu'on lui ait préféré un vieux chien gâteux.

8

Le regard de Kiki embrassa l'immense hangar où s'alignaient les enclos à bestiaux, qui abritaient chacun des animaux de tailles et de races différentes. Quand Alex lui avait proposé de passer ensemble leur jour de repos, ce n'était pas exactement ce qu'elle avait imaginé.

— Une vente aux enchères ?

— Oui, c'est une excellente façon de passer la matinée, répondit-il avec un sourire taquin.

Elle détourna les yeux du taureau Hereford revêche qui manifestait bruyamment son mécontentement d'être enfermé en donnant des coups de tête dans les parois métalliques.

— On a fait toute cette route pour assister à des *enchères* ?

Le sourire d'Alex s'élargit, ses yeux brillèrent de malice.

— J'ai pensé que vous aviez besoin de vous dérider après votre grippe. Et au lieu d'une dure journée de travail, je vous offre un moment relaxant parmi les animaux.

— C'est certainement original, comme rendez-vous…

Elle rougit en prenant conscience de ses paroles. Un *rendez-vous* ? Ils n'étaient que deux connaissances qui passaient la journée ensemble. Certes, ils avaient échangé un baiser – très agréable – avant qu'elle s'enfuie, intimidée. Ils n'en avaient pas parlé depuis, et Alex devait regretter l'incident, à moins qu'il l'ait déjà oublié.

— Je parlais d'un rendez-vous amical, reprit-elle, puisque nous sommes amis et collègues de travail… Des collègues amis.

Elle se tut pour ne pas s'enfoncer davantage. Elle devait fermer sa grande bouche et recouvrer son bon sens.

— Exactement, répondit-il, l'esprit visiblement ailleurs.

Soulagée, elle laissa son regard errer sur les enclos où étaient parqués les bestiaux.

— Hormis me distraire, vous aviez une raison de venir ici ?

— Je viens parfois voir les bêtes proposées à la vente, admit-il. Sans doute à cause de mon sang irlandais, j'ai un faible pour les chevaux, et si on sait quoi chercher, on peut dénicher une perle parmi les animaux ordinaires.

Elle scruta les enclos à la recherche de chevaux, mais ne vit que du bétail et quelques chèvres.

— Vous voudriez un cheval ?

— Plus tard. Quand j'aurai trouvé la bonne propriété, avec suffisamment de terres. Ce n'est pas évident dans cette région, les prix sont élevés.

Plus elle le fréquentait plus il l'intriguait, et plus elle avait envie de mieux le connaître. Et elle rangeait précieusement chaque information dans un coin de son esprit.

— Vous montez à cheval ?

— Vous *respirez*, Kiki ? rétorqua-t-il en riant.

Elle eut la vision d'Alex en sombre seigneur d'un manoir, galopant torse nu à travers les verdoyants paysages du Dorset, un lévrier filant à ses côtés. Son pantalon épousait ses cuisses fermes et musclées, et des gouttes de sueur coulaient dans son dos jusqu'au creux sexy de ses...

Stop ! Il était inutile d'en rajouter. Il suffisait qu'il la regarde avec une certaine lueur dans les yeux pour qu'elle brûle de désir, prête à s'offrir à lui. Quelle sotte.

— Et j'ai promis à un ami de le rejoindre ici pour examiner des poneys Shetland qu'il envisage d'acheter. Ça ne vous dérange pas, j'espère ?

Elle soupira. Il s'était occupé d'elle pendant qu'elle était clouée au lit par la grippe ; s'il voulait passer la journée à conseiller un ami pour l'achat d'une bête, elle était mal placée pour s'en plaindre.

Sans la quitter des yeux, il lui prit la main et enlaça ses doigts. Le cœur battant, elle regarda leurs mains jointes. Les collègues de travail et les amis se tenaient-ils la main ? Alex n'était pourtant pas du genre tactile.

Avait-il *vraiment* envie de tenir sa main ? Qu'est-ce que cela signifiait ? Et pourquoi se sentait-elle si désemparée ?

— Je n'ai jamais assisté à une vente aux enchères, dit-elle.

— Eh bien, commençons votre éducation, répondit-il en l'entraînant dans l'allée grouillant de monde.

— Très bien, grand maître, je vous écoute, dit-elle en riant. Révélez-moi votre sagesse.

Il pressa ses doigts.

— Ne tombez jamais amoureuse de ce que vous ne pouvez pas vous offrir, et, quand les enchères débutent, ne levez pas la main.

Elle hocha la tête, appréciant la plaisante intimité de leurs mains enlacées.

— Je ne compte pas acheter d'animal. Vous et Nix me suffisez amplement.

— Je suis touché par tant d'affection... Venez, je dois retrouver mon ami dans l'autre hangar.

Surprise, elle regarda autour d'elle.

— Il y en a un autre ?

— Il y en a trois, les chevaux sont toujours dans le hangar n° 2... Attention au poulet.

Elle s'écarta pour éviter la poule qui se pavanait dans l'allée jonchée de paille, et sourit en la voyant se glisser dans un enclos où s'ébattaient des veaux. Quand le volatile se percha sur le dos d'une bête, elle rit franchement.

Avec un sourire moqueur, Alex l'entraîna vers le hangar voisin, qui abritait dans plusieurs grands enclos des chevaux dont la robe allait de l'alezan au gris pommelé.

Un homme en pantalon de treillis élimé et T-shirt noir s'avança vers eux et serra vigoureusement la main d'Alex.

— Content que tu aies pu avoir ta journée.

Alex fit les présentations.

— Kiki, je vous présente Wilf. Il a une petite ferme à quelques kilomètres de Fingle Lodge.

— Enchanté de faire votre connaissance, Kiki.

Wilf passa la main dans ses courts cheveux roux et désigna l'enclos le plus proche.

— La paire dont je t'ai parlé est là, Alex. On va jeter un coup d'œil ? Il paraît qu'ils intéressent du monde.

Ils fendirent la foule en direction de l'enclos.

Quand Kiki découvrit les poneys Shetland caramel qui mastiquaient du foin en observant le monde à travers la longue crinière qui leur tombait dans les yeux, son cœur fondit. Ils étaient adorables.

Alex les étudia d'un œil expert, puis, entrant dans l'enclos, il procéda à des examens rapides à la recherche d'éventuels problèmes.

— C'est une belle paire.

— Turtle va en être folle, répondit Wilf avec enthousiasme. C'est ma fille, elle a dix ans, expliqua-t-il à Kiki. Un vrai garçon manqué. Elle adore les chevaux, et je voudrais lui offrir ces poneys pour son anniversaire. Sa mère est partie il y a deux ans, et elle mérite un cadeau spécial. Elle veut apprendre la conduite d'attelage en compétition.

— Elle a l'air chouette, répondit Kiki.

Le visage de Wilf s'illumina de fierté.

— Elle l'est. Son oncle Alex est son héros, et elle compte devenir vétérinaire plus tard. Elle veut travailler avec lui car, à ses yeux, c'est le meilleur vétérinaire d'Angleterre.

— Son oncle Alex ?

— Elle l'a adopté le premier jour où il est venu à la ferme. Tu es toujours libre pour son anniversaire, Alex ?

— Bien sûr.

— Vous pouvez venir aussi, Kiki, dit Wilf. C'est le mois prochain. Alex vous donnera les détails. On sera juste un petit groupe d'amis et de voisins réunis pour partager des sandwichs au chocolat et du gâteau de Savoie à la fraise, les gourmandises préférées de Turtle.

Kiki essaya d'imaginer Alex à l'anniversaire d'un enfant et renonça. Elle était curieuse de le voir dans son rôle d'oncle d'adoption.

— C'est gentil. Merci.

Wilf reporta son attention sur les poneys.

— Alors, j'achète ces deux beautés ou pas ?

— Elles ont l'air bien, répondit Alex. Le vendeur a bonne réputation ?

— Oui. Si je les achète mais que je ne suis pas satisfait, il est prêt à me rembourser et à les reprendre. Une de ses relations possède un petit attelage et peut donner des leçons à Turtle.

— Génial.

Ils prirent congé de Wilf une demi-heure plus tard et lui souhaitèrent bonne chance pour son acquisition. Comme ils passaient devant deux hommes en pleine discussion, Kiki vit Alex leur lancer un regard dur.

— Un problème ? demanda-t-elle.

Haussant les épaules, il l'entraîna à dans l'allée.

— Le type à la veste bleue loue une ferme à quelques kilomètres du cabinet. On devrait lui interdire d'avoir du bétail. À mon arrivée dans le Dorset, j'ai passé l'été à travailler dans le cabinet vétérinaire d'un ami, au nord du comté. Cet individu, Phillips, m'a appelé un jour pour une truie qui attendait des petits. Sa ferme était répugnante et affreusement mal entretenue.

— Qu'est-ce que vous avez fait ?

— J'ai soigné l'animal et dénoncé Phillips. Mais il a réussi à s'en sortir grâce à un bon avocat et des amis influents.

— Cela arrive encore ? dit-elle, dégoûtée.

— Trop souvent, hélas.

— Où on va ? demanda-t-elle pour détendre l'atmosphère.

Il se dérida et reprit sa main.

— Il y a une jument que j'aimerais voir là-bas. C'est peut-être la bonne.

Elle serra sa main. Derrière son apparente froideur, c'était un homme bon et généreux. Il aimait les animaux, et leur sécurité comptait vraiment pour lui.

S'il tombait amoureux un jour, il serait aux petits soins pour sa femme. Kiki enviait presque celle qui gagnerait son cœur. Elle chassa cette pensée dérangeante.

— Je vous suis. Je ne voudrais pas me mettre entre vous et le cheval de vos rêves...

Trente minutes plus tard, Kiki accompagnait Alex dans le troisième hangar où était regroupée la volaille. Ils avaient croisé Wilf, ravi d'avoir acquis les deux poneys à bon prix. Malheureusement, la jument qui plaisait à Alex avait été vendue à un prix supérieur à celui qu'il voulait mettre.

Elle aperçut Phillips en train de bavarder avec un groupe de fermiers près d'une rangée de cages. Elle plaignait les pauvres poulets qu'il voulait acheter, ils seraient condamnés à une vie de souffrance, à en croire Alex.

Un commissaire-priseur en blouse blanche se tenait près d'une cage remplie de poules brunes, un porte-bloc à la main. Il y avait tant de choses à observer !

— Ça va ? murmura Alex à son oreille, lui arrachant un délicieux frisson.

Elle fronça les sourcils, troublée. Qu'avait-il donc de si spécial pour effacer jusqu'au souvenir de tous ceux qui avaient croisé sa route avant lui ?

— Oui, ça va...

— Vous vous amusez ? Ou vous comptez les minutes jusqu'au départ ?

Elle rit. La compagnie d'Alex était distrayante et instructive. Sa connaissance profonde des animaux la fascinait. Et puis elle appréciait l'ambiance qui régnait ici, de l'odeur du bétail au débit du commissaire-priseur, incompréhensible pour les non-initiés.

— C'est divertissant, répondit-elle. Dommage que vous n'ayez pas pu avoir le cheval dont vous rêvez.

— Il y a toujours une prochaine fois. Une amie proche qui possède une école d'équitation a promis de me louer un box quand j'aurai déniché la perle rare.

L'estomac de Kiki se noua. Une amie proche ? Jusqu'à quel point ? Son offre était-elle un stratagème pour passer du temps avec Alex ?

— C'est sympa, répondit-elle avec un sourire forcé.

— Oui, c'est une vieille dame adorable. Elle me fait toujours un gâteau pour Noël et pour Pâques.

Kiki se détendit. Qu'avait-elle donc à tirer des conclusions hâtives sur les connaissances féminines d'Alex ? Elle avait eu beaucoup d'amis masculins sans pour autant avoir de relation amoureuse avec eux. Pourtant, elle devinait que nombre de ces dames n'auraient demandé qu'à aller plus loin avec Alex, s'il les y avait encouragées.

Il soufflait le chaud et le froid, et elle détestait cela. Après avoir déclaré ne pas la trouver attirante, il l'avait embrassée et invitée à l'accompagner pendant son jour de repos, et il lui tenait la main comme s'ils étaient en couple. Il avait un comportement totalement imprévisible.

Allant vers la cage suivante, le commissaire-priseur annonça la vente d'un lot de dix canards blancs. Le coordonnateur tenait un volatile pour le montrer aux personnes intéressées.

— Vous avez envie d'une tasse de thé ? demanda Alex.

Elle hocha la tête, séduite par cette perspective dans ce hangar ouvert à tous les vents.

— Avec plaisir.

— Je ne serai pas long, dit-il en sortant son portefeuille. Ne vous éloignez pas, hein ?

— Je ne bouge pas d'ici, promis.

Elle le regarda jouer des coudes et saluer des fermiers au passage dans l'allée grouillant de monde. On le remarquait dans la foule, pas seulement à cause de sa haute taille, mais aussi de son port élégant plein d'assurance.

Jetant un coup d'œil autour d'elle, elle vit Phillips se rapprocher du commissaire-priseur et du coordonnateur, attendant visiblement le début des enchères.

Le commissaire-priseur les lança.

Phillips lui fit un signe. Comptait-il acheter ces canards et les élever dans des conditions sordides ?

Elle fourra les mains dans ses poches. Cela ne la concernait pas. Elle ne pouvait pas sauver toutes les bêtes. Elle s'efforça de ne pas écouter. Mais comment ignorer qu'un monstre qui maltraitait les animaux voulait acquérir dix innocents petits canards ? Alex aurait sûrement fait quelque chose pour l'en empêcher…

Un fermier enchérit sur l'offre de Phillips, qui renchérit. Les offres montèrent encore, puis le fermier abandonna.

Kiki serra les poings. Si Alex n'arrivait pas, il serait trop tard pour stopper la vente, et ces canards mèneraient une existence misérable, finissant en pâté ou en garniture pour les oreillers de cet horrible individu.

— Quelqu'un d'autre ? demanda le commissaire-priseur d'un débit rapide presque incohérent. Une fois. Deux fois...

Elle leva la main sans réfléchir. Si ce monstre voulait les canards, il les paierait très cher. Bien fait pour lui.

Le commissaire-priseur donna un chiffre incompréhensible. Phillips renchérit, et Kiki surenchérit immédiatement.

— Vous êtes consciente d'offrir beaucoup trop pour ces canards, j'espère ?

Elle sursauta. Sur sa gauche, Wilf l'observait avec inquiétude. Honnêtement, elle ignorait à combien s'élevait l'enchère car elle ne comprenait pas un traître mot de ce que disait le commissaire-priseur.

Elle secoua la tête. Le bien-être des canards était plus important que les questions d'argent.

— Qu'importe. Je dois empêcher ce type de les avoir.

Wilf parut surpris, mais garda le silence.

— Adjugé pour la dame !

Phillips hésita, le catalogue serré dans sa grosse main. Il foudroya Kiki du regard, haussa les épaules, et s'éloigna.

Le marteau frappa la planchette.

— Vendu à la dame ! Félicitations.

Wilf alla parler au commissaire-priseur et Kiki, tout à la joie d'avoir sauvé les canards d'un sort funeste, n'y prêta pas attention. Ils mèneraient désormais une vie heureuse et ne finiraient pas leurs jours dans une assiette.

— Pardon d'avoir été si long, dit Alex, revenant avec une tasse de thé fumant. Il y avait la queue jusqu'au parking, et je suis tombé sur un client qui voulait me parler de ses lamas.

Évitant son regard, elle but une gorgée de thé chaud.

— Ce n'est pas grave.

Le regard d'Alex se posa sur Wilf.

— J'ai manqué quelque chose ?

Elle sourit d'un air penaud.

— Je crois que j'ai enfreint une de vos règles...

— Qu'est-ce que vous avez acheté ?

— Des canards, répondit Wilf. Officiellement en ton nom.

Kiki lui jeta un regard noir et se tourna vers Alex.

— Eh bien, vous voyez…

— Des canards ? répéta Alex.

— Dix canards, précisa Wilf, visiblement amusé.

Alex soupira, puis il prit la parole avec un fort accent irlandais, ce qui n'était pas forcément bon signe.

— Je vous ai laissée à peine quelques minutes…

— Dix minutes, le coupa-t-elle en consultant sa montre.

— Pourquoi ?

Elle haussa les épaules. Comment lui expliquer que le désir de contrer Phillips l'avait emporté sur son bon sens ?

— Phillips les voulait, je ne pouvais pas le laisser faire. Je ne peux pas sauver des chiens maltraités et laisser un type malfaisant comme lui acheter des canards.

La colère d'Alex s'envola, et elle vit de la tendresse dans ses yeux bruns tandis qu'il réprimait un sourire.

— Vous avez acheté les canards pour les sauver ?

— Oui. Vous devez me prendre pour une idiote, mais…

— Non, je pense que vous êtes la femme la plus adorable et la plus gentille dont j'ai l'honneur d'être l'ami.

Le compliment la toucha.

— Vous n'êtes pas furieux ?

S'il ne lui en voulait pas, il accepterait peut-être de rapporter les canards à Fingle Lodge dans sa camionnette.

— Je m'en voudrais de vous empêcher de prévenir la cruauté aviaire…, dit-il.

Son regard tendre lui donna la chair de poule. Il la comprenait et il n'était pas en colère. Il était vraiment différent des autres hommes.

— Elle les a payés trop cher, dit Wilf, coupant court à ses douces pensées.

Il donna le prix, et elle calcula mentalement le solde de son compte bancaire. Dieu merci, elle avait assez. Elle se serrerait la ceinture jusqu'à son prochain salaire, voilà tout.

Alex s'inquiéta :

— Question personnelle, avez-vous les moyens ?

— Je crois. Le commissaire-priseur était difficile à comprendre et…

— Si on partageait moitié-moitié ? dit-il.

— Vous n'avez pas besoin de faire ça.

— Si je ne vous avais pas parlé de Phillips, vous n'auriez pas volé au secours des canards. Je n'aurais pas dû vous laisser seule.

— Réjouissez-vous que ce type n'ait pas voulu acheter un enclos de vaches, dit Wilf avec humour.

Alex éclata d'un rire sonore qui résonna sous le hangar. Plusieurs personnes se retournèrent, mais Kiki n'en vit rien, captivée par la joie qui illuminait le visage d'Alex. Une joie inattendue, sans retenue, qui la bouleversa.

— Ce n'est pas drôle, dit-elle, peinant à garder son sérieux. Qu'est-ce que je vais faire de dix canards ?

— Manger des œufs ? dit-il entre deux éclats de rire.

— Je voulais juste les sauver de cet homme. Après cette histoire de maltraitance de chiens, j'ai eu une réaction excessive et je n'ai pas envisagé l'aspect pratique, à savoir où j'allais mettre ces canards et de quoi ils avaient besoin...

— Finissons notre thé, puis je m'occuperai des papiers, répondit-il, prenant sa main qu'il porta à ses lèvres. Merci.

— De quoi ? D'être une andouille et de vous faire rire ?

— Non. D'être bienveillante et de vouloir changer les choses. C'est si rare.

Elle sourit. Dieu, qu'elle avait aimé l'entendre rire ! Son bonheur faisait plaisir à voir, elle en était tout émue.

Il lâcha sa main pour parler à Wilf, et elle continua à le contempler. Ces dernières semaines, il avait réussi à abattre les solides défenses qui protégeaient son cœur.

Et elle se rendait compte qu'elle n'avait pas simplement le béguin pour Alex Morsi. Elle était amoureuse de cet homme aussi exaspérant que merveilleux...

9

En regagnant Fingle Lodge le samedi en fin de journée, Alex aspirait à un bon bain chaud. Appelé en urgence dans une ferme pour soigner une brebis malade, il l'avait examinée et avait vite compris qu'il n'avait d'autre choix que mettre fin à ses souffrances.

Gelé, fatigué, et d'humeur massacrante, il ne s'attendait pas à tomber sur Kiki en train de jardiner. En jean déchiré, pull *oversize* et bottes en caoutchouc, elle empilait des déchets végétaux sur un tas déjà important. Depuis leur baiser, ils hésitaient entre prudence et confusion, et leur relation était au point mort.

— Vous semblez occupée, dit-il du seuil de la cuisine.

L'odeur du poulet qui rôtissait dans le four attisait sa faim presque autant que la vue de la jeune femme.

Kiki s'immobilisa au milieu de la pelouse à présent dégagée et lui sourit.

— J'ai eu envie de profiter de cette journée printanière pour commencer à m'occuper du jardin. Mais je n'imaginais pas qu'il y aurait autant de déchets. Je vais tout brûler, les cendres sont bonnes pour les plantes.

Regardant autour de lui, il vit qu'elle avait bien travaillé. L'épaisse couche de feuilles pourrissantes qui tapissait le sol avait disparu, et les maigres plates-bandes qui bordaient la pelouse profitaient de la lumière du soleil pour la première fois depuis des années. Au fond de la cour, des bûches étaient empilées avec soin.

— C'est beaucoup mieux comme ça, dit-il, impressionné.

Elle traîna une grosse branche vers le tas de déchets.

— Ce n'est pas fini. Comment s'est passée votre visite ?

Il l'avait appelée avant de quitter le cabinet pour la prévenir qu'il serait retardé. Ces derniers jours, ils avaient passé la plupart de leurs soirées ensemble, comme un couple, l'intimité en moins. Chacun hésitait à aborder l'épineuse complexité de leur relation.

— Pas bien, répondit-il brièvement en pensant à la pauvre bête qu'il avait dû euthanasier. Vous voulez un coup de main ?

— Vous avez l'air vanné.

Oubliant son bain chaud, il balaya l'argument d'un geste et la rejoignit.

— Il se trouve que je maîtrise plutôt bien l'art du feu. Je m'étonne qu'on ne vous l'ait pas déjà dit.

— Parfait, dit-elle, posant la branche avec les autres. Il vaut mieux l'allumer au centre de la pelouse, loin des arbres. L'herbe n'est pas belle, j'en sèmerai plus tard.

— Que puis-je faire ? demanda-t-il en s'approchant.

— Ramassez les branches qui sont tombées du pommier, vous voulez ? Elles sont pourries et ne valent rien comme bois de chauffage. On les mettra en dessous, et on posera les mauvaises herbes et les branches sèches dessus pour le feu.

Ils travaillèrent ensemble les quarante minutes qui suivirent, empilant sur la pelouse le bois et les débris végétaux. Le ciel s'obscurcit peu à peu avec l'arrivée du crépuscule, et ils continuèrent à s'affairer à la lumière de la cuisine. Dans un arbre, un oiseau chanteur leur tenait compagnie.

Enfin, ils se redressèrent et contemplèrent le gros tas de déchets végétaux avec satisfaction.

Kiki retira ses épais gants de jardinage.

— Pas mal pour un début, dit-elle, sortant un briquet de sa poche et le lançant à Alex. À vous de jouer.

— Vous êtes prête à être impressionnée par mes talents d'allumeur de feu ?

— Non, rétorqua-t-elle avec malice en désignant une grosse souche qu'il avait poussée près du foyer. Mais vous nous avez trouvé un siège génial.

Éclatant de rire, il se pencha pour enflammer le tas de bois mort et attendit que le feu prenne.

— Vous voyez ? Allumer le feu est ma spécialité.

— Vous êtes bête, gloussa-t-elle.

Peut-être, mais il ne se comportait ainsi qu'avec elle. Kiki faisait ressortir le meilleur en lui. Ce qu'il avait toujours enfoui, dissimulé aux autres. Peut-être avait-elle raison en disant qu'il devait extérioriser son côté drôle. Prendre un risque et lui montrer qui il était au fond de lui.

Elle renifla.

— Notre dîner devrait être prêt. Si j'allais chercher deux assiettes pour que nous mangions près du feu ?

Il se redressa et glissa le briquet dans sa poche.

— Bonne idée.

Assis sur la souche, il regarda les flammes orange et or danser et se tordre autour des brindilles et des branches pendant que Kiki s'affairait dans la cuisine.

Pourquoi recherchait-il davantage la compagnie de Kiki, au lieu de garder ses distances ? La situation ne serait-elle pas encore plus dure quand il regagnerait son appartement ? Un jour prochain, Kiki partirait, et il reprendrait le cours normal de sa vie. Il retrouverait la routine insipide et solitaire qu'il avait connue presque toute sa vie d'adulte. Pourquoi cette perspective lui semblait-elle soudain si pesante alors que cela ne l'avait jamais troublé avant ?

La vérité froide et nue s'imposa à lui. Il aimait bien Kiki. Il l'aimait beaucoup. Elle le faisait rire, même sans le vouloir. Et malgré ses réticences initiales, il aimait travailler avec elle. Compétente, bienveillante, au fait des nouvelles procédures, elle était précieuse pour le cabinet. Elle avait conquis le personnel, Anne la trouvait même *fantastique*. Et Kiki ne semblait pas avoir de mal à travailler avec lui, contrairement aux employées qui l'avaient précédée. En outre, les clients avaient un excellent contact avec elle et vantaient sa patience et sa gentillesse.

Elle rendait son univers meilleur.

Il appréciait leurs conversations, et il attendait de la voir sourire dès qu'il pénétrait dans la maison. Et ce soir... Eh bien, ce soir, il n'avait simplement pas envie d'être seul.

Il la regarda sortir de la cuisine avec les assiettes et venir vers lui, ses hanches se balançant avec sensualité. La lueur vacillante du feu remodelait son visage d'ombre et de lumière.

Elle lui tendit une assiette et s'assit près de lui sur le siège improvisé, leurs hanches se frôlant au passage.

— Ça a l'air délicieux, murmura-t-il, appréciateur, sans trop savoir s'il parlait du plat ou d'elle.

Elle piqua une pomme de terre dorée avec sa fourchette.

— Tout paraît bon quand on a faim.

Il prit une bouchée de poulet tendre et moelleuse, pour le plus grand plaisir de ses papilles gustatives.

— Je suis sincère. Vous êtes une excellente cuisinière.

Elle tourna la tête vers lui. Des mèches blondes échappées de son bandeau encadraient son visage. Elle avait de la terre sur la joue gauche et ses créoles en argent scintillaient à la lueur du feu. Elle était magnifique.

— Merci.

Ils restèrent silencieux, savourant leur repas dans la douce chaleur dispensée par le feu.

Quand ils eurent fini, il se leva et tendit la main pour prendre l'assiette de Kiki.

— Je vais chercher quelque chose, je reviens.

Il regagna la cuisine et posa les assiettes dans l'évier. Ouvrant sa mallette médicale, il en sortit la bouteille de whisky qu'il avait prise chez lui un peu plus tôt. Il attrapa deux verres et ressortit.

— On fête quelque chose ? demanda-t-elle.

Il lui tendit un verre et s'assit près d'elle. Dévissant le bouchon, il versa une généreuse rasade dans les deux verres et trinqua avec elle. Les flammes sifflaient et les brindilles éclataient, projetant des cendres incandescentes dans l'air.

— Au nettoyage du jardin, dit-il en levant son verre.

Elle porta le sien à ses lèvres et prit son temps pour humer l'arôme fort, avant de boire une gorgée.

— Un alcool de cette qualité mérite mieux, comme toast. J'ignorais que vous aimiez le whisky.

— Je n'en bois qu'une fois par an. Je préfère le café.

Elle le dévisagea en silence.

— Alors, à quoi on trinque ?

Il fit tourner l'alcool dans son verre, puis le leva.

— Si on buvait à mon anniversaire ? Ça irait ?

Elle le scruta, les yeux ronds.

— C'est votre *anniversaire* ?

Il but une bonne rasade de whisky.

— En effet.

— Pourquoi ne pas l'avoir dit ? J'aurais fait un gâteau.

Il esquissa un pâle sourire. Oui, elle l'aurait sans doute fait, par gentillesse.

— Je n'aime pas fêter mes anniversaires.

— Je n'ai pas vu de cartes dans votre bureau...

— Je n'en reçois jamais, répondit-il, haussant les épaules.

— Jamais ?

Il leva les yeux et soutint son regard. Enfant, il s'était endurci le cœur, seule façon d'affronter sa triste vie de famille. Il imagina ce à quoi elle pensait. Quelle sorte de personne ne recevait pas de cartes d'anniversaire ? Quelqu'un d'antipathique ? Dont les autres ne se souciaient pas ? Qu'on n'avait pas envie de fréquenter ? Qui ne comptait pas pour les siens ?

— Non. Jamais.

— Vos parents vous en envoient sûrement une ?

Pas qu'il s'en souvienne. Son anniversaire n'avait jamais eu d'importance pour eux. C'était juste un jour comme un autre dans leur vie misérable et décevante.

— Non.

Elle posa son verre par terre, et son genou heurta ses jambes tendues devant lui.

— Vos parents n'ont *jamais* célébré votre anniversaire par une carte ou un cadeau ?

Il prit une nouvelle gorgée d'alcool et en savoura la brûlure. Rien de tel qu'un whisky de douze ans d'âge pour chasser le goût amer de sa vie et ses pénibles souvenirs.

— Non.

— Pourquoi ? Vous êtes leur fils.

— C'est un fait qu'ils préféreraient oublier.

Surpris, il sentit ses doigts caresser sa main. Un contact réconfortant, apaisant. Mais il ne voulait pas de sa pitié.

— Ils ne semblent pas très gentils, dit-elle, enveloppant sa main dans la sienne.

Comment le nier ? Pourquoi ne pas lui avouer la triste vérité ?

— On ne peut pas dire qu'ils sont chaleureux ou aimants, dit-il doucement. C'est pour ça que je ne vais jamais en Irlande, sauf pour l'enterrement d'un parent.

Elle se pencha vers lui, pressant sa cuisse contre la sienne.

— Même pas pour Noël ou un mariage ?

— Juste les obsèques, répondit-il sèchement.

Il le devait à ses oncles, tantes et cousins, qu'il respectait.

— Vous vous disputiez ? dit-elle en caressant sa paume.

— Non. Ils ne m'aiment pas, c'est tout.

Il contempla le feu pour ne pas voir sa réaction. Le considérerait-elle indigne d'être aimé ? Penserait-elle qu'il avait sûrement un problème si ses propres parents se désintéressaient de lui ?

— Comment peuvent-ils ne pas vous aimer ? Vous êtes un homme très gentil quand vous oubliez votre arrogance et votre intransigeance. Et vous êtes splendide.

Il la regarda avec étonnement.

— Vous me trouvez séduisant ?

— Oui. Mais je suis décidée à l'ignorer, alors oubliez ce que je viens de dire.

Cet aveu lui arracha un petit sourire. Luttait-elle contre l'attirance qui couvait entre eux depuis leur rencontre, et grandissait de jour en jour ?

— Je veux savoir pourquoi vos parents ne vous aiment pas.

Il grimaça, regrettant ses confidences. Il *détestait* parler de ses parents. Il préférait qu'on le croie orphelin. Cela lui épargnait les moments gênants du genre de celui-ci. Car contrairement à la plupart des gens, il ne ressentait que du vide quand il pensait aux siens.

— Eh bien, ma mère me le dit chaque fois qu'elle me voit.

Elle écarquilla les yeux, scandalisée.

— Mais c'est horrible ! Pourquoi ?

Il décida de lui donner la version abrégée.

— Elle a été forcée d'épouser mon père quand elle a découvert qu'elle m'attendait. Un enfant qu'elle ne désirait pas, avec un homme qu'elle aimait encore moins. Pire, il n'est pas irlandais. Ajoutez à ça la malédiction de grandir dans une maison conservatrice profondément religieuse, et vous aurez leur mariage. Et elle ne l'a jamais accepté.

— Votre père est de quelle origine ?

— Espagnole. Il pleure encore la femme de sa vie, la jeune sœur de ma mère, qui est décédée. Dans son chagrin, il s'est tourné vers ma mère et a couché avec elle. Une terrible erreur, qu'il regrette depuis trente-six... non, trente-sept ans maintenant.

— Votre mère aurait dû s'abstenir si elle ne voulait pas d'enfant, et votre père aurait mieux fait de se protéger.

— Je le leur dirai la prochaine fois que j'aurai le malheur de les voir, répondit-il en riant.

— Mais s'ils avaient utilisé un préservatif, vous ne seriez pas là aujourd'hui, et ce serait dommage.

Le cœur d'Alex se gonfla de tendresse.

— Vraiment ?

Elle lui tapa sur l'épaule.

— Songez à tous les animaux que vous avez sauvés et aux maîtres que vous avez rendus heureux. Pensez à votre lévrier.

— Mon tatouage ? dit-il, perplexe, se demandant si elle n'avait pas un peu trop bu.

— Oui. La plupart des types se font tatouer le nom d'un joueur de foot ou des trucs psychédéliques, mais vous avez choisi un lévrier. C'est adorable.

— Elle s'appelait Nia. Un voisin me l'avait offerte quand j'avais douze ans. Il l'avait sauvée des champs de course. Il m'aidait parfois quand je ne savais pas comment m'occuper d'elle. C'était un bon ami, et il ne s'est jamais moqué de moi quand j'évoquais mon rêve de devenir vétérinaire.

— Il a l'air sympa.

— Il l'était. Lui n'a jamais eu l'opportunité de devenir vétérinaire, mais il m'a aidé à réaliser mon rêve.

Il la regarda et fut surpris de voir des larmes couler sur ses joues rosies par les flammes.

— Pourquoi pleurez-vous ?

— Parce que je suis triste.

Il sentit son estomac se nouer.

— À cause de ce que j'ai dit ? Des animaux que j'ai aidés ?

— Les deux, répondit-elle dans un sanglot. Mais surtout parce que vos parents sont des monstres, que c'est votre anniversaire, et que vous n'avez même pas eu de carte...

— Ne pleurez pas, dit-il avec douceur en glissant le bras autour de ses épaules. Ça n'en vaut pas la peine. Cet anniversaire n'est pas différent de tous ceux que j'ai connus.

— Si, ça en vaut la peine, sanglota-t-elle contre son torse. Vos parents ne méritent pas d'avoir un fils aussi merveilleux.

— Je croyais que j'étais un mufle arrogant ?

— Oh ! vous l'êtes aussi. C'est pour ça que je vous aime bien, malgré moi. Personne n'est parfait. Surtout pas vous.

Il la serra contre lui en riant.

— Merci, dit-il, le visage dans son cou.

— De rien.

Il s'écarta et son cœur se serra. Elle versait des larmes pour *lui*. À cause de son enfance. Elle était douce et généreuse, mais il ne voulait pas qu'elle pleure sur ceux qui lui avaient refusé leur affection. Ils n'en étaient pas dignes.

Il sécha ses joues humides.

— Ne pleurez pas, je vous en prie. Je n'ai pas besoin de votre sympathie.

Fronçant les sourcils, elle recula.

— Ça m'attriste juste que l'indifférence de vos parents vous ait fait tant souffrir. Je ressens beaucoup de choses pour vous, Alex, mais la pitié n'en fait pas partie.

Il se leva et lui tendit la main. Il se moquait des cartes et des cadeaux. Ce qu'il n'avait jamais eu ne pouvait pas lui manquer. Mais pour cet anniversaire, il désirait une chose que seule Kiki pouvait lui offrir.

— Acceptez-vous de danser avec moi ?

Elle hésita, puis glissa la main dans la sienne et se leva.

— Un slow ?

L'éloignant du feu, il l'entraîna vers les ombres fraîches.

— Je suis novice, commençons par une danse simple.

— Un slow est parfait pour une nuit pareille, murmura-t-elle. Avec les feuilles qui bruissent et les étoiles qui veillent...

Il l'attira contre lui, leurs mains s'enlacèrent. Il aimait cette sensation de plénitude quand il la tenait dans ses bras. Comme s'ils étaient faits l'un pour l'autre. Il ne croyait pas à ces sornettes romantiques pseudo-mystiques, mais avec Kiki, il n'en était plus si sûr.

— Vous êtes toujours contente.

Elle lui jeta un regard sarcastique.

— On m'a souvent dit le contraire.

Il rit, et ils se mirent à danser ensemble sur la pelouse, se frôlant et remuant lentement les hanches.

— Alors, vous êtes difficile à satisfaire et je suis brusque ? dit-il au bout d'un moment. On ferait une paire géniale.

Elle gloussa.

— On ne s'ennuierait pas.

Le reflet du clair de lune sur son visage levé libéra quelque chose en lui. Quelque chose de dur et violent qu'il refoulait depuis des années. Kiki était la perfection incarnée. Comment un homme pouvait-il la tenir dans ses bras sans vouloir l'y garder toujours ?

Il inclina la tête pour respirer son doux parfum. Il avait envie d'embrasser cette femme délicieuse qui lui faisait désirer l'impossible.

— Kiki ?

Ses yeux bleus soutinrent les siens puis un nuage passa devant la lune et masqua son expression. Sans un mot, elle s'arracha à ses bras en évitant son regard.

— Il faut que j'aille faire la vaisselle.

La déception serra le cœur d'Alex, faisant voler en éclats le premier et unique moment de plaisir qu'il ait jamais connu pour son anniversaire.

— Laissez, dit-il d'une voix rauque. Je la ferai quand on aura fini nos verres. C'est normal, vous avez cuisiné.

Hochant la tête, elle se détourna et le laissa seul.

Il ferma les yeux, en proie à des émotions contradictoires. Avec Kiki dans ses bras, son anniversaire avait signifié quelque chose pour la première fois de sa vie.

Il ouvrit les yeux. Brusquement, la vie professionnelle qu'il adorait et qu'il avait bâtie au prix de tant d'efforts lui semblait insignifiante comparée à la femme qui était venue bouleverser son existence tranquille.

Pourquoi s'était-elle enfuie ce soir ? Par timidité ? Par gêne ? Par peur ? Elle n'avait jamais couché avec son ex, était-elle encore vierge ? Craignait-elle qu'il ait prétexté cette danse pour la mettre dans son lit ?

Elle lui paraissait inaccessible.

Elle avait des idées bizarres sur l'amour et les relations amoureuses. Mais il serait préférable qu'elle l'épouse au lieu d'avoir une liaison dépassionnée avec un homme qu'elle n'aimait pas. Au moins, lui s'occuperait d'elle. Seulement Alex aspirait à un mariage d'amour. Il s'était juré que si un jour il tombait amoureux il ne se satisferait pas d'une relation médiocre et attendrait de son couple un partage total des cœurs et des âmes.

Et les enfants ?

Une envie douloureuse lui vint à la pensée de Kiki enceinte. De *son* enfant. Les yeux clos, il imagina son corps arrondi par leur enfant à naître. Elle était déjà belle, et la grossesse la rendrait magnifique.

Il rêvait d'être un père présent. Qui prendrait sa part des biberons et des câlins. Qui tiendrait la main de ses enfants à chaque moment important. Qui sécherait leurs larmes quand ils seraient malheureux, et leur donnerait de la force quand ils auraient besoin d'une main secourable. Qui fonderait sa famille sur l'amour et l'affection sincère. Sans la cruauté, la peur et le chagrin qui avaient miné la sienne.

Mais si seule l'amitié l'unissait à Kiki, il ne serait qu'un donneur de sperme, rien d'autre. Il ne vaudrait pas mieux que son père, le ressentiment en moins. Un nom sur un certificat de naissance et une mention dans l'arbre généalogique.

Il avait beaucoup souffert de grandir dans l'indifférence. Jamais il n'infligerait cela à la chair de sa chair.

Ses parents n'avaient même pas essayé de tisser un lien avec lui pour rendre la vie supportable à tout le monde. Non, ils avaient fui les conséquences de cette nuit fatale comme deux lâches, traînant leur amertume dans la maison trop grande, avec une bouteille de gin à la main et un cœur lourd de regrets. Deux ombres solitaires et hostiles se complaisant dans leur souffrance imbibée d'alcool. Satisfaits de contaminer avec leur malheur l'enfant qu'ils avaient conçu une nuit d'ivresse. L'une reportant toute sa colère sur lui, l'autre préférant faire comme s'il n'existait pas.

Il sentit sa poitrine se serrer douloureusement. Il se marierait par amour, et pour nulle autre raison. Pas même pour épargner à Kiki d'autres déceptions, ni pour avoir le droit de l'embrasser, et plus encore.

Il valait mieux qu'il protège son cœur et garde ses distances avec elle et cette séduisante promesse de romance, puisqu'elle ne pouvait lui offrir que du regret et une danse d'anniversaire inachevée.

10

— Il s'agirait de faire un exposé à nos élèves de CE1, expliqua Mlle Ingle, la directrice de l'école primaire.

Tendue, elle agrippait son sac en jetant des regards inquiets au terrier qui ronflait, vautré au milieu de la réception. À l'évidence, elle ne raffolait pas des chiens.

— Ça les intéresserait beaucoup. Ils ont été sages ce trimestre. Leur institutrice n'est allée aux urgences qu'une fois, un exploit pour ce groupe, et j'aimerais les récompenser.

Kiki était certaine que cela leur plairait. Et le cabinet devait encourager les enfants à respecter les animaux, à bien les traiter.

Mlle Ingle sourit, dévoilant un appareil orthodontique.

— Ils adorent les bêtes, je les ai sondés en classe la semaine dernière. La plupart des familles ont des animaux domestiques. Seule la pauvre Hannah est réticente, depuis que quelqu'un s'est assis sur Morris, l'iguane de son grand-père, l'été dernier... Mais d'après ses parents, les cicatrices ne se voient plus et Morris s'est bien rétabli.

— Eh bien, un de nos vétérinaires est absent en ce moment, dit Anne en jouant avec son stylo Bic rose.

— Et Alex ? dit Kiki, le voyant déjà partager son amour des bêtes avec la jeune génération et leur transmettre sa fascination pour le monde animal.

— *Notre* Alex ? s'écria Anne, dubitative. Croyez-vous vraiment qu'il soit bien placé pour parler à des écoliers ? À de jeunes enfants impressionnables ?

— Il sera parfait. Qui connaît mieux les animaux que lui ?

Mlle Ingle se pencha au-dessus du comptoir de l'accueil, oubliant sa peur du terrier. Une rougeur subite empourprait son visage et son cou étranglé dans un sage chemisier blanc.

— Euh… C'est le bel homme ? Le séduisant ténébreux qui semble sorti d'un roman sentimental, avec ses boucles brunes, celui qui fait ses courses au supermarché du coin ?

Le désir de Kiki de voir Alex s'impliquer dans cette initiative pédagogique fondit comme neige au soleil devant l'intérêt que lui portait la directrice. Anne avait raison. C'était une très mauvaise idée de laisser Alex approcher le milieu scolaire, en particulier cette femme.

— Oui, répondit Anne en gloussant avec un regard à Kiki. Lui-même !

— Oh ! il serait parfait, déclara Mlle Ingle, dont le teint virait au violet. S'il fait cet exposé, les enfants seront aux anges, et nos institutrices célibataires aussi…

Kiki se raidit, agacée à la perspective de voir une bande de maîtresses excitées saliver devant son colocataire. L'autre jour déjà, elle avait vu ses collègues loucher devant son corps à demi nu. Il méritait d'être traité comme un être humain, que diable, pas comme un sex-symbol.

Elle ramassa une pile de brochures sur le comptoir.

— Je crains que le Dr Morsi soit très occupé en ce moment.

— Sottise, dit Anne, penchée sur l'ordinateur. Ce serait un honneur pour lui. Il adore s'investir pour la communauté. Quelle date aviez-vous en tête ?

Kiki fronça les sourcils. Elle n'avait pas le souvenir qu'Alex se soit déjà impliqué pour la ville.

— Vous croyez qu'il acceptera ? dit avidement Mlle Ingle.

Cette histoire sentait mauvais. Quelle mouche piquait les femmes de la ville ? Alex n'était pas le seul homme du coin. Même s'il était sûrement dans le top 3 des beaux gosses.

Nul besoin d'être extralucide pour se rendre compte que cette femme tramait quelque chose. Alex avait intérêt à garder ses distances avec ces institutrices. Qui savait ce qui arriverait si on le laissait seul avec ces femelles prêtes à le dévorer tout cru ?

Lâchant les brochures, Kiki ramassa un échantillon de pâté pour chat qui traînait sur le comptoir. Elle le tritura machinalement et un liquide brun suinta d'un coin.

— Alex fait déjà beaucoup pour les animaux de la ville, dit-elle en pressant le sachet qui dégagea une odeur de poisson. Il n'a pas le temps pour autre chose.

Anne, les yeux pétillants, soutint son regard en ricanant.

— Il peut accorder trente minutes à des gosses.

— Je ne le vois pas faire ça, répondit Kiki, butée, préférant ne pas laisser Mlle Ingle s'illusionner alors qu'elle n'avait aucune chance avec Alex. Mais Thorne sera parfait. Nous vous contacterons dès qu'il sera de retour.

— Inutile, dit Anne, plongée dans l'examen du planning sur l'écran de l'ordinateur. Alex le fera.

— Génial ! fit Mlle Ingle en battant des mains. Ma secrétaire vous confirmera le jour et l'heure. Les enfants seront si heureux ! Et entre nous, mon personnel aussi... Il n'est pas marié, n'est-ce pas ?

— Non, répondit Anne. Alex est célibataire et libre comme l'air.

La rougeur de Mlle Ingle revint en force.

— Oh ! c'est merveilleux !

L'antipathie de Kiki pour cette femme était à son paroxysme, et elle la foudroya du regard quand celle-ci les salua, contourna prudemment le chien assoupi, et quitta le cabinet.

Devant la fenêtre, Kiki et Anne la regardèrent récupérer son vélo enchaîné à un réverbère sur le parking.

— Alex n'acceptera jamais, décréta Kiki, têtue.

Anne gloussa.

— Vous avez dit vous-même qu'il était parfait pour ça...

— J'ai changé d'avis, répondit Kiki en lui jetant un regard noir. Il ferait faire des cauchemars aux enfants pendant des mois, et serait probablement banni à vie des écoles.

— Ayez un peu confiance, Kiki, dit Anne d'un ton placide. À vous entendre, on croirait qu'Alex est un monstre.

— Il l'est parfois... sans le faire exprès...

— Non. Il est timide et maladroit. Et ça lui fera du bien de voir qu'il y a d'autres choses hors du cabinet, comme les enfants et...

— ... Les femmes, acheva Kiki. Ça ne vous gêne pas de le jeter en pâture à une bande d'institutrices lubriques ? Vous êtes consciente que Mlle Ingle fait partie de *ces* femmes ?

Anne remonta ses lunettes sur sa tête.

— « Ces » femmes ?

— Le genre qui poursuit un homme jusqu'à l'épuisement et plante ses griffes dedans. C'est dégoûtant et injuste.

Anne la dévisagea longuement.

— Je vois..., dit-elle avec un sourire malicieux.

Kiki en doutait. Mariée depuis plus de trente ans, Anne ignorait combien les vieilles filles pouvaient se montrer impitoyables quand il s'agissait de mettre le grappin sur un bon parti. Et malgré le caractère difficile d'Alex, bien des femmes devaient le trouver digne de leurs assiduités, ne fût-ce que pour ses revenus confortables comme associé majoritaire d'un prospère cabinet vétérinaire.

Elle tritura le sachet de pâté pour chat.

— On ne devrait pas lâcher Alex aux mains de Mlle Ingle et ses pareilles. Il peut lui arriver n'importe quoi.

— Il sait sûrement se protéger des femmes entreprenantes.

Vaincue, Kiki abandonna la partie.

— Je vais voir comment May se débrouille avec le mainate qu'elle a trouvé, dit-elle en lançant le sachet à Anne.

Celle-ci le jeta avec dégoût dans la corbeille à papier.

— Elle doit prendre des coups de bec. Elle oublie toujours de se protéger avec les oiseaux. En passant devant la salle, je n'ai pas su dire si les jurons venaient d'elle ou du mainate.

Quittant la réception, Kiki décida d'aller plutôt voir Alex. Elle devait lui parler avant Anne de cette rencontre scolaire. Il fallait absolument le protéger de ces femelles frustrées.

Alex posa la chatte noire sur la table d'examen, pas dupe de son ronronnement paisible. Il la connaissait bien et se tenait sur la défensive, car Miss Pretty était experte en évasion.

Elle détestait aussi prendre ses médicaments. Mais sans eux, elle aurait été très malade, elle n'avait donc pas le choix.

— Bon, Miss Pretty, dit-il doucement, tu vas être sage, ou tu comptes m'en faire voir, comme d'habitude ?

On frappa discrètement à la porte et Kiki apparut, l'air pensif. Il la salua et reporta son attention sur la chatte.

— On peut parler ? demanda Kiki, entrant dans la pièce et refermant la porte sans attendre sa réponse.

— Qu'est-ce qui se passe ?

Le tissu amidonné de l'uniforme bordeaux de Kiki crissa comme elle s'approchait de la table. Alex en profita pour admirer la façon dont il épousait ses formes charmantes.

Revenant à Miss Pretty, il rencontra deux grands yeux verts qui semblaient se moquer de lui.

— Un coup de main ? demanda Kiki.

Il acquiesça, et elle empoigna les pattes antérieures du félin pour prévenir les coups de griffes. Teigneuse, la chatte avait griffé et mordu Leah un peu plus tôt.

Alex renversa en arrière la tête de Miss Pretty en caressant du doigt son cou duveteux.

— Prenez le cachet, je lui ouvre la bouche.

Ils parvinrent à glisser le comprimé sur la langue de la chatte, puis Alex lui referma la bouche et lui caressa la gorge en attendant qu'elle avale. Sans la lâcher, il regarda Kiki.

— Vous vouliez me voir ?

Le visage indéchiffrable, elle ne répondit pas tout de suite.

— Eh bien, c'est la directrice de l'école primaire...

Miss Pretty semblant garder le médicament, Alex la porta dans une cage. Mais dès qu'il la lâcha, elle bondit sur son bras, grimpant sur son épaule où elle resta perchée un instant avant de sauter par terre. Recrachant le comprimé, elle détala vers un meuble bas au fond de la salle.

— C'est d'elle que Leah s'est plainte ? demanda Kiki, observant la chatte qui se léchait, assise sur le placard.

— Oui, répondit-il en soupirant. Son maître jure qu'elle est douce, mais j'ai des doutes.

— C'est l'homme qui avait les mains couvertes de griffures ? demanda-t-elle, railleuse.

Il ne pourrait pas mettre Miss Pretty en cage sans son aide. Et pas question de rester seul avec ce félin fou furieux.

— Je ne sais pas..., dit-il, ce qui était un mensonge éhonté.

— Bon, dit Kiki. Je me place là, vous vous faufilez de l'autre côté et vous l'attrapez par la peau du cou. Ce fichu matou a besoin d'apprendre les bonnes manières.

— Bonne chance, marmonna-t-il.

— On va y arriver, Alex. On a attrapé un criminel et sauvé des canards d'un méchant fermier. Qu'est-ce qu'une chatte à moitié sauvage pour nous ? On est des professionnels, non ? Et Miss Pretty est notre patiente.

— J'admire votre confiance, répondit-il, sceptique.

Ils s'approchèrent de la chatte avec précaution, à l'affût du moindre mouvement de l'animal. Heureusement, il n'y avait pas de meubles hauts dans la pièce.

Miss Pretty les observait, comme si elle les défiait.

— Miss Pretty, dit Alex en chantonnant, avançant d'un pas.

La chatte l'ignora et concentra son attention sur Kiki, ses yeux verts plissés de façon inquiétante.

— Qui est un méchant chat ? dit-elle en s'approchant lentement. On essaie de l'amadouer avec une friandise ?

— Ça ne marchera pas, dit Alex. Elle est très difficile sur la nourriture et elle déteste les caresses. Attention à ses griffes.

Encore quelques pas, et Kiki bondit vers le félin pour permettre à Alex de l'attraper. Repoussant les vicieux coups de griffes et les morsures, elle se bagarra de longues et pénibles secondes avant qu'Alex arrive à maîtriser la chatte.

Ramassant le cachet, Kiki le lui fourra dans la bouche pendant qu'Alex la tenait fermement. Après s'être assurés qu'elle avait bien avalé le médicament, ils la remirent dans sa cage en veillant à bloquer toute nouvelle tentative d'évasion et verrouillèrent la porte.

— Quelle horrible bestiole ! dit Kiki, hors d'haleine.

— Désolé, Miss Pretty, tu dois rester là jusqu'à ce que ton maître vienne te chercher.

— Suggérez-lui de venir la prendre ici. On forme une bonne équipe, mais ne tentons pas le diable.

— Elle vous a griffée, dit-il en lui effleurant la joue.

Elle leva la main et toucha l'estafilade sanglante.

— Je devrais peut-être demander une indemnité à mon patron pour travail dangereux ?

— S'il vous nettoyait, plutôt ?

La conduisant devant le lavabo, il lava la griffure à l'eau tiède et appliqua une couche de pommade antiseptique.

— Voilà, j'ai fini.

Elle leva vers lui son regard pétillant de malice.

— Pas de plâtre ni de bisou de consolation ?

— Vous vouliez me parler, Kiki ?

Elle acquiesça, reprenant son sérieux.

— La directrice de l'école primaire demande si vous accepteriez de faire un exposé à sa classe de CE1. Je lui ai dit que vous étiez occupé, mais que je vous en parlerais.

Il fronça les sourcils. Quelle idée. Les enfants préféraient sûrement être en récréation qu'écouter pérorer un type qui soignait des animaux pour gagner sa vie.

— Un exposé ? Sur quel thème ? demanda-t-il.

— Sur les animaux en général. Elle veut récompenser cette classe, et elle a pensé à vous.

Il réprima un frisson. L'idée de discourir devant une bande de marmots l'angoissait autant que partager la cage de Miss Pretty. Il s'efforça de dissimuler sa répugnance.

— Elle veut que je parle devant une classe d'élèves ?

Kiki acquiesça en grattant une petite griffure sur sa main.

— Elle prétend que les enfants adoreraient ça, mais je lui ai expliqué que vous ne faisiez pas ce genre de chose.

Il saisit sa main et la mit sous le robinet. Mieux valait mettre fin à cette conversation. Il attrapa un flacon de désinfectant et des compresses.

— Je regrette, mais vous direz à cette femme que je refuse. Je suis sûr qu'elle trouvera un autre vétérinaire pour le faire.

— Thorne pourra peut-être s'en charger quand il rentrera de l'île de Wight ? dit-elle en se rinçant la main.

Alex en doutait. Son associé ne resterait plus longtemps au cabinet. Alex avait décidé de racheter ses parts de l'affaire pour que Thorne puisse partir, son avocat préparait déjà les papiers. Il avait besoin d'un partenaire concentré sur son travail, pas sur les caprices de sa dernière conquête.

— Si d'autres écoles nous contactent encore, refusez.

Elle le considéra d'un air songeur.

— Vous n'aimez pas les instituteurs, Alex ? Vous avez été malheureux à l'école ?

Il toussota, mal à l'aise. Au contraire, l'école avait été un refuge pour lui, loin de sa triste vie familiale.

— J'adorais y aller, dit-il en essuyant la table d'examen. Je n'ai aucun problème avec les instituteurs.

Mais il en avait un avec l'idée d'affronter un groupe – même de jeunes participants qui ne risquaient pas de se plaindre ou de filer à l'anglaise. Il ne se donnait jamais en spectacle devant des inconnus, quel que fût leur âge.

Son estomac se tordit comme d'atroces souvenirs remontaient.

— Je ne fais pas les réunions d'enfants. *Jamais.*

Elle écarquilla les yeux.

— Vous n'aimez pas les enfants, Alex ?

Il haussa les épaules, gêné sous son regard.

— Je n'y ai jamais réfléchi. Je n'avais pas de raison puisque je ne me marierai jamais.

Ces mots lui laissèrent un goût aigre à la bouche, mais il refusait de mentir à Kiki. Pour lui, une famille était un rêve inaccessible, et il ne voulait pas perdre son temps à y penser.

Un moment, il avait espéré que Kiki et lui... Mais c'était oublié. Même s'ils se plaisaient, elle lui avait fait comprendre qu'elle voulait seulement être son amie le jour où elle l'avait planté au milieu de leur slow.

— Alors, peu importe que je les aime ou non.

— Pourquoi ne voulez-vous pas vous marier, Alex ?

— J'aime vivre seul et j'adore ma tranquillité.

— Allons donc ! Nous partageons la maison, et vous parlez tout le temps. Et vous n'allez plus vous coucher avant moi. Ce n'est pas le comportement d'un solitaire.

Il aurait donné cher pour qu'elle le laisse en paix.

— Vous n'avez rien à faire ? demanda-t-il sèchement.

— Vous ne croyez pas *vraiment* que vous ne vous marierez jamais, n'est-ce pas ? répondit-elle, ignorant la question.

— J'ai trente-sept ans, Kiki, et je suis toujours célibataire.

— Ce n'est pas si vieux, papy, dit-elle, moqueuse. J'en ai

trente-deux. Dois-je commander des déambulateurs et des sonotones au cas où nous en aurions bientôt besoin ?

— Vous parliez comme ça à vos anciens patrons ?

— Non, admit-elle avec un sourire narquois. Mais vous êtes aussi mon colocataire, c'est différent. Écoutez, si vous preniez un jour ou deux pour réfléchir ? Vous pourriez changer d'avis et décider que vous *aimeriez* parler à des enfants. Ils sont amusants quand on les connaît.

Il le savait déjà, pour avoir grandi entouré d'une ribambelle de cousins de tous âges. Appartenant à une famille nombreuse, il n'avait jamais manqué de compagnons de jeux avec qui faire des bêtises. C'était à la maison que la solitude lui pesait.

— Prévenez la directrice que je ne suis pas libre, dit-il fermement.

— Mais elle vous veut, Alex.

— Eh bien, elle ne m'aura pas, Kiki, répondit-il, furieux.

Il lui en voulait d'avoir ressuscité de vieilles émotions reléguées depuis longtemps aux oubliettes. Ses subordonnés ne semblaient rien comprendre à la relation employeur/employé. Quand il prenait une décision, ils étaient censés la respecter, même s'ils ne l'approuvaient pas.

— Mais...

Il leva la main pour lui imposer silence.

— C'est non. Dites à cette femme de prendre un policier à la place. Ou un médecin. Peu importe. Je suis vétérinaire, pas enseignant. J'ai choisi ce métier parce que les animaux ne contestent pas mon autorité et ne répliquent pas, eux. Et j'aimerais bien que mes collaboratrices en fassent autant.

— Pourtant, elles mordent...

— Les animaux femelles ou mes collègues ? demanda-t-il, sentant son sang s'échauffer en imaginant où il aimerait *la* mordre dans l'intimité d'une chambre.

— Et vous osez m'accuser d'entêtement ? Eh bien, Alex Morsi, vous êtes l'être le plus déraisonnable et le moins serviable que je connaisse !

Il ravala sa rancœur devant sa déception.

— Il y a combien d'enfants dans cette classe ?

— Aucune idée. Une trentaine, j'imagine.

Trente visages le regardant fixement. Trente paires d'yeux guettant la faute, le ridicule. Trente voix ricanant et proférant des insultes.

Non, il n'y arriverait pas.

Il passa une main moite et tremblante sur son front.

— Je regrette, mais la réponse est toujours non.

Elle ouvrit la bouche pour protester, mais il secoua la tête. Quand il était parti de chez lui pour aller à l'université en Angleterre, il s'était juré de ne plus jamais parler en public. Et personne – pas même Kiki – ne le ferait changer d'avis.

— Je ne fais jamais de conférences, quelles qu'elles soient.

Elle le dévisagea.

— Oubliez l'exposé. Je n'ai pas envie que vous le fassiez, de toute façon. Mais je ne partirai pas tant que vous ne m'aurez pas donné la vraie raison de votre refus.

Était-ce le ton conciliant qu'elle employa qui vainquit sa résistance ? Pour la première fois de sa vie, il avait envie de se libérer des secrets enfouis depuis si longtemps au fond de lui.

— Je ne supporte pas de parler devant des groupes, ça me déstabilise, dit-il, les yeux fixés sur le plafond.

— Je ne savais pas...

Il ferma les yeux et déglutit.

— Votre mère était gentille, Kiki ?

— Très.

Il rouvrit les yeux et soutint son regard.

— Pas la mienne. Elle aime jouer avec les gens et les faire souffrir. Il y a chez elle quelque chose de laid, de tordu. Un besoin maladif d'humilier.

Kiki l'écoutait en silence.

— Toute mon enfance, elle a pris plaisir à m'embarrasser et à me tourmenter. Sa torture préférée était de me forcer à rester debout en sous-vêtements avec les orteils sur une tapette à souris, pendant que je récitais de la poésie devant ses amis comédiens. La première fois, j'avais quatre ans. J'ai uriné sur moi quand ils se sont moqués de ma prononciation du mot « entrave », terrorisé à l'idée que mes orteils risquaient d'être écrasés par le piège de métal.

— Une tapette à souris ?

— Oui. Le piège qui se referme en claquant dès qu'on l'effleure. Je n'ai su que des années plus tard qu'il était cassé et ne m'aurait fait aucun mal. Mais j'étais pétrifié, ce que ma mère voulait.

Kiki, muette d'horreur, ne dit rien.

— Je peux réciter du Byron et du Shakespeare les yeux fermés. Mais j'ai envie de vomir chaque fois que je lis ou que j'entends leurs textes.

— Elle vous a souvent imposé ce supplice ? demanda Kiki, sortant de son mutisme.

— Quand ses amis venaient à la maison, elle me tirait du lit en pleine nuit et me plantait au centre de la pièce, et ils m'entouraient et se moquaient de moi. Une torture pour un enfant timide et potelé qui préférait lire seul dans son coin que subir la compagnie d'adultes inconnus. La plupart étaient défoncés ou ivres, et ils ironisaient sur mon accent ou mon poids. Si je me trompais en récitant, elle me punissait avec la brosse à récurer qui servait à nettoyer les sols. Les poils étaient durs sur ma peau et me faisaient très mal.

— Et votre père ? murmura Kiki, les yeux noyés de larmes.

Il haussa les épaules.

— Il était trop occupé à noyer ses peines au pub pour se soucier de ce qui se passait à la maison. Une fois, il est rentré durant une séance particulièrement horrible...

— Qu'est-ce qu'il a fait ? demanda-t-elle avec douceur.

— Il a vacillé sur le seuil, a regardé autour de lui, puis il est monté dans sa chambre en titubant. Le lendemain, il m'a dit que la tapette à souris était cassée.

Kiki contourna la table et lui prit les mains.

— Oh ! Alex... Je suis tellement désolée. Je n'ai pas réfléchi en vous demandant ça. J'ai juste pensé...

— ... Que je vous contrariais pour le plaisir ? Quand j'ai quitté l'Irlande, j'ai juré de ne plus laisser personne me contrôler.

Elle secoua la tête avec incrédulité.

— Par leur inhumanité stupide et gratuite, vos parents se sont privés de l'amour d'un fils merveilleux. Vous êtes l'homme le plus gentil, le plus doux que je connaisse. Vous ne devez plus laisser leur cruauté vous atteindre.

— En plus des canards, vous défendez aussi les vétérinaires ? dit-il en une piètre tentative de plaisanterie.

Il lut de la compassion dans son regard. Il avait envie de la prendre dans ses bras et de lécher les larmes qui perlaient au coin de ses yeux. D'effacer sa tristesse et de l'embrasser jusqu'à ce qu'ils oublient le passé, l'avenir, et célèbrent le présent. De noyer ces souvenirs haïs dans le velours de son corps doux et voluptueux.

Il se contenta de serrer ses mains dans les siennes.

— Désolé, je ne peux pas faire cet exposé. Je ne peux pas.

11

Kiki, le regard vide, posa son téléphone sur la table de la salle de repos. Elle s'efforçait d'assimiler ce qu'elle venait d'apprendre. La brève conversation qu'elle avait eue avec sa marraine lui donnait des envies de meurtre.

Elle se leva, faisant crisser les pieds de sa chaise sur le sol carrelé. L'estomac noué, elle était incapable d'avaler une seule bouchée du repas qu'elle avait apporté.

Comment pouvait-il lui faire ça ? Comment Alex osait-il se servir de leur amitié pour approcher en douce sa marraine et lui proposer d'acheter Fingle Lodge alors qu'*elle* l'occupait encore ? Ne pouvait-il attendre qu'elle ait fini de rénover la bâtisse avant de tenter de l'évincer ? Avait-il hâte de la chasser au point de ne pas hésiter à agir dans son dos ?

Prenant son téléphone, elle emporta sa tasse de café pleine dans l'évier, la vida et la rinça en tremblant.

Et comment sa marraine osait-elle considérer son offre sans même avoir la décence de lui en parler à elle, Kiki ? Elle n'avait pas les moyens d'acheter la demeure, mais sa marraine aurait pu la consulter par courtoisie. Elle n'était pas censée faire affaire avec un type sournois et déloyal prêt à toutes les bassesses pour s'approprier son bien.

Dire qu'après les confidences d'Alex sur son enfance elle avait cru que leur relation s'était renforcée… En réalité, ce faux jeton n'avait plus besoin d'elle et voulait la chasser. De la maison, et de son existence.

L'histoire de sa vie se répétait, une fois de plus.

Elle quitta la salle de repos et alla à la réserve où Alex vérifiait une livraison de fournitures.

Depuis leur conversation, il l'évitait, mais elle respectait son besoin d'être seul. Et puis sa marraine l'avait appelée, et maintenant, il lui devait des explications. Elle allait exiger des réponses.

Qu'est-ce qui clochait chez elle pour que les hommes fassent si peu cas de ses sentiments ? Pourquoi cela arrivait-il chaque fois qu'elle tenait à un homme ? Son père d'abord, qui l'avait méprisée en la traitant comme quantité négligeable. Puis son ex, qui ne la respectait pas assez pour lui être fidèle. Et aujourd'hui Alex...

C'était l'ultime désillusion. Mais elle en avait assez que les autres fassent passer leurs désirs avant les siens.

Elle avait hâte de voir comment il allait se justifier d'avoir agi dans son dos pour acquérir la propriété où *elle* vivait. Quand il avait dit que Fingle Lodge l'intéressait, elle n'avait jamais pensé qu'il voulait en devenir le propriétaire.

Arrivée à la porte de la réserve, elle le vit penché sur l'ordinateur au fond de la petite pièce étroite. Elle se dressa, hérissée comme un chat en colère.

Il s'était servi de leur amitié pour la manipuler et parvenir à ses fins. Il projetait de lui voler son toit. De la priver de la chaleur d'un foyer, comme son père quand il était parti.

Pourquoi avait-elle bêtement cru qu'il était meilleur que les autres ? Il avait trahi sa confiance, comme eux.

S'avançant entre les étagères chargées de matériel médical du sol au plafond, elle cracha son nom avec mépris.

— Alex.

— Kiki ? dit-il en levant la tête.

Elle ignora son air gêné et son visage empourpré. Ses confidences ne la concernaient plus. Il trouverait une autre femme pour le plaindre. Elle s'y refusait désormais. C'était la dernière fois qu'un homme se servait d'elle.

— Espèce de sale sournois ! Vous pensiez vraiment que je ne le découvrirais pas ?

Il s'approcha et la fixa, les yeux rétrécis.

— Je vous ai contrariée ? demanda-t-il enfin.

C'est peu de le dire.

— Ne jouez pas les innocents ! cria-t-elle. Je sais ce que vous avez fait.

Au lieu de se défendre, il croisa les bras.

Enfonçant brutalement l'index dans son torse, elle se fit mal et grimaça malgré elle.

Perplexe, il emprisonna son doigt dans les siens pour prévenir une nouvelle agression.

— J'imagine que ça n'a rien à voir avec notre conversation de ce matin, alors qu'est-ce qu'il y a, Kiki ?

Elle brûlait de haine pour les hommes et leur traîtrise. Quand ils ne mentaient pas et ne trichaient pas, ils trouvaient toujours une façon de détruire la vie d'une femme.

Tenant toujours son doigt, il l'attira doucement à lui.

— On peut jouer aux devinettes, mais si vous me disiez exactement quel crime affreux j'ai commis ?

Sa réaction la sidérait. Elle s'attendait à ce qu'il soit gêné d'être percé à jour, mais non. Il était d'une impudence rare.

— Vous ne vous en tirerez pas comme ça !

— Il faudrait déjà que je sache de quoi on parle, dit-il avec malice.

Elle ne pouvait pas lui faire confiance. Il était comme tous les hommes auxquels elle avait eu la bêtise de s'ouvrir. Mais la trahison d'Alex était pire, car elle l'avait cru différent.

— J'ai appris ce que vous avez fait, dit-elle, ébranlée.

Il la déstabilisait. Depuis leur rencontre, toute sa vie était bouleversée. Un instant elle croyait le comprendre, et le suivant il faisait quelque chose d'inattendu qui détruisait la confiance qu'elle avait en lui et remettait tout en question.

— Soyez plus claire, dit-il en soupirant.

— Je sais pourquoi vous logez à la maison en faisant semblant d'être mon ami.

Sa voix se brisa, et elle pria pour qu'il n'ait rien remarqué. Le matin même, quand il lui avait parlé des mauvais traitements de sa mère, elle avait espéré... Mais cela n'avait plus d'importance. Il ne comptait plus pour elle. Elle avait déjà connu la trahison, elle survivrait à la sienne.

— Vraiment ? dit-il, soucieux.

Il semblait sincèrement perplexe. Elle jeta un regard noir à sa main qui immobilisait toujours son doigt.

— Lâchez-moi.

Il obtempéra immédiatement et recula.

— Bien sûr. Mais essayez de me parler sans prendre mon torse comme punching-ball. Il vous en sera reconnaissant.

Elle laissa retomber sa main et serra le poing. Elle prit une profonde inspiration pour réprimer de douloureux sanglots. Elle ne pleurerait pas devant lui.

— Vous n'êtes qu'un hypocrite.

Tout humour disparut des yeux d'Alex, qui se durcirent.

— Une lourde accusation, Kiki. Pour quelle raison prétendez-vous une telle chose ?

Elle leva le menton. Sa conversation avec sa marraine prouvait qu'il était coupable. Son amitié et ses baisers n'avaient été qu'un stratagème retors pour avoir la maison.

— Vous avez fouillé mon téléphone pour trouver le numéro de ma marraine, n'est-ce pas ?

— Je n'ai jamais touché votre téléphone, dit-il fermement.

— Comment auriez-vous eu son numéro, autrement ? répondit-elle, décidée à le confondre.

— Le numéro de qui ?

— Celui de ma *marraine*, dit-elle avec exaspération. La propriétaire de Fingle Lodge, que vous avez contactée pour lui faire une offre en vue de l'acheter.

— Ah...

Que signifiait ce « ah » ? Et pourquoi ne se sentait-il pas coupable maintenant qu'elle l'avait percé à jour ?

Il posa les mains sur ses hanches.

— J'ai eu son numéro par votre voisine, qui habite le cottage au bout du chemin.

C'était possible puisque la vieille dame détenait les clés de la maison et était une amie de sa marraine...

Kiki s'empourpra, humiliée. Elle n'avait pas pensé à Mme Bush. Une erreur stupide. Mais cela ne changeait rien au fait qu'Alex avait utilisé leur relation pour servir ses intérêts. Son invitation à séjourner à Fingle Lodge après ses problèmes de cumulus avait dû être une aubaine pour lui.

— Pas d'excuses, Kiki ? dit-il avec un ricanement.

— Vous n'en êtes pas moins un faux jeton d'avoir agi dans mon dos.

— C'est la propriété de votre marraine, et d'après elle, vous n'y resterez que jusqu'à la fin des rénovations. Est-il juste qu'elle soit à nouveau laissée à l'abandon simplement parce que vous voulez quitter le Dorset ? Se dégradant comme le reste du domaine Cattleson ? Ne mérite-t-elle pas d'être sauvée ? Pour que des familles puissent y vivre ?

Elle refoula les larmes idiotes qui lui piquaient les yeux. Il avait raison, mais pourquoi fallait-il qu'il soit aussi impatient de se débarrasser d'elle ? C'était pour *ça* qu'elle refusait de laisser l'amour prendre le contrôle. Car la trahison d'un être aimé ne laissait derrière elle que déception et désolation. Et là, elle ne savait plus vraiment ce qu'elle ressentait.

— Je n'ai encore rien décidé pour mon avenir. D'ici là, et tant que ma marraine n'a pas accepté votre offre, Fingle Lodge est *ma* maison. Vous n'êtes qu'un *pensionnaire*.

Un changement s'opéra en Alex. Il s'approcha et sa haute silhouette intimidante occupa soudain tout l'espace.

— Vraiment ? rétorqua-t-il, presque menaçant. Vous débarquez ici en faisant un drame d'un coup de fil que j'ai donné, et vous avez le toupet de me traiter de *pensionnaire* ?

Elle passa la langue sur ses lèvres, regrettant d'être allée aussi loin. Le parfum épicé de l'after-shave d'Alex lui titillait les narines et lui montait à la tête.

— Oui, Alex, vous n'êtes rien d'autre qu'un pensionnaire, ou un locataire, peu importe, c'est pareil.

Il lui saisit les bras et la poussa contre les étagères. Avec un hoquet, elle empoigna sa chemise et sentit la chaleur de son corps sous ses doigts.

— Qu'est-ce que... ?

— Chut, ordonna-t-il, tendant le bras pour fermer la porte de la réserve qui claqua sourdement.

L'obscurité les enveloppa, trouée uniquement par la lueur de l'écran de l'ordinateur.

Elle déglutit dans l'air soudain étouffant. Des gouttes de sueur perlèrent entre ses seins et elle se mit à trembler, partagée entre la peur et l'excitation. À l'évidence, Alex allait se venger.

— Après tout ce que nous avons fait et tout ce dont on a parlé, vous m'accusez de fouiller votre téléphone et d'utiliser notre amitié, dit-il d'une voix sourde. Vous me croyez malhonnête à ce point ?

Elle frissonna, effrayée par son calme.

Avec un petit rire, il se colla contre elle, bloquant jusqu'à l'air qu'elle respirait.

— J'étais furieuse, je vous croyais comme les autres...

Les excuses moururent dans sa gorge tandis qu'il lâchait son bras pour poser la main au creux de sa taille. Elle sentit la chaleur de ses doigts brûler sa peau à travers sa blouse d'uniforme.

— Quand comprendrez-vous qu'il y a des gens dignes de confiance ?

Elle tenta de s'écarter, mais il la coinçait contre les étagères, rendant toute fuite impossible. Son autre main remonta sur son bras et s'arrêta, caressante, sur son épaule.

— On ne peut pas vivre sans faire confiance, Kiki.

— Comment réagir autrement quand on ne cesse de vous trahir ? dit-elle, distraite par son comportement.

— Mais parfois, comme maintenant, vous vous trompez en imaginant le pire. Je ne comprends pas comment vous osez me considérer comme votre pensionnaire alors que nous nous sommes embrassés et que nous avons dansé ensemble.

Elle préférait ne pas se rappeler leur baiser pendant que son torse dur et musclé se pressait contre sa poitrine, excitant la pointe de ses seins et enflammant son corps.

— Ce baiser ne voulait rien dire, dit-elle faiblement comme les doigts d'Alex trouvaient la zone sensible de son cou.

Il ne signifiait rien pour lui, en tout cas. Sinon, pourquoi n'avait-il pas renouvelé l'expérience ? Ils vivaient sous le même toit, il ne manquait pas d'occasions de le faire.

— Vous m'avez embrassée parce que j'ai pleuré...

— Non, je vous ai embrassée parce que je ne pense qu'à ça

chaque fois que je vous regarde. Quand je vous touche, je vous déshabille mentalement, retirant chaque vêtement de votre corps délicieux en imaginant ce qu'il cache. Je ne vous ai pas embrassée parce que vous étiez triste, mais parce que je vous désire.

Elle retint un cri en sentant sa main empoigner ses fesses.

— Je vous ai embrassée pour que vous cessiez de penser aux raisons que nous avons de ne pas le faire.

Elle soupira, focalisée sur la main qui la caressait.

— Je vous ai embrassée parce que vous avez la bouche la plus jolie, le rire le plus coquin, et j'y ai pris un plaisir fou.

Il captura sa bouche pour le lui prouver, et ses lèvres chaudes l'explorèrent avec une délicatesse qui vainquit sa résistance. Elle enregistra à peine le bruit des boutons-pressions de sa blouse qui sautaient et le froissement du tissu qu'il écartait. Elle gémit quand il glissa les doigts dessous et caressa ses seins voilés de dentelle, brûlant sa chair tendre.

Son autre main l'attira à lui, et il se plaqua contre elle pour lui montrer la force de son désir. Elle recula, le souffle court.

— Je vous embrasse, reprit-il d'une voix rauque, car je veux vous entendre haleter mon nom, sentir votre désir dans chaque doux gémissement qui franchit vos lèvres, et goûter sur ma langue la passion que vous réprimez.

Il reprit sa bouche, étouffant les plaintes générées par ses caresses, et l'entraînant dans la ronde intime des rapports amoureux avec l'application d'un professeur zélé.

— Pourtant, vous m'accusez et vous doutez de ma loyauté, dit-il, haletant, en s'arrachant à elle. Si quelqu'un est coupable de mensonge et de manigance, c'est vous.

— Moi ?

Il continuait à caresser ses seins, titillant les pointes dures.

— Vous avez fui après notre baiser, et vous m'avez planté là pendant que nous dansions. Vous avez refusé de me donner la seule chose que je demandais pour mon anniversaire. Alors, même si la tentation est forte, je ne vous prendrai pas ici, dans la réserve, où n'importe qui peut nous entendre.

Elle enfonça les doigts dans ses épaules. Elle avait honte de l'avoir blessé, de l'avoir laissé tomber. Elle s'était enfuie pendant leur slow parce qu'elle avait peur de tomber amoureuse de lui, prenant chaque jour plus de plaisir à sa compagnie et voyant faiblir ses résolutions.

— Vous ne croyez pas en moi parce que d'autres hommes vous ont fait mal et vous ont humiliée. Je comprends votre réticence à accorder votre confiance, mais je ne veux *pas* être puni quand je ne suis pas à blâmer. Et pas question que vous m'utilisiez pour satisfaire votre curiosité.

— Ma curiosité ?

— Sur le sexe, répondit-il durement. Je suis le seul homme avec qui vous ayez voulu aller plus loin, n'est-ce pas ?

— Oui...

— Vous avez refusé toute intimité avec un homme, même celui que vous comptiez épouser. Pourtant, vous êtes prête à faire l'amour avec moi dans cette réserve. En quoi suis-je différent de votre fiancé ? De n'importe quel homme que vous vous êtes empêchée d'aimer ?

— Je ne sais pas, répondit-elle, ce qui était faux puisqu'elle était consciente que la différence, c'était qu'elle n'avait jamais aimé ces hommes.

Elle chercha son visage dans l'obscurité. Elle avait besoin de le toucher, de retrouver l'homme passionné qu'il était quelques instants plus tôt.

— S'il vous plaît, Alex, supplia-t-elle en frôlant sa joue.

— Vous êtes toujours la petite fille qui laissait son père diriger sa vie. Il n'en fait plus partie, mais il est là-dedans, dit-il en lui tapotant le crâne du doigt. Dans votre tête, à contrôler vos pensées, vos décisions. Vous êtes adulte, mais vous vivez encore dans le passé, fuyant toute chance d'un avenir merveilleux, de bonheur et d'amour.

— Arrêtez, plaida-t-elle, refusant d'en entendre davantage.

— Ouvrez votre cœur, Kiki. Ou vous ne changerez jamais. Votre vie restera figée dans une peur stérile. Tendez les bras à une existence meilleure, plus riche. Vous dites que je ne dois pas me laisser affecter par le comportement passé de mes parents. N'est-il pas temps que vous en fassiez autant ?

Il appuya son front au sien.

— J'ai envie de vous, mais je ne veux pas vous voir quitter mon lit un matin sur un adieu parce que vous aurez peur. Je ne vous donnerai pas mon engagement pour vous regarder le détruire. Je ne ferai l'amour avec vous que lorsque vous m'offrirez ce que j'attends. Je le mérite.

Elle déglutit avec effort, la gorge serrée.

— Par « engagement », vous entendez « amour » ?

— Peut-être.

L'amour. En revenait-on toujours là ? À cette émotion qu'elle refusait de reconnaître et dont elle se méfiait tant ?

— Pourquoi l'amour est-il si important ?

Il soupira et planta un baiser sur sa tête.

— Je regrette que vous ne le sachiez pas.

La porte de la réserve s'ouvrit brusquement, déversant un flot de lumière sur eux.

— Vous faites l'inventaire, Alex ? demanda Anne.

— On réglait des litiges entre employés. On a fini.

Son ton irrévocable fit monter un sentiment de malaise en Kiki. Il recula et, scrutant une dernière fois son visage, il s'éloigna.

— Il est exaspérant, fit-elle en refermant sa blouse.

Anne avait dû l'entendre du couloir.

— C'est pour ça qu'on l'aime, non ? demanda-t-elle.

Kiki ne répondit pas. Elle en avait marre de l'amour et de ses implications. Elle était venue confronter Alex à ses supposés mensonges, au lieu de quoi il avait cruellement exposé ses doutes, l'exhortant à faire confiance à l'amour, ce sentiment qui avait détruit sa mère. S'il tenait à elle, pourquoi exigeait-il d'elle la seule chose qu'elle s'était juré de ne jamais donner à un homme ?

— Vous l'aimez bien, hein ?

Surpris, Alex lâcha ses clés. Anne était assise, un carnet à la main, au comptoir de l'accueil.

— Je croyais que tout le monde était parti, dit-il en ramassant ses clés.

Anne haussa les épaules.

— Harry avait une réunion et Dee et ses amies néo-zélandaises sont au cinéma à baver devant un acteur « canon » au nom impossible à prononcer. J'ai décidé de rester pour écrire des lettres de condoléances aux maîtres de nos patients morts récemment... Vous répondez à ma question, ou je considère la scène de la réserve comme une preuve ?

— Oui, je l'aime bien, répondit-il gravement en s'approchant. Mais ce n'est pas important.

Anne lui assena une tape sur le front.

— Ne me prenez pas pour une idiote, Alex. On est amis depuis trop longtemps.

Les sourcils froncés, il s'accouda au comptoir.

— Je n'oserais pas. Vous êtes trop mauvaise quand vous êtes contrariée.

— Depuis que l'exquise Mlle Brown est là, j'ai l'impression que vous perdez la boule en découvrant l'univers mystérieux de la romance. Je ne vous avais jamais vu aussi intéressé par une femme.

Il ne prit pas la peine de nier.

— Il n'y en a pas deux comme elle. Elle est unique.

Anne l'étudia par-dessus ses lunettes avec un sourire ravi.

— Je suis contente que vous en ayez conscience.

Il frappa le comptoir du poing. Le cœur de Kiki était si meurtri qu'elle refusait tout ce qu'il aspirait à lui offrir.

— Ça ne me sert pas à grand-chose...

Anne retira ses lunettes et les glissa dans sa poche.

— Quand j'ai rencontré Harry, j'ai su que je l'épouserais dès notre première conversation. Outre le fait que nous soutenions la même équipe de foot, il m'a fait éprouver un sentiment que je n'avais jamais connu avant. Vous savez lequel ?

Alex ferma les yeux en soupirant.

— Le sentiment qu'il vous complétait. Qu'il avait tout ce qui manquait à votre âme.

— C'est ça. Quoi qu'il arrive, je sais qu'il est là, qu'il me tient la main, qu'il m'écoute. Je peux affronter tous les problèmes, savourer tous les plaisirs, s'il marche à mes côtés.

— Et si son passé l'avait tellement blessé qu'il refusait de voir qu'il peut partager quelque chose de spécial avec vous ?

Anne ne répondit pas directement.

— Qu'est-ce qui s'est passé entre vous ? Outre ce baiser dans la réserve, cadre aussi peu romantique que possible...

Il sourit. Oui, embrasser Kiki avait indéniablement été un bon moment. Avec l'excitation érotique de chercher ses formes dans le noir et de découvrir ce qu'il rêvait de toucher.

Anne lui jeta un regard réprobateur.

— J'ai senti des dissensions entre vous tout à l'heure.

— J'ai fait une offre pour acheter la demeure de sa marraine et j'ai oublié de lui en parler. Je ne pensais pas que c'était important.

Elle lui donna une bourrade.

— Ça ne m'étonne pas qu'elle soit remontée contre vous !

— Et refuser de faire l'amour avec elle cet après-midi n'a rien arrangé.

— Plutôt cinglant pour l'ego d'une femme, dit-elle avec un sifflement. Elle vous a devant elle, brûlant de désir, et vous jouez les moralisateurs ! Ne me dites pas que vous n'avez pas cédé à votre attirance ? Alors que vous partagez le même toit et que vous avez mille occasions de badiner à longueur de nuits ?

— C'est dur, admit-il avec un grognement.

— Ben voyons. Alors, qu'allez-vous faire ?

— Aucune idée. Je suis dans la mouise jusqu'au cou et ça ne fait qu'empirer. Chaque fois que ça semble aller mieux, quelque chose vient tout gâcher.

— Pourquoi ai-je l'impression que vous ne me dites pas tout ? demanda Anne d'un air soupçonneux.

Il fronça les sourcils.

— Kiki vous a parlé d'un exposé pour l'école ?

— J'étais à l'accueil quand Mlle Ingle est venue. Une femme bizarre... Mais je trouve que c'est une bonne idée.

Il battit en retraite pour s'épargner une nouvelle tape.

— J'ai refusé, dit-il.

— Pourquoi ? demanda Anne, les yeux rétrécis.

Une question simple, mais la réponse était commpliquée. Il n'était pas sûr que Kiki ait compris. Comment comprendre si on n'avait pas affronté les mêmes démons que lui ?

— J'ai horreur de parler devant un groupe de gens.

— J'ai horreur du rutabaga, mais Harry adore en cultiver, alors j'en mange sans me plaindre pour lui faire plaisir.

— C'est vrai ? s'écria-t-il, incrédule.

— Bon, d'accord. Je rouspète un peu, mais il prétend que c'est bon pour moi, alors je râle, mais j'en mange.

— Il y a une différence entre discourir devant des écoliers et avaler des rutabagas.

— Je veux dire que parfois on n'a pas d'autre choix que faire quelque chose qu'on déteste pour un être cher. Pour notre anniversaire de mariage, Harry m'emmène toujours à la plage, quel que soit le temps. Il déteste la mer et a une aversion pour le sable, mais il le fait pour moi. Durant quelques heures, je reste assise sur le sable à respirer le vent marin, et je me souviens des vacances de mon enfance.

— Kiki prétend qu'elle comprend la raison de mon refus.

— Bien. Mais en le faisant, vous lui montreriez que vous pouvez faire un effort sur vous-même. Vous êtes inflexible, parfois, Alex. C'est dans votre nature, mais si vous voulez impressionner Kiki, vous devez faire quelque chose d'inattendu.

— Comme cet exposé ?

— Vous placeriez le plaisir des enfants avant votre inconfort, montrant à Kiki que vous êtes prêt à vous sacrifier. Qu'on peut compter sur vous pour aider les autres.

— Je crois que je préférerais m'asseoir sur la plage et manger du rutabaga pendant une année entière...

Anne se leva et contourna le comptoir de l'accueil. Sans un mot, elle le prit dans ses bras et l'étreignit.

— Vous êtes le type le plus adorable que je connaisse, mais vous êtes seul. Je le voyais dans vos yeux, mais ça a disparu avec l'arrivée de Kiki. Courage, Alex. Faites cet exposé pour elle et montrez-lui combien vous êtes génial.

— Elle ne veut pas tomber amoureuse, argumenta-t-il, conscient que Kiki devait le haïr, à présent.

Anne s'écarta et lui tapota l'épaule.

— Je crois que c'est déjà fait. Il ne vous reste plus qu'à lui démontrer que ses sentiments sont partagés.

Elle l'aimait.

Kiki chassa cette pensée, refusant de s'y attarder. Mais son esprit obstiné ne voulait pas se taire.

Elle aimait le Dr Alex Morsi.

Et alors ? Cela passerait, comme la grippe ou une crise d'urticaire. Elle devait simplement garder son calme et attendre que son monde retrouve sa morne routine. Elle ne se laisserait pas abattre par un sentiment ridicule, surtout l'*amour*.

— Vous ignorez combien votre vie est agréable, dit-elle aux canards blancs qui cancanaient, indifférents à sa présence. Vous barbotez toute la journée et vous vous dandinez en picorant l'herbe en quête d'un ver ou d'un escargot juteux. Une vie simple, pas compliquée par la présence d'un homme.

Depuis leur arrivée à Fingle Lodge, les canards avaient pris leurs habitudes. Elle veillait à leurs besoins et leur parlait sans qu'ils lui témoignent le moindre intérêt, sauf quand elle leur apportait à manger.

Vérifiant le niveau d'eau dans la grande pataugeoire bleue qu'elle avait achetée au rayon jouets du supermarché, elle alla chercher la vieille brouette dans la grange pour transporter les seaux d'eau.

— Nous humains, nous nous occupons de choses dont vous n'avez pas à vous soucier. Nous gérons des amitiés compliquées avec des hommes horripilants qui mettent notre patience à rude épreuve, et nous affrontons un surcroît de problèmes quand nos sentiments stupides nous échappent.

Arrivée devant l'abreuvoir en métal qu'Alex avait acheté à un ami fermier elle regarda une cane attaquer une feuille de son bec orange.

— Toi, tu vois un canard mâle et tu penses à t'accoupler avec lui. Mais quand une femme regarde un homme, elle se demande s'il vaut la peine d'être connu, s'il deviendra ennuyeux à mourir après deux sorties, ou pire, s'il exigera plus qu'elle ne veut lui donner.

Par exemple l'affection, l'engagement, l'amour.

Bon sang, elle *aimait* Alex. D'un amour total, qui donnait des palpitations, coupait les jambes, dévorait l'âme. Soupçonner qu'il en allait ainsi était une chose, l'admettre en était une autre.

Elle ne voulait pas l'aimer. L'amour faisait mal, il était source de chagrin. Il engendrait la destruction.

Après l'abandon de son père, elle s'était juré de ne plus jamais donner à un homme un tel pouvoir sur sa vie, et, pendant des années, elle avait tenu parole.

Jusqu'à sa rencontre avec Alex.

Il n'avait pas la méchanceté de son père. Il était bon. Un homme bien, comme elle croyait qu'il n'en existait plus.

Mais il existait bel et bien, et elle l'aimait, malgré ses efforts pour résister.

Elle transporta deux seaux d'eau fraîche dans la brouette. Elle versa suffisamment d'eau dans la pataugeoire pour que les canards puissent s'y ébattre et nager. Et certains d'entre eux ne tardèrent pas à venir faire trempette.

Elle regarda pensivement trois canards s'approcher en tortillant le derrière et soupira.

— Je vais quitter Fingle Lodge. Quelle raison ai-je de rester ?

En partant aujourd'hui, elle pourrait aller voir sa marraine dans le Kent. Elle essuya une larme. Elle voulait mener une vie heureuse avec un homme qu'elle *aimait bien, rien de plus*. Mais Alex l'avait maudite avec ses baisers. La condamnant à une existence vide de sens, à un avenir désenchanté.

Aucun homme ne pourrait rivaliser avec lui maintenant qu'elle savait ce qui manquait à sa vie.

Il tenait à l'engagement, à l'amour. Elle l'aimait, mais cela la terrifiait. Et si en s'éveillant un matin elle découvrait que l'amour avait disparu ? S'il changeait d'avis dans quelques jours ? Si l'attirance s'éteignait quand ils auraient fait l'amour ?

Alex n'avait pas vraiment avoué qu'il l'aimait. Elle ne voulait pas qu'il lui brise le cœur. Elle pouvait l'aimer et reprendre le cours de sa vie.

Elle rapporta les seaux et compta les canards dont plusieurs avaient regagné leur enclos. S'étant assurée qu'il n'en manquait pas, elle s'en alla et verrouilla la barrière. Puis elle rapporta la brouette dans la grange.

Elle voulait que les bras aimants d'Alex lui tiennent chaud la nuit. Se réveiller le matin et le voir près d'elle dans le lit, ébouriffé et sexy. Sentir la tiédeur de son corps la réchauffer durant les nuits fraîches, entendre sa voix rauque lui dire bonjour, tout contre sa peau.

Il l'avait accusée de vivre dans le passé et de laisser le rejet de son père gouverner ses choix, et il n'avait pas tort. Au lieu d'oublier son géniteur, elle l'avait trimballé partout avec elle comme un fardeau nauséabond.

Comment avait-elle pu être aussi bête ?

Ne valait-il pas mieux courir après l'idéal que céder à la peur et ne jamais grandir ni changer ? Risquer une chance de bonheur plutôt qu'endurer une longue vie solitaire sans l'homme qui la faisait sourire ?

Le seul qu'elle ait vraiment aimé.

Et s'il doutait de ses sentiments à elle ? Si, après leur conversation dans la réserve, il n'éprouvait plus la même chose pour elle ?

Eh bien, elle trouverait un moyen de le faire changer d'avis. Elle se battrait pour posséder son cœur. Lui montrer qu'elle était prête à s'engager totalement dans leur relation.

Mais d'abord, elle devait aller en ville faire une chose qui lui prouverait son amour. Elle espérait seulement que ce ne serait pas trop douloureux.

12

Alex allait vomir devant tout le monde. Il allait rendre son petit déjeuner sur une bande de demi-portions en uniforme d'écolier. En particulier la fillette aux rubans rouges et aux barrettes coccinelles dans les cheveux, qui le fixait comme si elle voyait déjà en lui un raté pathétique.

Son expression lui rappelait les regards dégoûtés et désapprobateurs auxquels sa mère l'avait quotidiennement soumis durant son enfance et son adolescence.

Il grimaça en sentant la bile lui brûler la gorge.

Toussotant, il chercha des yeux le jardin miniature de l'école. Un coin artistique avait été aménagé à partir de conteneurs en plastique colorés, et d'étranges statues avaient été fabriquées avec des bouteilles de soda recyclées et autres objets non identifiés. De chaque création jaillissait toute une variété d'herbes et de fleurs fraîches.

Alex revint aux écoliers qui le regardaient, assis en demi-cercle sur un carré de pelouse. Quinze enfants en tout, pas trente. Mais c'était assez pour lui donner la nausée.

« Respirez à fond et comptez jusqu'à vingt », lui avait conseillé Anne avant de l'abandonner pour aller s'asseoir.

Il venait affronter ces élèves pour prouver qu'il s'était libéré de l'emprise de ses peurs passées, et montrer à Kiki qu'il pouvait survivre à cette épreuve, pour elle.

Rien ni personne ne le contrôlait. Ni son sinistre passé, ni la jolie blonde qui avait bouleversé son existence.

Conscient qu'il ne serait pas le bienvenu à Fingle Lodge, il avait passé la nuit sur le brancard du cabinet. Désormais c'était à Kiki de décider de l'avenir de leur relation.

Incapable de dormir, il avait ressassé pendant des heures sa conversation avec Anne, et avait fini par prendre une décision. Au matin, il avait appelé l'école pour dire qu'il acceptait de faire l'exposé, à condition que ce soit le jour même. Inutile de faire traîner les choses.

Et maintenant, assis sur une chaise trop petite, l'estomac noué, il faisait face à une bande de gamins agités avec une furieuse envie d'être ailleurs.

Il étira les jambes devant lui. La prochaine demi-heure promettait d'être une torture. Mais il espérait en venir à bout.

— Je peux avoir de l'eau ? demanda-t-il.

Mlle Ingle et l'institutrice de la classe – dont il avait oublié le nom – se précipitèrent dans la cuisine.

Mal à l'aise, il regarda les petits visages levés vers lui. La plupart d'entre eux ne l'écouteraient même pas.

Il se raidit en entendant la voix honnie surgie de son enfance. Exigeante, grinçante. Au fil des ans, il avait fini par l'ignorer, mais elle était de retour et voulait se faire entendre.

« Tu n'es qu'un faible. Un être inutile. »

Il remua l'épaule gauche, un tic enfantin qui revenait quand il était tendu ou mal à l'aise. Son regard se fixa sur un citronnier dans un grand pot jaune orné d'arabesques bleues.

Respire à fond et ignore la voix. Oublie qu'on te regarde.

Il fixa son dossier. Anne pensait que tenir quelque chose l'aiderait à se concentrer, et il avait apporté ses notes sur la procédure d'ablation d'un corps étranger des intestins d'un chien. Mais il la connaissait par cœur.

Il étira le cou pour soulager sa tension. Pourquoi s'imposer ce supplice pour une bande de petits inconnus ?

Pour prouver à la femme de ses pensées qu'il était capable d'affronter un groupe sans retrouver ses peurs enfantines.

Il ne se dégonflerait pas sous prétexte que c'était dur et déplaisant. Il était temps de grandir et de se débarrasser de son fardeau.

Il essuya son front en sueur. Si seulement Kiki avait foi en lui. Sa colère quand elle avait su qu'il comptait acquérir Fingle Lodge prouvait sa défiance envers lui. Il ne voulait pas acheter la maison pour se débarrasser d'elle. Il la partagerait volontiers avec cette entêtée, au contraire.

Il avait demandé le numéro de sa marraine à la voisine sur une impulsion, quand il l'avait vue dans son jardin. Kiki le croyait-elle vraiment capable de la chasser alors qu'elle lui avait offert un toit quand il n'avait nulle part où aller ?

Sa méfiance l'attristait. Elle devait se sentir bien seule. Mais elle pouvait tout lui confier d'elle, y compris son cœur. Il rêvait de le posséder, d'en prendre soin, de le protéger.

Mlle Ingle revint avec un gobelet d'eau, accompagnée d'une fillette qui étreignait un lapin en peluche.

Alex la remercia d'un sourire crispé et but une gorgée.

— Jodie, va t'asseoir à côté de Fran, dit la directrice.

L'institutrice présenta Alex à la classe et lui adressa un sourire encourageant. Il se leva, toussota, et s'avança.

— Bonjour, je m'appelle Alex Morsi...

— Pourquoi ? demanda le mini-sosie de sa mère aux cheveux enrubannés, mettant à mal son calme fragile.

Quand l'exposé était-il devenu un quizz de questions-réponses ? Les enfants n'étaient-ils pas censés l'écouter en silence ?

— Eh bien, c'est le nom que m'ont donné mes parents.

Ne pense pas à eux. N'écoute pas leurs voix.

Leur jugement n'avait plus d'importance. Il était adulte et seul le sien comptait, et celui d'une blonde chère à son cœur.

— Vos parents sont morts ? dit une voix fluette.

— Mauvaise question, Thomas, le réprimanda Mlle Ingle.

Alex reprit son gobelet et but une gorgée d'eau.

— Non, répondit-il. Ils vivent en Irlande.

Comme il n'y avait pas d'autres questions, il poursuivit :

— Je suis vétérinaire, un docteur pour les bêtes. Dans mon cabinet, on soigne toutes sortes d'animaux, des chats aux vaches. J'ai peut-être déjà soigné les vôtres ?

Un blondinet leva la main.

— On vous a amené notre cochon d'Inde et il est mort le lendemain. Vos médicaments n'ont pas marché.

Alex se dit qu'il aurait dû suivre son instinct et fuir cette école. À présent, tous les enfants le fixaient, comme s'il avait délibérément tué le malheureux cochon d'Inde.

Pense à un truc agréable, Morsi. Quelque chose de mignon pour les mettre dans ta poche.

Son regard tomba sur la fillette au lapin en peluche qui le scrutait en suçant son pouce.

Il approcha sa chaise du groupe et se rassit.

— Tu permets que je t'emprunte ton ami ? lui demanda-t-il doucement en désignant le lapin.

Elle lui tendit le jouet en silence.

Il le leva au-dessus de sa tête.

— Qui sait de quel animal il s'agit ?

Tous les bambins levèrent la main. Alex en désigna un.

— C'est un lapin.

— Très bien. De son nom scientifique : *oryctolagus cuniculus.* Vous pouvez le dire ?

Ils répétèrent les mots en gloussant.

Alex sourit, sentant sa tension céder.

— Bien joué. Le lapin a de magnifiques longues oreilles, reprit-il en caressant la peluche. On croit parfois qu'on peut l'attraper par les oreilles, mais il ne faut pas faire ça. Vous savez pourquoi ?

Une fillette leva le doigt.

— Parce que ça lui fait mal.

— Exactement. Vous n'aimeriez pas qu'on vous prenne par les oreilles, n'est-ce pas ?

Un chœur de « non » lui répondit.

— Ses oreilles sont très sensibles, et le poids du lapin peut les endommager. Je vais vous montrer la bonne façon de prendre un lapin.

Posant le jouet en peluche sur ses genoux, il leur montra comment placer une main sous l'arrière-train, l'autre sous la poitrine, pour le soulever dans ses bras.

Un concert de « oh » s'éleva des enfants fascinés.

Il berça le jouet contre lui comme si c'était un bébé.

— Les lapins peuvent vivre entre dix et douze ans, dit-il.

— C'est long, dit un petit garçon.

— En effet, répondit Alex. La plupart des gens ne s'en rendent pas compte quand ils les achètent. Quelqu'un sait ce que les lapins aiment manger ?

— Des carottes ! s'écrièrent plusieurs voix.

— Parfois, dit Alex en souriant, mais ils préfèrent l'herbe et le foin. Et peut-être les boulettes qu'on achète dans les animaleries. Ils aiment aussi boire de l'eau claire.

— Le lapin de ma tatie mange son caca, déclara un garçonnet en triturant ses lunettes. Elle me l'a dit.

Les cris dégoûtés fusèrent, mêlés de rires.

— C'est exact, dit Alex, de plus en plus détendu. Les lapins produisent deux sortes de crottes, des dures, et des molles. Ce sont ces dernières qu'ils mangent.

— Beurk, c'est dégoûtant, dit la fillette aux barrettes coccinelles.

— Pas pour un lapin, répondit Alex, riant de son air horrifié. Les lapins sont des animaux très intelligents et curieux. Ils sont parfois craintifs quand ils ont peur qu'on leur fasse mal, mais lorsqu'ils se sentent en sécurité, ils sont capables d'affection et...

Il s'interrompit en prenant conscience que Kiki réagissait de la même manière. Elle avait peur de l'inconnu et elle était méfiante, à l'instar du lapin qui considérait les autres espèces comme des prédateurs tant qu'il n'était pas rassuré.

Comment Kiki pouvait-elle savoir que tous les hommes n'étaient pas des monstres si on ne clarifiait pas les choses dans ce sens pour elle ? Elle avait besoin de temps et de patience pour apprendre que toutes les histoires d'amour n'étaient pas destructrices. Que certains hommes se souciaient du bonheur de la femme qu'ils aimaient. Comme lui.

La vérité le frappa avec la violence d'un coup de poing. Il aimait Kiki Brown. De tout son cœur. D'un amour sincère et vrai. C'était pour cela qu'il aspirait à plus qu'une relation physique et attendait d'elle un engagement total. Parce qu'il avait besoin de son amour. De tout son amour.

Mlle Ingle tapota l'épaule d'Alex.

— Est-ce que ça va ?

Il regarda la directrice sans la voir. Il aimait Kiki de toute son âme, mais ignorait comment réagir. Que faire pour qu'une femme réticente tombe amoureuse de vous ? Une femme obstinée, déterminée à ne pas céder ?

— J'aime Kiki, dit-il.

Le poids qui lui comprimait la poitrine s'allégea. Il eut envie de rire et se contint pour ne pas effrayer les enfants.

— Vraiment ? répondit Mlle Ingle d'un air morose.

— Oui. Mais elle ne veut pas que je l'aime.

— Elle est folle ?

— C'est moi qui la rends folle, dit-il en riant.

Elle soupira.

— C'est bien que vous reconnaissiez vos failles. C'est rare. Il faut lui dire que vous l'aimez. Lui avouer vos sentiments.

Il fronça les sourcils.

— Si je fais ça, je risque de la perdre pour de bon.

— Ou de la conquérir pour toujours, répondit-elle. C'est merveilleux de gagner le cœur de l'être aimé pour ne faire qu'un avec lui.

Il sourit. Malgré son excentricité, la directrice lui plaisait bien, décidément.

— Vous êtes une femme généreuse.

— Et vous un homme très gentil, docteur Morsi, répondit-elle, radieuse. Si vous n'étiez pas si amoureux, j'essaierais de vous faire tourner la tête avec les sonnets de Shakespeare.

Il sentit son estomac se nouer.

— Je dois aller retrouver Kiki.

— En effet, dit Mlle Ingle.

— Et l'exposé ?

— Je prends la suite, déclara Anne en les rejoignant.

— Merci, Anne, mais j'irai jusqu'au bout.

Reprenant la parole, il donna aux enfants des informations intéressantes sur les lapins et les autres animaux domestiques, et ils l'écoutèrent en silence, captivés. Il termina en répondant à leurs questions, ne séchant que quand on l'interrogea sur les dinosaures.

Puis Anne l'arracha à sa chaise et le poussa vers la sortie.

— Si on veut que l'harmonie règne au cabinet et que notre meilleure infirmière reste, vous devez partir sur-le-champ.

Il rendit son lapin à la fillette et sourit. Il avait réussi. Il avait fait face à un groupe, et il avait survécu.

— Je l'ai fait.

— Oui, Alex. Je suis fière de vous.

Il s'inclina et déposa un baiser sur sa tête.

— Merci.

— Allez-y, bougonna-t-elle. Et ne vous avisez pas de revenir tant que vous ne l'aurez pas convaincue de rester.

— Je ferai de mon mieux, dit-il. Au revoir, les enfants.

— Vous reviendrez ? demanda la fillette aux coccinelles.

La question inattendue le toucha. Malgré son inquiétude, il avait pris plaisir à discuter avec ces écoliers.

— Je crois, oui. La prochaine fois, je vous parlerai des rats.

— Des *rats* ? dit Mlle Ingle, manquant s'étrangler.

Les enfants poussèrent des acclamations et, après un dernier salut aux maîtresses et aux bambins, il quitta l'école.

Le moment était venu de se mettre en quête de celle qu'il aimait et de lui offrir son cœur, en priant pour qu'elle ne le brise pas.

Kiki claqua la portière de sa voiture et traversa en hâte le parking de l'école, cherchant des yeux la camionnette d'Alex. Quand elle était passée au cabinet pour lui parler, Leah lui avait dit qu'il était parti avec Anne à l'école faire un exposé aux enfants.

À l'école ? Alex ?

Leah lui avait donné l'itinéraire, et elle avait filé à l'école. Pour quelle raison Alex avait-il changé d'avis ? La veille, il s'était pourtant montré inflexible sur ce point.

— Kiki ?

Levant la tête, elle le vit qui venait à petites foulées vers elle. Son visage fermé n'augurait rien de bon et elle se redressa, se préparant au pire.

Il pila devant elle, et ses yeux sombres parcoururent lentement son visage, comme une caresse. Son regard intense la scruta, cherchant à lire en elle. Elle frissonna.

Le moment était venu de se battre pour leur avenir.

— Alex ? Que se passe-t-il ? Leah m'a dit que vous étiez venu faire l'exposé. Pourquoi avoir changé d'avis ?

Il posa les mains sur ses épaules en soupirant.

— Depuis notre rencontre, j'ai souvent été mis au défi.

Elle plissa les yeux. Où voulait-il en venir ? Perplexe, elle soutint son regard.

— Je ne comprends pas. Vous parlez de l'exposé ? Comment ça s'est passé ?

Il éclata d'un rire léger, détendu.

— Bien. Très bien, même. Je l'ai fait, Kiki. J'ai parlé devant ce groupe d'écoliers, et je crois qu'ils ont apprécié. Ils veulent que je revienne.

— C'est vrai ? s'écria-t-elle, ravie de le voir si heureux.

— Oui. Je voulais leur parler de la procédure chirurgicale pour retirer un corps étranger du ventre d'un chien, et cette petite fille est arrivée avec un lapin en peluche… Et je me suis dit : si j'exploitais ça, à la place ?

Kiki le fixa, horrifiée.

— Vous ne comptiez pas *vraiment* traiter ce sujet devant des CE1, j'espère ?

— Si, pourquoi ? répondit-il, surpris. C'est un sujet passionnant.

Elle secoua la tête. Le ciel soit loué de l'en avoir empêché. Mlle Ingle aurait été submergée de plaintes de parents d'élèves.

— Vous vous êtes donc servi d'une peluche ?

— Oui. Un petit lapin blanc qui m'a fait penser à vous.

— Un lapin en peluche ? demanda-t-elle, déconcertée.

— Je veux dire que les lapins sont des animaux craintifs, comme vous devant l'amour, qui vous rend méfiante et soupçonneuse.

Le cœur de Kiki sombra.

— Mais vous n'avez plus besoin de l'être, reprit-il, les mains sur ses hanches, une lueur étrange dans les yeux. J'ai quelque chose de *très* important à vous dire.

Le cœur battant, elle résista à l'envie de se boucher les oreilles. Maintenant qu'elle admettait l'aimer, elle serait dévastée s'il ne partageait pas ses sentiments.

Il remit les mains sur ses épaules.

— Kiki Brown, protectrice de canards et bienfaitrice d'animaux hors du commun, je vous aime.

Elle se mordit la lèvre pour l'empêcher de trembler.

— C'est vrai ?

— C'est vrai. Et rien de ce que vous direz n'y changera quoi que ce soit. Mes sentiments sont bien réels. Vous pouvez toujours vous enfuir en quête de ce fichu mariage d'amitié avec un autre homme, aucun ne vous aimera jamais avec autant de romantisme et de guimauve que moi.

Muette de stupeur, elle le dévisageait. Elle était venue le supplier de lui pardonner et lui promettre de s'engager, et il l'aimait !

— Oh ! Alex, vous êtes vraiment prêt à tout pour garder une bonne infirmière !

Il éclata de rire.

— Vous aviez raison. Le mariage désastreux de mes parents m'empêchait de chercher l'amour. Même si personne ne m'a réellement intéressé avant que vous débarquiez dans ma vie avec un panier de chiots. Vous y avez apporté la couleur, le rire et la chaleur. J'ai vécu trop longtemps une existence incolore, morne et insipide. Je veux de la vitalité, de l'exaltant. De la folie et de l'excitation. Je vous veux *vous*, Kiki Brown. Aujourd'hui, demain, et le reste de mes jours.

Il lui tendit la main.

— Aurez-vous le courage de vivre cela avec moi ? Je sais que vous avez peur, mais je n'ai rien d'un prédateur. Je ne vous ferai pas de mal, je ne vous négligerai pas, je ne maltraiterai pas votre amour. Courage, ma douce Kiki. Affrontez votre peur de l'amour, comme j'ai bravé ma phobie de la foule. Ensemble, on y arrivera.

Elle regarda sa main sans la saisir. Elle aussi avait des choses à lui dire.

— Vous aviez raison aussi, Alex. J'ai laissé la trahison de mon père façonner ma vie. Et au lieu de combattre ma peur, je l'ai cultivée. Mais avec vous, c'est différent. Mon cœur refuse de se laisser contrôler par ma tête. Il sait ce qu'il veut. *Vous*, Alex. Je suis fatiguée d'être une poule mouillée. Je veux être courageuse. Bâtir un foyer et une vie avec vous. Car vous me rendez meilleure. Jamais vous ne vous sentirez non désiré ou inférieur avec moi. Jamais. Je célébrerai avec vous chacun de vos anniversaires, comme vous le méritez. Car vous êtes unique, et votre amour me rend forte. Et je suis enfin prête à m'engager avec l'homme que j'aime.

Elle mit sa main dans la sienne pour sceller sa promesse.

— Je veux vous aimer toute ma vie, de tout mon cœur et de toute mon âme. Mon amour pour vous est plus fort à chaque instant qui passe. Alors oui, Alex Morsi, je tiendrai votre main, et tant que vous ne la lâcherez pas, nous affronterons ensemble les aléas de l'existence.

Il sourit et caressa sa joue.

— Tu peux te fier à moi. Je tiens toujours mes promesses. Si tu m'acceptes, je suis à toi pour toujours, je le jure.

Une paix nouvelle, délicieuse, enveloppa le cœur de Kiki. Elle pressa sa main, ne doutant pas de sa sincérité.

— Je sais, murmura-t-elle.

Il la serra contre lui.

— Dis-moi encore que tu m'aimes. Je veux l'entendre.

— Je t'aime, Alex. Éperdument.

— Embrasse-moi, alors, ordonna-t-il.

Haussant un sourcil réprobateur, elle se nicha contre lui.

— Tu comptes te montrer toujours aussi autoritaire ?

— Pour les baisers ? dit-il avec malice. Absolument.

Elle contempla son beau visage, ce visage qu'elle regarderait vieillir et se rider avec les années, qu'elle embrasserait les bons jours et caresserait dans les épreuves, et son cœur se gonfla d'un bonheur sans mélange.

— Il faut que je te montre quelque chose, dit-elle.

Ouvrant son manteau, elle déboutonna son chemisier et lui montra un tatouage tout frais, représentant un lévrier noir avec sur le torse un cœur rose portant la lettre A.

— Toi et moi. Ensemble, murmura-t-il.

Il promena un doigt léger sur la peau sensible de son sein.

— C'est superbe… Épouse-moi, Kiki. Oublions le passé et tendons les bras à l'avenir heureux qui nous attend.

Elle se hissa sur la pointe des pieds.

— Avant ou après notre prochain baiser ?

— Après, répondit-il en riant. Je suis patient, pas stupide.

Ils s'embrassèrent et, pour la première fois de sa vie, Kiki sut qu'elle n'avait plus de raison de s'angoisser. Alex la chérissait, elle l'aimait, et elle pourrait toujours lui faire confiance.

Épilogue

Alex ouvrit la barrière séparant Fingle Lodge des bois environnants, une forêt dense qui se dressait sur les six hectares de terres qu'ils possédaient depuis que la marraine de Kiki leur en avait fait cadeau pour leur mariage.

Main dans la main, Kiki et Alex se dirigèrent vers la vieille demeure jadis abandonnée qu'ils avaient restaurée avec amour et dont ils avaient fait leur foyer. Une vraie maison de famille, qui n'abritait que du bonheur et de la joie.

— Je t'ai pourtant conseillé de mettre tes bottes en caoutchouc pour aller nous promener, dit-il en l'aidant à contourner une flaque boueuse.

— Je sais, répondit-elle avec un sourire en regardant la boue qui tachait ses jolies ballerines roses. Mais qu'est-ce qu'un peu de boue par une si belle journée ensoleillée ?

— Tu n'as pas dit ça quand je suis rentré de ce vêlage, l'autre jour, dit-il en ronchonnant. Tu m'as forcé à me déshabiller sur le pas de la porte ! Si Mme Bush était venue nous demander de la dépanner en lait cinq minutes plus tôt, elle aurait eu un choc.

— Tu sentais mauvais.

Il l'attira à lui et murmura à son oreille :

— Ça ne m'a pas empêché de te donner mon baiser du matin, si mes souvenirs sont bons. Et tu ne t'es pas privée pour en profiter après le départ de Mme Bush.

Elle appuya la tête contre son bras en riant doucement.

— Toi non plus. En fait, je suis presque sûre que c'est toi qui as commencé avec tes mains baladeuses.

Il sourit. Il aimait tellement cette femme, qui ne cessait de le surprendre et le comblait d'amour.

Il couvrit son visage de baisers tendres.

— Bon anniversaire de mariage, chérie.

Elle se blottit contre son flanc avec un soupir d'aise.

— Dire que je venais chercher la paix dans le Dorset... Au lieu de ça, j'ai trouvé des chiens affamés et un beau vétérinaire mûr pour tomber amoureux.

Il baisa le sommet de son crâne.

— Nous avons tous deux eu de la chance ce jour-là.

Deux mois après s'être avoué leur amour, ils s'étaient mariés au bureau d'état civil ; la réception avait eu lieu à la salle des fêtes du village. Ils avaient invité tous leurs amis, mais aucun parent.

Venue pour l'occasion, la marraine de Kiki était descendue dans un petit hôtel près de l'église. Elle avait pris son rôle très au sérieux et conduit Kiki à l'autel, elle lui avait même offert sa propre robe de mariée, une magnifique pièce vintage de style bohème.

Ça avait été une journée parfaite dans une atmosphère d'amour et d'amitié, avec des rires et de la bonne chère.

Un vagissement attira l'attention d'Alex, l'arrachant à ses souvenirs. Il sourit devant la minuscule tête brune qui émergeait du kangourou rose porté par Kiki.

Il se pencha pour contempler la frimousse angélique de son enfant. La petite fille qu'il avait cru ne jamais avoir.

— Notre princesse est réveillée.

Kiki sourit et regarda leur fille avec le même émerveillement dans les yeux.

Glissant une main douce dans le dos du bébé de huit semaines, il soupira à la vue des larmes de sa femme.

— Troubles hormonaux ou baby-blues ?

— Aucun des deux. Juste toi, si merveilleux et adorable.

Il lui caressa la joue avec tendresse.

— Facile, puisque je t'aime.

— Je t'aime encore plus, répondit-elle, taquine.

Ils étreignirent leur petite fille avec douceur.

— Et on t'aime aussi, bout de chou.

Il baisa le crâne duveteux du nourrisson puis captura la bouche de sa mère pour un baiser plus adulte.

— Je suis si heureux que tu aies accepté d'être ma femme, murmura-t-il au bout d'un moment en contemplant les deux femmes de sa vie.

— Moi aussi. Tu es un mari fantastique, aimant et compréhensif... Surtout pour les furets. Neeve Louisa a de la chance de t'avoir comme papa. J'ai fait le bon choix avec toi.

— Mon charme et ma beauté t'ont ensorcelée ?

— Plutôt tes irrésistibles baisers irlandais.

Elle rit tandis que le bébé, visiblement affamé, commençait à pleurnicher.

— Ta fille a faim. Elle est gourmande, comme son père.

Il sourit, au comble du bonheur.

Il remerciait le destin qui lui avait amené Kiki après toutes ces années de solitude.

Elle l'aimait, et leur union avait été bénie par l'arrivée d'un enfant. Sa vie n'aurait pas pu être plus belle...

Incongrue, une idée subite vint troubler ses pensées. Des furets ? Quels furets ? Ils n'en avaient pas. Il y avait juste Nix, les canards, la jument, Brandy, et deux chèvres appelées Bonkers et Ruff...

Il était prêt à parier que Kiki les avait achetés sur Internet. Il l'avait surprise en train de consulter des sites l'autre soir, pendant une tétée nocturne. Quand admettrait-elle qu'elle ne pouvait pas sauver tous les animaux de la création ?

Pourtant il remerciait le ciel qu'elle ait le cœur aussi grand, un cœur qui l'avait sauvé et qu'elle lui avait confié. Et il ne la décevrait pas.

RESTEZ CONNECTÉ AVEC HARLEQUIN

Harlequin vous offre un large choix de littérature sentimentale !

Sélectionnez votre style parmi toutes les idées de lecture proposées !

www.harlequin.fr

- **Découvrez** toutes nos actualités, exclusivités, promotions, parutions à venir...
- **Partagez** vos avis sur vos dernières lectures...
- **Lisez** gratuitement en ligne
- **Retrouvez** vos abonnements, vos romans dédicacés, vos livres et vos ebooks en précommande...

L'application Harlequin

- Des **ebooks gratuits** inclus dans l'application
- **+ de 50 nouveautés tous les mois !**
- Des **petits prix** toute l'année
- Une **facilité de lecture** en un clic hors connexion
- Et plein d'autres avantages...

Téléchargez notre application gratuitement

Télécharger dans l'App Store

DISPONIBLE SUR Google Play

SUIVEZ-NOUS !

facebook.com/HarlequinFrance
twitter.com/harlequinfrance

VOTRE COLLECTION PRÉFÉRÉE DIRECTEMENT CHEZ VOUS

0€*

Vos **2** premiers **livres** découverte

+ 1 cadeau surprise

L'amour vous transporte, on vous l'apporte !

*+4,95 € de frais de traitement.

Collections au choix	1ers Envois	Envois suivants
AZUR	2 livres **0 €* + 1 cadeau**	6 livres par mois **32,70 €**
BLACK ROSE	2 livres **0 €* + 1 cadeau**	3 livres par mois **20,00 €**
BLANCHE	2 livres **0 €* + 1 cadeau**	3 livres par mois **18,20 €**
VICTORIA	2 livres **0 €* + 1 cadeau**	3 livres tous les 2 mois **29,45 €**

REDER SAS au capital de 1500 000 € - RCS Paris B 410 714 885.
Renseignements au 0 892 680 181 (0,40 €/min + prix appel).

OFFRE DÉCOUVERTE

À compléter et à retourner sans affranchir :

LIRIADE-HARLEQUIN - Libre-réponse 40181 - 27039 ÉVREUX CEDEX

☐ **OUI**, je profite de votre **Offre Découverte Harlequin** gratuitement (+ 4,95 € de frais de traitement).

Je choisis de recevoir la collection :

☐ **AZUR** Club **3A02E** /Clé **E3788**
☐ **BLACK ROSE** Club **3R01J** /Clé **E3789**
☐ **BLANCHE** Club **3B01E** /Clé **E3790**
☐ **VICTORIA** Club **3V01G** /Clé **E3791**

Ci-joint mon règlement pour les frais de traitement de 4,95 € par :

☐ **Chèque** à l'ordre de **HARLEQUIN**

☐ **Carte bancaire** (Carte Bleue, Visa, Eurocard Mastercard)

N° :

Date de validité :

Cryptogramme au dos de ma carte : (indispensable)

Date limite : 31 décembre 2025. Envoyez-moi sans obligation selon la lettre jointe à mon envoi les colis suivants de la collection que j'ai choisie. Mon premier colis de 4,95 € me sera livré sous 6 jours environ selon les délais postaux. Si je ne suis pas satisfaite, il me suffira de le retourner sous 30 jours dans son emballage d'origine. Je serai alors remboursée.

Mme/M. :

Prénom :

Adresse :

Code postal :

Ville :

Indispensable pour le suivi de votre commande :

Téléphone :

E-mail :

Signature obligatoire ▼ Date : JJ MM AA

Offre valable pour la France métropolitaine et Monaco. Conformément à la loi informatique et libertés du 06.01.1978 (Art. 27) et au Règlement européen du 27 avril 2016, vous disposez d'un droit d'accès et de rectification aux données personnelles vous concernant. Notre politique de traitement des données personnelles est consultable sur demande. Les prix sont garantis dans la limite des stocks disponibles, offres valables jusqu'au 31 décembre 2025. En cas d'épuisement, seul le remboursement de la somme versée, majorée des intérêts légaux, peut être exigé. Par notre intermédiaire, vous pouvez être amené à recevoir des propositions de nos partenaires, si vous ne le souhaitez pas, il suffit de cocher ici ☐ ou de nous contacter en nous indiquant vos nom, prénom et adresse. Offre réservée aux personnes majeures. Ce délai est valable uniquement pour les articles disponibles. Pour les commandes passées par courrier, il convient d'ajouter le délai d'acheminement et de traitement de votre bon de commande.

PAPIER BAC DE TRI

REDER SAS au capital de 1 500 000 € - RCS Paris B 410 714 835.